洪子诚 学术 作品集

# 当代文学中的世界文学

洪子诚 著

北京大学出版社
PEKING UNIVERSITY PRESS

图书在版编目(CIP)数据

当代文学中的世界文学 / 洪子诚著. —北京：北京大学出版社，2022.8
（洪子诚学术作品集）
ISBN 978-7-301-33194-1

Ⅰ.①当… Ⅱ.①洪… Ⅲ.①中国文学—当代文学—文学研究—文集 ②世界文学—文学研究—文集 Ⅳ.① I206.7-53 ② I106-53

中国版本图书馆 CIP 数据核字（2022）第 134084 号

| | | |
|---|---|---|
| 书　　　名 | 当代文学中的世界文学<br>DANGDAI WENXUE ZHONG DE SHIJIE WENXUE | |
| 著作责任者 | 洪子诚　著 | |
| 责 任 编 辑 | 黄敏劼 | |
| 标 准 书 号 | ISBN 978-7-301-33194-1 | |
| 出 版 发 行 | 北京大学出版社 | |
| 地　　　址 | 北京市海淀区成府路 205 号　100871 | |
| 网　　　址 | http://www.pup.cn　新浪微博：@北京大学出版社 @培文图书 | |
| 电 子 信 箱 | pkupw@qq.com | |
| 电　　　话 | 邮购部 010-62752015　发行部 010-62750672<br>编辑部 010-62750112 | |
| 印 刷 者 | 天津联城印刷有限公司 | |
| 经 销 者 | 新华书店<br>660 毫米 ×960 毫米　16 开本　19.5 印张　285 千字<br>2022 年 8 月第 1 版　2022 年 12 月第 2 次印刷 | |
| 定　　　价 | 85.00 元 | |

未经许可，不得以任何方式复制或抄袭本书之部分或全部内容。
**版权所有，侵权必究**
举报电话：010-62752024　电子信箱：fd@pup.pku.edu.cn
图书如有印装质量问题，请与出版部联系，电话：010-62756370

第二,"其他各国"中,欧洲,特别是英、法是中心。英国莎士比亚、拜伦、雪莱、司各特(书目中的司各脱)、狄更斯、哈代、萧伯纳等13种,法国莫里哀、司汤达(书目中的斯丹达尔)、巴尔扎克、雨果、左拉、莫泊桑、罗曼·罗兰、巴比塞等24种,德国歌德、席勒、海涅5种,如果加上古希腊史诗、悲喜剧8种,在书目各类中占绝对多数。相比较,亚洲国家只有可怜的5种:印度的《摩诃婆罗多》《沙恭达罗》《泰戈尔选集》(书目中的《太戈尔选集》),日本紫式部《源氏物语》,朝鲜的《春香传》。非洲、拉丁美洲的作品没有出现在这个书目中。

第三,书目的"说明"说,他们只开列古典文学部分,现代中外作品"同志们自己能够选择,所以没有列入"。这既是个托词,也存在矛盾。因为鲁迅、高尔基、马雅可夫斯基都是现代作家。其实,现代作家作品的选择最费心思。这里有现代作品经典化的难题,也与当时政治、意识形态的复杂性有关。

在对书目的选择、结构做这样的分析之后,可以进一步提出关于书目选择的标准、尺度问题。可以从空间和时间两个方面看。空间上前文已经提到,就是以苏联为主的社会主义国家的优势地位;以当时地缘政治的用语就是区分为"西方"和"东方"。这和二战之后冷战、两个阵营的世界格局有关。虽然这份书目基本上没有触及20世纪苏联和西欧资本主义国家的作家作品,但在五六十年代当代文学的实践上,对待"西方"现代文学所做的工作,就是筛选出有限度接纳的部分。这包括以现实主义方法对资本主义世界批判的"进步作家",和倾向苏联社会主义的西方左翼作家。如法国的罗曼·罗兰、阿拉贡、艾吕雅,美国的德莱塞、马尔兹、法斯特,英国的林赛,日本的小林多喜二、宫本百合子、德永直,土耳其的希克梅特,智利的聂鲁达等。当然,随着政治形势的变化,名单也在不断变动中。例如苏共二十大之后,法斯特宣布退出美国共产党,被看作共产主义运动的"叛徒",也就在肯定的名单中消失了。

书目共开列150多种，包括马克思列宁主义理论著作和中外古典文学名著两个部分。理论著作21种，主要是马克思主义经典作家的政治、哲学论著，其中马、恩著作3种，列宁2种，普列汉诺夫1种，斯大林6种，毛泽东4种，另有合集2种。理论书目反映了苏共二十大之前的政治局势，因此，斯大林著作多达6种，也选入《苏联共产党（布）历史简明教程》，以及苏联领导人日丹诺夫、马林科夫的著作、讲话——这些，包括斯大林著作，在1956年苏共二十大的"去斯大林化"之后或者被汰除，或者权威性受到削弱。理论著作的另一个特征是大多为政治、哲学理论，文学理论只有《马克思、恩格斯、列宁、斯大林论文艺》，毛泽东《在延安文艺座谈会上的讲话》，以及主要收入苏联三四十年代有关文艺问题的决议、文艺界领导人讲话的《苏联文学艺术问题》，而没有其他中外文学理论著作。既没有《诗品》《文心雕龙》，也没有亚里士多德《诗学》、莱辛《拉奥孔》、黑格尔《美学》……

文学名著部分有三个子项目：中国、俄罗斯和苏联、其他各国。中国古典名著从《诗经》《论语》到《聊斋志异》共32种，另外有鲁迅的3种。中国部分今天不在这里讨论。外国文学的"俄罗斯和苏联"部分，从18世纪的《克雷洛夫寓言》、格里鲍耶多夫（书目中的格里包耶多夫）《聪明误》，到19世纪普希金《欧根·奥涅金》、托尔斯泰的《安娜·卡列尼娜》、契诃夫的《樱桃园》有25种，另有高尔基的7种，马雅可夫斯基2种。"其他各国"从《伊利亚特》（书目中的《依利亚特》）、《奥德赛》《伊索寓言》，到朝鲜的《春香传》，共67种。从书目的外国部分中，可以提出这样几个问题。

第一，俄罗斯、苏联文学在书目中单列，占有绝对优势。这体现了当年的国际政治和文学形势。"苏联的今天就是我们的明天"——不仅指政治、经济，也指文学。当时我们对"世界文学"的想象是："世界"只有两国，一国是苏联，另一是"其他国家"。

问题是，当代文学在建构自身的过程中，如何吸纳、借鉴各种思想艺术资源，包括外国文学。"中的"在这里有"内化"的意思。这样，题目第三部分的"世界文学"，自然就不是"原来的"世界文学，而是为当代文学"处理"过的。这个处理，包括移植、挪用、吸纳、改写，等等。

# 1954年的一份书目

这个题目很大，几乎可以开设一个学期的课。在两个钟头的时间里讨论，即使是概略性的描述也不容易。这需要找到一个合适的切入点。在读材料的过程中，我发现1954年《文艺学习》第5期刊登的一份书目，或许可以成为有效的入口。它的名字是《文艺工作者学习政治理论和古典文学的参考书目》。为什么说这个书目对我们要讨论的问题是有效的？有这样的理由。第一，发布这个书目的《文艺学习》编辑部在"关于本书目的几点说明"中说，它是"专供文艺工作同志学习用的"，"以便有系统有计划地进行自修而开列"；也就是说，它主要不是面对一般的文学爱好者，而是针对影响当代文学走向的、从事创作与批评实践的作家、批评家。第二，虽然是以刊物编辑部的名义发布，其实在1954年7月17日，书目经过中国作协主席团第7次会议讨论通过，也就是说有权威性，不是个人或一份杂志开列的书单。我们知道"当代文学"是国家文学，借用现在的一个说法，有一种"顶层设计"，文学形态、文学生产的制度与开展方式一开始就有明确的规划；书目的制订、提出，反映了文学界高层有关文学发展需要吸纳、改造的文化资源方面的预设。第三，它出现在当代文学的初期，为我们观察后来发生的变化提供了初始的依据。

# 1954年的一份书目①

## 题　解

今天讲的内容是"中国当代文学中的世界文学"。首先要对题目做些解释。题目可以拆分成三个部分：一是"中国当代文学",二是表示方位的"中的",三是"世界文学"。目前,学界对"中国当代文学"有多种看法,包括开端、下限、性质、分期等。各种观点所依据的理念、视角不同,试图解释的问题也不同。这个问题很复杂,不可能在这里讨论。我只能交代今天在讨论这个问题的时候的理解。避繁就简说,这里说的"当代文学",时间上指的是1949年中华人民共和国成立到80年代的中国大陆文学;性质上,它的"主导形态"是"社会主义文学"的形态。因此,这个时期的台港澳文学就不包括在内。毫无疑问,台港澳文学是中国当代文学的组成部分,但由于它们和大陆文学的性质不同,今天的讨论没有纳入。题目的第二个部分是"中的",这个方位词提出的

---

① 2021年11月3日,在北京大学中文系贺桂梅教授开设的思政课"认识当代中国的方法"上的授课内容。

文学生成的背景,成为当代文学设计自身的重要依据,直接规约着对外国文学资源处理的尺度,当代文学内部矛盾、冲突的性质和展开方式,也与这一"冷战文化"紧密相关。

收入《我的阅读史》和《读作品记》中的《"幸存者"的证言》《一部小说的延伸阅读》《〈玛琳娜·茨维塔耶娃诗集〉序》《相关性问题:当代文学与俄苏文学》等文,也与本书讨论的问题相关。

感谢文章写作过程中许多朋友的帮助:汪剑钊回答了有关叶夫图申科《娘子谷》诗和肖斯塔科维奇第十三交响曲歌词中,"犹大"和"犹太人"差异的疑问,同意将他新译的《娘子谷》作为文章的附录收入;周瓒从中国社会科学院文学所资料室借出60年代全部的内部刊物《现代文艺理论译丛》;周展安提醒加洛蒂《论无边的现实主义》60年代虽然没有中文全译本,但内部刊物也登载过相关的资料;王俊文从早稻田大学图书馆和日本国会图书馆,查找了日本《东风》《日本与中国》《国际贸易》等刊物,和日本批评家佐佐木基一的资料;罗湉提供了法国学者、批评家摩尼叶的简历等情况;因为栾伟平的帮助,得以方便地查阅北大图书馆《恐惧与无畏》的十多种库存本;孙民乐通读全书后提出若干修改意见……这些文章大多曾在刊物刊登,《文艺研究》《文艺争鸣》《现代中文学刊》《新文学史料》《学术研究》《南方文坛》《海南大学学报》《小说评论》等刊物的编辑在审读中,订正了资料的差错,提出不少修改意见。

由于某种不可取的怪癖,集中的文章引文很多;这给本书责编黄敏劼带来很大麻烦。所幸她毫无怨言,除了一般文字的修订之外,全书的所有引文也都一一做了核对校订,改正了我录入时出现的许多错误。在为自己缺乏严谨精神而惭愧的同时,我在这里要特别感谢她的细致、认真,她的不避繁难。

2020 年 5 月 7 日

# 自序

近几年来，我写了一些讨论当代文学与外国文学关系的文章，现在将它们集合在一起，总计有16篇。开始写的时候，并没有整体的计划，没有确定的中心议题，也没有打算编成一本书的想法。当时只是对一些作家、文本、现象感兴趣。当然，从学科的方面，也有因当代文学（特别是20世纪50—70年代）与外国文学关系的研究还开展得不够，希望借此能引起重视的考虑。现在将它们放在一起，没有全局性规划的缺点，就显得很醒目：各篇之间欠缺有机关联，文字也多有惹人厌烦的重复。更重要的是，如果讨论当代文学中的世界文学，一些重要的方面就不该忽略，譬如"亚非文学"就没有谈及。曾经想弥补这方面的不足，但知识、材料各方面的准备无法一蹴而就，勉强写出来肯定更露马脚，也就放弃了这个念头。

这些文章的大部分，也可以说是文学接受史一类的性质，但它们和一般讨论中外文学交流、影响、接受的文字也有不同。它们的侧重点，是讨论中国当代文学在建构自身的过程中，如何处理外国文学的"资源"。我们知道，50年代开始的当代文学具有"国家设计"的性质，这种设计的重要方面，是如何在"世界文学"的视野中来想象、定义自身，以及在此基础上，为世界文学提供何种普遍性的"中国经验"。当代文学在它的开展过程中，除了处理本土古典和现代的文学经验之外，五四以来对新文学影响深远的外国文学，是它面临的更为紧张而紧迫的问题。这三四十年间，两大阵营的冷战格局，亚非拉的反帝、反殖，民族独立运动的浪潮，以及国际共产主义运动的内部分裂，这一切构成当代

## 当代诗坛的两个"斯基" …… 208
伊萨科夫斯基诗的传播 / "生活抒情诗" / 马雅可夫斯基译介热潮 / 当代的马雅可夫斯基形象 / "政治抒情诗"的文化资源

## "透明的还是污浊的?"
### ——当代文学与南斯拉夫文学 …… 223
1957年前后出版的几个译本 / 刘白羽的批判和维德马尔的回应 / 郭小川《望星空》事件 / "黄皮书"《娜嘉》/ 瓦尔特同志来到中国

## 1950年代的现实主义"大辩论"
### ——以两部论文资料集为中心 …… 244
"大辩论"的几个特征 / 两部论文资料集 / 《关于文学艺术中的典型问题》/ 西蒙诺夫《谈谈文学》/ 爱伦堡:《〈玛琳娜·茨维塔耶娃诗集〉序》/ 卢卡契:《关于文学中的"远景问题"》《近代文化中进步与反动的斗争》/ 维德马尔《日记片断》;里夫希茨《谈维德马尔的〈日记片断〉》/ 何直《现实主义——广阔的道路》/ 钱谷融《论"文学是人学"》/ 大潮已退,但余响仍存

## 1964:我们知道的比莎士比亚少? …… 277
1964,莎士比亚年 / 纪念计划受挫 / 周年纪念"制度"的终结 / "荒谬"的莎士比亚 / 1964,怎样联合、拉拢莎士比亚 / "但是",之后是"局限性" / "我们知道的比他少?——这是胡说八道"

## 死亡与重生?
### ——当代中国的马雅可夫斯基 ·············· 84
"进攻阶级的伟大儿子" / 无产阶级诗人的"样板" / "死亡"与"复活" / 多个马雅可夫斯基图像 / 马雅可夫斯基和他的"同貌人"

## 与《臭虫》有关
### ——马雅可夫斯基,以及田汉、孟京辉 ·············· 109
与《臭虫》有关 / 形式主义批判:一个历史背景的考察 / 朱光潜的"演员的矛盾"和黄佐临的"戏剧观" / 《臭虫》和《水库》的未来想象 / 两个《臭虫》的对话:孟京辉的回应

## 《反华电影剧本〈德尔苏·乌扎拉〉》 ·············· 130
电影《德尔苏·乌扎拉》的批判 / 批判集的主要内容 / 几个不解的疑点 / 真实性的确认 / 《在乌苏里的莽林中》的中译本

## 《恐惧与无畏》的相关资料 ·············· 142
《恐惧与无畏》的版本 / 作为"教科书"的《恐惧与无畏》 / 苏联文学变革中《恐惧与无畏》的续写 / 一个插曲的两种写法

## 可爱的燕子,或蝙蝠
### ——50年前西方左翼关于现实主义边界的争论 ·············· 156
几个标志性事件 / 地理空间和政治文化身份 / 开向不同方向的窗户 / 异化,卡夫卡的"超越性"

## 内部的反思:"完整的人"的问题 ·············· 177

## "修正主义"遇上"教条主义"
### ——1963年的苏联电影批判 ·············· 185
"他们故步自封" / 苏联电影"新浪潮" / 不是孤立的现象 / 影片读法举例 / 一再推延的自省

# 目 录

自序 ······················································· 5

1954 年的一份书目 ······································· 1
  题解 / 1954 年的一份书目 / 问题一：欧洲 19 世纪文学 / 问题二：现代派 / 问题三："世界化"之路

《〈娘子谷〉及其它》：当代政治诗的命运 ················ 17
  苏联"第四代诗人"叶夫图申科 / "复出"的不同方式 / "艺术摧毁了沉默" / 政治诗的命运

《司汤达的教训》："19 世纪的幽灵" ···················· 41
  爱伦堡与中国当代文学 / 不同的司汤达图像 / 左右两舷都遭到斧劈的船 / 瞬间与永恒 / "19 世纪的幽灵"

当代中外文学关系的史料问题 ··························· 58

教义之外的神秘经验的承担者
  ——读《在有梦的地方做梦，或敌人》 ··············· 64
  当代文学中的法国文学 / "比冰和铁更刺人心肠的快乐" / "是什么，就叫什么" / "仔细检查"我们的信仰 / "教义之外的神秘经验的承担者"

· 1 ·

从纵向的时间上，当代文学将19世纪与20世纪之交当作分界点，在这个点上将文学分切为"古典"和"现代"。当代文学从19世纪及文艺复兴、启蒙时代的外国文学中发现更多的积极性，在指出它们的"局限性"、批判它们的"消极面"之后有较多的包容。而从横向看，对于20世纪外国文学来说，情况和应对方式就要复杂得多。其中，如何处理被冠以"现代主义"名目的文艺流派，不仅在中国，在其他国家的左翼文艺界，都是有争议的棘手问题。

## 问题一：欧洲19世纪文学

这样，这份书目从历史和现状的交叉点上，将世界文学划分为三个大的板块。第一是作为榜样的苏联（也包括俄罗斯）文学。第二是"其他国家"的古典文学，其中重点是欧洲文艺复兴、启蒙时代的文学，特别是19世纪现实主义文学。第三是西方20世纪现代文学，其中"现代派"部分是处理的重点。

"文革"期间的1970年，《红旗》杂志第4期曾刊登署名"上海革命大批判写作小组"的文章《鼓吹资产阶级文艺就是复辟资本主义》。"写作小组"是"文革"期间的宣传机构在文章刊发时的署名方式。以"初澜"（文化部）、"梁效"（北京大学、清华大学）、"上海革命大批判写作小组"名义发出的，通常被看作政治权力顶层授权的声音。这篇文章有一个长副题："驳周扬吹捧资产阶级'文艺复兴''启蒙运功''批判现实主义'的反动理论"。文章认为，自50年代以来，周扬等对欧洲14—16世纪文艺复兴、18世纪启蒙运动和19世纪的批判现实主义文学的赞扬，是为了反对无产阶级文艺、复辟资本主义。撇开这个批判性结论不说，周扬等对上述的欧洲文化成果的重视确是事实。周扬 60 年代初的多次讲话中认为，文艺复兴、启蒙运动和批判现实主义的那些著名作家、作品，"不仅思想上是高峰"，"艺术上也是高峰"。这种重视，在我们讨论的 1954 年的书目中也可以得到证明：文艺复兴、启蒙运动的名著都有列入，最引人注目的是 19 世纪的作家作品：司各特、萨克雷（书目中的萨克莱）、狄更斯、哈代、司汤达、巴尔扎克、雨果、福楼拜、左拉、莫泊桑、巴比塞、法朗士、马克·吐温、杰克·伦敦，加上俄罗斯 19 世纪的果戈里、屠格涅夫、托尔斯泰、契诃夫……19 世纪作家，特别是被称为"批判现实主义"的作品，几乎占了书目的三分之二。

当代对西方古典文学，特别是 19 世纪文学的重视，还体现在翻译出版上，它作为一项规划性的"工程"实施。大量外国文学名著在五六十年代得到高质量的翻译。50 年代后期，在中宣部周扬等的领导下，中国科学院文学研究所和人民文学出版社成立外国文学（包括理论、作品）名著编委会，卞之琳、冯至、朱光潜、李健吾、季羡林、钱锺书等都是编委会委员。从 1958 年开始出版的《外国古典文学名著丛书》（后来名字改为《外国文学名著丛书》），由于丛书封面统一的网格图案设计，被称为"网格本"。"文革"期间中断，80 年代恢复编选出版时增加上海译文出版社作为出版单位。"网格本"的高质量和权威性，是当代文学重视西方古典文学的证明。

这种重视，承续了五四以来新文学的传统，也就是基于人道主义批判精神的现实主义文学的核心地位。当代推崇的外国古典文学作品，大多表现了对封建神权，对非人道的阶级压迫、剥削的批判，对下层社会"小人物"命运的同情、关切，张扬人的主体性的主旨。在当代文学最初的设计者心目中，这些思想、艺术资源可以被组织进社会主义文学之中，是进一步发展、改造的基础。不过他们也发现，从社会主义文学设定的性质看，它们也可能是双刃剑；在当代，既可以转化为批判封建主义、帝国主义、殖民主义的武器,而作为启蒙主义、批判现实主义核心观念的个人主义、人道主义,也可能对阶级论和集体主义带来损害,也有可能动摇社会主义现实主义表达"远景"和乐观精神的基点。这一点,在反右运动之后表现出的警惕性中得到突出。我们如果读周扬、邵荃麟、冯至(在"十七年"时期,冯至具有外国文学研究界权威发言人的身份)等这个时期的文章就能看得很清楚。这些文章包括《文艺战线上的一场大辩论》(周扬)、《修正主义文艺思想一例》(邵荃麟)、《从右派分子窃取的一种"武器"谈起》(冯至)、《略论欧洲资产阶级文学里的人道主义和个人主义》(冯至)、《对于〈约翰·克利斯朵夫〉的一些意见》(冯至)。冯至的几篇都收在他的《诗与遗产》(作家出版社,1963年)集子里。

西方古典文学既是当代文学资源,又是对它的威胁的看法,在50年代后期对两部法国小说的讨论中有"症候性"的呈现。一部是司汤达的《红与黑》,另一部是罗曼·罗兰的《约翰·克利斯朵夫》。罗曼·罗兰的这个四卷长篇虽然出版在20世纪,但从它的基本理念和写作方法,也可以看作属于19世纪的范畴。讨论是有组织的,分别发表在《文学知识》《文艺报》《中国青年》和《文学评论》等报刊。许多著名学者、批评家都参与其中,如冯至、唐弢、罗大冈、李健吾、柳鸣九。讨论发动的起因,据说是在反右运动中,一部分青年知识分子"堕落"为右派,或犯有严重右倾错误,原因之一是受西方资产阶级作品宣扬的人道主义、个人主义影响;它们对个人奋斗、个体人格力量的张扬,对社会主义新人的培养构成破坏性的力量。司汤达、罗曼·罗兰的这两部长篇,40年代后期和50年代,在中国文学青年和知识分子中有很广泛的流传,组织这个讨论,就是为了"消毒"(对"中毒者")和防备"中毒";要让作家、读者认识到,"资产阶级进步作家所提出的那些'自由民主'、'人道主义'等等的口号,对于摧毁封建主义制度起过积极作用……它们在某些方面可以通向社会主义，同时在另些方面更可以通向与社会主义不相容的个人主义"（冯至《从右派分子窃取的一种"武器"谈起》）。

另外，对19世纪批判现实主义的爱恨交加的态度，也来自它对"社会主义现实主义"生存的"威胁"。社会主义现实主义自1934年诞生之日起，就有大量文字论证它对"旧"现实主义的超越性，但是，不论是在诞生的本土，还是在当代中国和西方左翼文坛，质疑也一直存在；是否需要在现实主义前面加上"社会主义"，两种"现实主义"是否有本质的区别，以及社会主义现实主义是否产生了有说服力的作家、作品，是不断提出的话题。这个争论，20世纪50年代中期在中国、苏联和东欧社会主义国家文艺界有国际性的展开。作家出版社收录部分辩论文章，出版名为《保卫社会主义现实主义》的两卷论文集，似乎为辩论作结。事实上问题只是再次被暂时掩盖，质疑之声此后也没有平息。

## 问题二：现代派

1954年书目的另一个重要现象，提出了当代文学如何对待西方"现代派"文学的问题。看这份书目，要看它列入什么，也要看它漏掉、屏蔽些什么。前面提到，书目的"说明"认为，现代作品因文艺工作者"自己能够选择"而没有纳入——其实也透露了现代作品汰选上的难题。这里面确实有对近时段作品经典化方面的困难，也有面对20世纪被称为"现代派"的作家、作品——它们有的已经产生很大的影响——如何提出合理解释的问题。

50年代所说的现代派文学，指的是19世纪后期开始到20世纪前半期与现实主义思想艺术方法有重要区别的流派,如象征主义、未来主义、意象主义、意识流、超现实主义等的总称。80年代初袁可嘉、董衡巽、郑克鲁主编的《外国现代派作品选》(上海文艺出版社),也把二战之后出现的,现在一般称为"后现代主义"的新小说派、荒诞文学、垮掉的一代、黑色幽默,以及一些并没有明确流派归属的作家、作品纳入,后者如安德烈耶夫、黑塞、纪德、奥登、劳伦斯、海明威、拉金的一些作品。在当年现代派解禁的情况下,这个共四册八本的选集热销,影响很大。1980、1981年出版第一、二册是公开发行,到1984、1985年的第三、四册,由于开展"清除精神污染"运动,就改为内部发行了。对于"现代派",当代文学的前30年采取的是拒绝、否定的态度。但是否定没有以公开批判的方式呈现,而是封锁、屏蔽。作品不予翻译出版,现代派的理念和创作也基本不做评论。翻阅那些年的报刊,对现代派或相关作家即使是批判性的文字也很少,只有60年代初袁可嘉、王佐良发表在《文艺报》《文学评论》上的批判T. S. 艾略特的文章。1963年到1964年,在上海音乐界发生过关于德彪西《克罗士先生——一个反对"音乐行家"的人》这本书的争论,似乎也涉及现代派文艺的问题。《克罗士先生》这个小册子是法国作曲家德彪西的评论文集,体现了他的印象派的美学观点。另外,60年代的内部出版物,如后来被称为"黄皮书""灰皮书"的系列,也翻译出版了个别相关作品,如贝克特《等待戈多》、塞林格《麦田里的守望者》,但它们是内部出版,当时的影响并不大。当年国家主导编写的外国文学史、美学史,下限均截至19世纪末20世纪初。如60年代初周扬等主持的文科教材编写,《欧洲文学史》(杨周翰、吴达元、赵萝蕤)、《西方美学史》(朱光潜)主体都只写到19世纪末,20世纪几乎是空白。

社会主义国家对待现代派的这一基本态度,开始于苏联30年代社会主义现实主义确立时期。苏联十月革命后的20年代,其实文艺的先锋探索很活跃，文学、戏剧、绘画、理论等都是这样，如形式主义文论，未来主义在诗歌、戏剧中的表现，梅耶荷德的"构成派"戏剧理论和实践，库里肖夫、爱森斯坦的电影，蒙太奇的发明等。20年代末新经济政策结束，政治、经济、文化"一体化"推动，30年代在文艺方面开展对"形式主义"的批判，先锋艺术被目为非法，遭到打击。中国当代文学在学习苏联、基于无产阶级文学理念和本土文艺传统的情况下，也采取了对现代派拒绝、批判的路线。茅盾1958年在《文艺报》连载的长篇论文《夜读偶记》，对实施这一路线的理论和文学史依据，做了系统的阐述。

茅盾撰写这篇长文的背景，是50年代中期苏共二十大之后，在社会主义国家和西方左翼文艺界发生的有关社会主义现实主义的争论。茅盾文章的要旨，是从人类文艺史的角度，论述社会主义现实主义是最进步的创作方法：不仅与现代派在哲学观念和艺术方法上有着进步和反动的性质的区别，也超越了"旧现实主义"的时代、阶级局限。所以，茅盾用许多篇幅谈到现代派。他说，现代派文艺是资本主义发展到帝国主义阶段危机深化时，对现实不满而对革命又害怕的小资产阶级知识分子绝望、狂乱的心态的反映；他对这种绝望、狂乱做了这样的描述，"他们被夹在越来越剧烈的阶级斗争的夹板里，感到自己没有前途，他们像火烧房子里的老鼠，昏头昏脑，盲目乱窜"。茅盾说，现代派的哲学观念是非理性，艺术是抽象的形式主义。说"非理性"是19世纪末以来"主观唯心主义"中"最反动"的流派，代表人物是叔本华、尼采、柏格森、詹姆士等。非理性否定理性思维能力，否定认识真理、认识世界的能力和可能性，而把直觉、本能、无意识抬高到最高位置。因此，"现代派"对于现实的看法，对于生活的态度，可以用"颓废"这个词来概括，"现代派"文艺，也往往被称为"颓废文艺"。

不过，在社会主义国家和西方左翼作家内部，如何看待现代派意见并不一律。我们都知道 30 年代发生过现实主义和表现主义的争论，在 50—70 年代，东欧和西方左翼也发生过如何对待卡夫卡、乔伊斯等作家的争论。1963 年在布拉格还召开了社会主义国家和西方左翼作家参加的卡夫卡讨论会，像奥地利的费歇尔，法国的加洛蒂等，都主张社会主义现实主义不应该拒绝、排斥卡夫卡，而应吸纳他创作的积极因素。

社会主义现实主义对现代派应该有所接纳的观点，在"文革"之后的当代中国，在被称为"新时期"的文学界得到许多人的认可。由于阻拦的堤坝坍塌，现代派的"洪水"一时汹涌而至，出现了 80 年代的"现代派热"，造成一种过度反应和错觉，认为现代派在文艺发展史阶梯上位居顶端，现实主义已经"过时"。那个时候，在大学中文系中，确实有"狄更斯已经死了"的说法。但正如戴锦华在《涉渡之舟：新时期中国女性写作与女性文化》（陕西人民教育出版社，2002 年）中指出的那样，狄更斯们（巴尔扎克、雨果、托尔斯泰、陀思妥耶夫斯基、契诃夫，也包括司汤达、福楼拜）"正在他们被宣告死亡的时候复活"：80 年代宣告的死亡，死去的，是"狄更斯们的社会主义中国版，而复活的则是他们在欧洲文化主流中的原版"。我这里补充一句，如果从"当代文学中的世界文学"这个视角，也可以说"复活"的是在当代前 30 年中被批判的那些部分，如人道主义、强调个体思想和情感价值的那些部分。现在我们可以看到，以 19 世纪那些伟大作家的创作作为支撑点的现实主义，依然是当代文学的主潮。所以戴锦华模拟《共产党宣言》的说法，说我们头顶游荡着"19 世纪的幽灵"，她称这种现象是"无法告别的 19 世纪"。

当然，做出这样的判断并不意味着忽视 80 年代现代派热的意义，和它为当代文学加入的积极因素，以及在认识、发现世界（包括心灵世界）上另外的价值；也不意味着低估 80 年代小说、诗、戏剧先锋探索的成果。事实上，现代派的观念、艺术方法的某些方面，已经被广泛吸收、内化进 80 年代以后的创作、理论之中；以至有时候，某些作品，某些理论，已经很难清晰区分属于哪种"主义"；"主义"判别的意义、重要性，实际上已经大大降低。

## 问题三："世界化"之路

"苏联化"和"去苏联化"的说法，是贺桂梅《书写"中国气派"：当代文学与民族形式建构》（北京大学出版社，2020 年）提出的。这本书从当代文学民族形式、中国经验建构的角度，将 20 世纪 30 年代后期的民族形式讨论作为当代文学的起点，将截至 70 年代的当代文学，划分为民族化、苏联化与去苏联化、中国化、世界化这样几个时期。这种分期法需要专门讨论。从当代文学史的事实看，50—70 年代存在过"苏联化"和"去苏联化"的现象。我在《相关性问题：当代文学与俄苏文学》（收入《读作品记》）这篇文章中，也概略地讲到俄罗斯、苏联文学对当代文学的影响，它们之间的紧密关系。我们讨论的 1954 年这份书目，也反映了这一"苏联化"的事实。"苏联化"体现在各个方面。一是俄罗斯和苏联的文学理论、作品的大量翻译。二是文学观念、理论的传播，特别是社会主义现实主义被确立为当代文学的纲领，理论批评的许多概念、评价标准都与苏联有关。三是文学制度的借鉴。当然，还有创作上主题、艺术方法、成规的各种影响。

"苏联化"现象与当时的国际形势密切相关，也就是我们经常说的两个对立阵营的划分的冷战格局，中国当时实行的"一边倒"的国策。因此，50 年代后期国际共产主义运动分裂，中苏矛盾激化，"去苏联化"也就是必然趋势。但还要看到"去苏联化"也由内部因素推动，这就是对"中国经验"建构的重视。和苏联一样,中国当代文学也存在一个将中国经验"世界化"的内在推动力。

俄国和中国现代文学的"走向世界文学"采用"思考同样的普遍性的问题"的方式,既意味着克服历史的时间差,同时也意味着试图为世界文学提供普遍性经验。俄国19世纪的情况有些特殊。在几十年间发生"爆炸性"的文学崛起现象,出现一批"世界级"的大作家,并在西欧各国产生强烈影响,直到20世纪60年代,意大利的莫拉维亚还这样回顾19世纪俄国作家的巨大冲击力:"从陀思妥耶夫斯基产生了一整个流派,直到卡夫卡和贝尔纳诺斯。契诃夫对英国和法国等许多欧洲作家也产生过很大影响。而托尔斯泰几乎是一个不可企及的完美的化身;这是一个典范,对它只能赞叹,而难以模仿";而且,这些19世纪作家仍是20世纪的"同时代人",他们,比如托尔斯泰仍具有巨大的"当代意义":"他深深感受到一种道德危机;也就是说,他以大无畏的精神和力量达到了他人通常达不到的高度"(《威尼斯"列夫·托尔斯泰"国际讨论会上的发言》)。

随着俄国、中国革命的胜利,社会主义制度的确立,提供的普遍性经验被注入了明确内容:崭新的、社会主义文学创建的世界性意义。1934年第一次全苏作家代表大会召开,和社会主义现实主义的提出,就是这一宏大设计的重要事件。此后的二三十年间,依靠理论上的论述,和主要以苏联若干作家(高尔基、马雅可夫斯基、肖洛霍夫、法捷耶夫)为标志的社会主义现实主义,在苏联、中国、东欧社会主义国家以及西方左翼作家那里,成为纲领性的思想、艺术原则。它的"世界性",在1954年12月召开的第二次全苏作家代表大会上,获得一种"仪式"性的展示。参加长达半个多月会议的除苏联各加盟共和国的作家、艺术家之外,还有来自30多个国家的代表团,会上发言、致辞赞颂社会主义现实主义和苏联文艺的"巨大成就"的近30位外国作家、艺术家中有:

周扬（中国）、安娜·西格斯（民主德国）、阮廷诗（越南）、阿里·沙尔特·霞弗利（印度）、罗伯逊（美国）、阿拉贡（法国）、聂鲁达（智利）、林赛（英国）、李箕永（朝鲜）、亚马多（巴西）、希克梅特（土耳其）……

从制度（社会主义）、阶级（无产阶级）、艺术方法（一种以浪漫主义为主导的现实主义）来提炼特殊经验，并提升、转化为普遍性经验，这是20世纪30年代社会主义现实主义确立的目标。为了实现这一目标，苏联既采取排斥、剥离的方法，也启动选择、吸纳的机制。它阻止了阿克梅派、象征派等的神秘主义、颓废主义诸元素的侵入，剥离了20世纪初具有革命色彩的先锋探索（30年代对"形式主义"的批判涉及形式主义文论，梅耶荷德的戏剧理论、实践等），通过这样的方法来划出与资产阶级文学、与"颓废"的现代派的界限。但同时，它也拒绝"无产阶级文化派"的那种清理好地基建造无产阶级文学大厦的主张。它明白，社会主义现实主义的合法性（尽管到了五六十年代仍存在争议）需要有说服力的谱系作为保障。它宣称继承了文艺复兴、启蒙主义和19世纪现实主义的优秀遗产，并在俄国文学自身的历史上建立它的连贯线。在理论上，别林斯基和19世纪60年代的革命民主主义美学（车尔尼雪夫斯基）、20世纪初的普列汉诺夫被定位为社会主义现实主义的前行者，而这一"创作方法"的代表人物被描述为普希金、果戈理、托尔斯泰的直接继承人。1937年普希金逝世一百周年，苏联当局开展了全国性纪念活动。英国学者奥兰多·费吉斯在《娜塔莎之舞：俄罗斯文化史》（《理想国译丛》，四川人民出版社，2018年）中有这样的描述："全国四处举行节庆活动：地方小剧院上演他的戏剧，学校组织特别庆祝活动，共青团员去诗人生平行迹所至之处朝圣，工厂组织起学习小组和'普希金'俱乐部，集体农庄也在举行嘉年华活动……当时拍摄了几十部关于普希金生平的电影，建起多座以他命名的图书馆和剧院……在这场狂欢中,他的作品卖出了 1900 万册"——社会主义现实主义的确立并不意味着排斥、剥离普希金等古典作家,相反,是将他们叙述为社会主义现实主义的"前史"。

中国当代文学在"世界化"的建构上走着和苏联不同的道路。《书写"中国气派":当代文学与民族形式建构》中是这样说的:1966 年到 1976 年的"文革"时期,"文艺实践的主导形态表现为一种以去地域化、去民族化的方式寻求将中国经验转化为普遍的'世界革命'资源的激进方式",或者说,"着力寻求对立足于地域文化、民族特色的中国经验进行普遍化和世界化的重新构造"。要补充的有两点。一个是不仅是"去地域化"和"去民族化",更重要的是似乎要抹去几乎全部的中外文化遗产,也不承认他们是苏联、中国现代左翼文化的继承者。作为中共中央文件的 1966 年《部队文艺工作座谈会纪要》(1966 年 4 月作为中共中央文件下达,1967 年 5 月公开发表)就表明了这个态度。它提出要创造"开创人类历史新纪元的、最光辉灿烂的新文艺";这种"新文艺"是在全面破除对中外古典文学、苏联十月革命后的文学、中国 30 年代左翼文学的迷信的基础上,以及对五六十年代当代文学的批判清理的基础上的"开创"。因此,那个时候便出现了两个现在看来匪夷所思的论断:"从《国际歌》到革命样板戏,这中间一百多年是一个空白";"过去十年,可以说是无产阶级文艺的创业期"。

另一个要补充的是,这种"激进方式"的提出者和实践者,是当代文学在 60 年代中期占据主导地位的激进派别,他们把制定 1954 年书目的那批领导者批判为"反动路线",当然也就全面否定了这份对中外文学遗产以继承为主调的书目。这个补充想说明的意思是,对于当代文学如何处理外国文学的观察、讨论,不能只在外部展开。从方法的层面,如何从静态、外部描述,进到内部的结构性分析,以呈现民族化过程的复杂状况,是要重点关注、考虑的问题。这样我们就可以发现,当代文学民族化建构和"世界化"的实践,是携带不同文化成分、具有不同文化观念和想象的作家、理论家,特别是文学"主政者"在当代博弈、冲突的过程。

从"文化后果"看,苏联和当代中国文学的"世界化"实践也有不小的差别。社会主义现实主义,以及附着于这个"主义"上的作家、作品,虽然争议不断,但也曾有一段时间的辉煌,也曾得到世界左翼文艺界一段时间的热烈追慕。但是,当代中国激进派的"世界化"理念和实践,虽然在一定时间内对亚洲等地的进步文学界也发生过某些影响,但大体而言,这个"大厦"是立于沙滩上,当时在国内显赫一时的声望,主要靠的是政治权力的庇护,在时势转易之后,所谓为世界提供的普遍经验的幻影就如肥皂泡一样,迅速飘散。

原载《小说评论》2022 年第 2 期

# 《〈娘子谷〉及其它》：当代政治诗的命运

## 苏联"第四代诗人"叶夫图申科

《〈娘子谷〉及其它——苏联青年诗人诗选》，作家出版社1963年版，标明"供内部参考"，属于后来说的"黄皮书"的一种。只有131页，定价人民币三角四分，收入30年代出生的苏联诗人叶夫杜申科（1933—2017，现通译叶夫图申科，或叶甫图申科）、沃兹涅辛斯基（1933—2010，现通译沃兹涅先斯基）①、阿赫马杜林娜（1937—2010）②的作品三十余首。这本书收叶夫图申科诗有14首，前面有批判性的简介。说他1933年7月出生于西伯利亚贝加尔湖旁的济马站③。1944年随母亲迁至莫斯科；他成为诗人之前，在农村、运木场、地质勘探队工作过。15岁开始发表作品。1953年进入苏联作协主办的高尔基文学院学习，1957年，由于为"反动"小说《不是单靠面包》辩护，被学院和

---

① 安德烈·沃兹涅先斯基(1933—2010)，著有诗集《三角梨》《反世界》《镂花妙手》等。
② 阿赫马杜林娜曾是叶夫图申科的妻子，后与作家纳吉宾结婚。
③ 应该是贝加尔湖附近一个名叫"济马"的车站。

共青团开除；但后来又重新加入，并成为学院共青团书记处成员。1953年斯大林死后，大写政治诗。从50年代中期开始，他的作品紧密联系、直接触及苏联和世界的重要政治事件，包括对斯大林的批判，反对个人迷信，古巴革命，世界和平运动与裁军，以及苏联社会生活的各个方面。他的反斯大林的诗《斯大林的继承者们》，原先许多报刊都拒绝刊登，指责他是"反苏分子"，他将诗直接寄给赫鲁晓夫，得以在1962年10月21日的《真理报》刊出。除诗外，也写小说、电影剧本，也翻译。叶夫图申科自己说，他和他的年青同行是"出生在三十年代，而道德的形成却是在斯大林死后和党二十大以后的一代人"[①]。

在60年代到"文革"，中国曾掀起批判苏联修正主义的热潮。对叶夫图申科等"第四代作家"的批判，属其中的一个部分。记得《文艺报》批判文章的题目是《"垮掉的一代，何止美国有！"》。中共北京市委主办的"内部参考"的理论刊物《〈前线〉未定稿》1965年第3期刊登了徐时广、孙坤荣撰写的《叶夫杜申科和所谓"第四代作家"》，说他们的作品"在涣散苏联人民的革命意志，瓦解苏联青年一代革命精神方面，起着特殊的作用"。

由于江青《部队文艺工作座谈会纪要》指示批判苏联修正主义要抓大人物（诸如肖洛霍夫），叶夫图申科等就不大有人提起，我也忘了这个名字。再次想起"娘子谷"这个诗集，要到80年代初；却不是由于重读，而是"朦胧诗"引起的联想。那时，读到舒婷那么多首诗写窗子，写窗前和窗下，祈请"用你宽宽的手掌／暂时／覆盖我吧／／现在我可以做梦了吗"，就想起《〈娘子谷〉及其它》中阿赫马杜林娜的《深夜》：穿过沉睡的城市走到"你的窗前"，我"要用手掌遮住街头的喧闹"，"要守

---

① 参见《〈娘子谷〉及其它》，作家出版社，1963年，第1—4页。叶夫图申科的这一对苏联第四代作家的概括性描述，经常被评论者征引。中文有的翻译为"精神成熟于斯大林死后……"

护你的美梦,直到天明"。从她们那里,后悔没有早一点懂得窗子和爱情的关系。而江河《纪念碑》中"我就是纪念碑／我的身体里垒满了石头／中华民族的历史有多么沉重／我就有多少重量／中华民族有多少伤口／我就流出过多少血液",更让我直接"跳转"到《娘子谷》:

> 娘子谷没有纪念碑,
> 悬崖绝壁象一面简陋的墓碑。
> 我恐惧。
> 　犹太民族多大年岁,
> 　今天我也多大年岁。
> ……
> 我也被钉死在十字架上,
> 如今身上还有钉子的痕迹。①

这当然不是在讲诗人之间的"影响",而是读者的阅读联想。也许叶夫图申科曾为江河、杨炼当年政治诗的创作提供过部分支援,但总体而言,80年代之后青年诗歌群体即使是对于俄国诗歌,关注点也发生重要转移;人们更感兴趣的是诸如阿赫玛托娃、古米廖夫、茨维塔耶娃、曼德尔施塔姆、帕斯捷尔纳克、布罗茨基这样的名字。因此,在"新时期"诗歌变革的一段时间,关注叶夫图申科的人不多。他的再次出现要到80年代中期。契机是1985年10月,作为苏联作家代表团成员访问中国,出席了中国作协和《诗刊》社联合主办的叶夫图申科诗歌朗诵会。②此后,就有他的多部中译的作品集面世。它们是:

---

① 叶夫杜申科:《娘子谷》,张高泽译,见《〈娘子谷〉及其它》,第22页。
② 参见《叶夫图申科诗选》"后记",湖南人民出版社,1988年,第338页。

- 《浆果处处》（长篇小说），张草纫、白嗣宏译，上海译文出版社，1986年；
- 《叶夫图申科诗选》，苏杭等译，漓江出版社，1987年；
- 《叶夫图申科诗选》（《诗苑译林》之一），王守仁译，湖南人民出版社，1988年；
- 《叶夫图申科抒情诗选》，陈雄、薛复译，浙江文艺出版社，1988年。

90年代，花城出版社还出版了《提前撰写的自传》（1998年，苏杭译），收入他60年代写的五万字的自传，以及他评论俄国诗人（普希金、涅克拉索夫、谢甫琴科、古米廖夫、马雅可夫斯基、茨维塔耶娃、阿赫马杜林娜）的多篇文章；这部书被花城出版社列入《流亡者译丛》的系列。

## "复出"的不同方式

80年代中后期，叶夫图申科再次在中国出现，已不再是负面、被批判的形象。他转而被誉为苏联，甚至是世界级的杰出诗人，评价上呈现颠覆性的变化。这种翻转，我们这里已经见怪不怪。因此没有人追问，反动、颓废的修正主义分子，转眼间为什么就成为正面形象。现在如果细察，可以发现这种断裂性的叙述，在叶夫图申科身上，采用的是"当代"常见的"去政治化"和"再政治化"的方式；这清楚显示在上面提到的几部诗选、论文集的编辑和前言中。

先看漓江版的"诗选"。这部诗选是多人合译，但苏杭起到主导作用，所以封面署"苏杭等译"①，长篇前言《苏联社会的心电图》也是苏杭写的。苏杭也是60年代《〈娘子谷〉及其它》的主要译者，推测那个批判性的简介也出自他之手。因此，前言在肯定他是"苏联当代著名诗人，也是当今世界诗坛上的风云人物"的同时，也述及他的诗在苏联和西方引发"毁誉参半"争议的情况，并借用特瓦尔朵夫斯基、西蒙诺夫的话指出他的不足。不过，他并没有提及中国60年代的批判，没有提起曾有《〈娘子谷〉及其它》这本书，也没有回收"反动""修正主义""颓废派资产阶级分子"这些帽子。前言只是语焉不详地说他不是首次在中国降落，说他的创作曾"引起我国文艺界和读者的关切"，"我国读者对他似乎并不陌生"②，没有具体解释"关切""并不陌生"的具体情况。

湖南人民版的"诗选"是另一种情况。用一种现在时髦的说法，译者前言虽然长篇谈论叶夫图申科诗歌的思想艺术特征，却完全不谈他的经历、创作、评价与历史、与现实政治的关联，没有提及他的创作、活动在苏联内部，在东西方冷战中发生的争议、冲突，只是抽象地说他30多年来的创作，"始终对社会政治的迫切问题密切关注，对人的内心和人的命运深入观察，从而创作出一系列脍炙人口的诗歌作品"，说他"侧重于言志抒情，善于汲取自身的生活经验，使诗作富有浓郁的生活气息。即使在平淡的生活和习见的景物中，他也能发现永恒的哲理"。③

与这种"去政治化"倾向相关的，是他的一些重要的、引发争议的

---

① 苏杭，中国社会科学院外国文学研究所主办的《世界文学》编审，主要译著有诗集《莫阿比特狱中诗钞》、《叶夫图申科诗选》（合译）、《婚礼：叶夫图申科诗选》、《普希金抒情诗选》（合译）、《普希金文集》（合译），小说《一寸土》（合译）、叶夫图申科《提前撰写的自传》、《火焰的喷泉：茨维塔耶娃书信选》等。

② 《叶夫图申科诗选》"前言"，漓江出版社，1987年，第4页。

③ 王守仁：《苏联诗坛的第十三交响曲（代前言）——叶夫图申科及其诗歌创作》，见《叶夫图申科诗选》，王守仁译，湖南人民出版社，1988年。

作品不再出现在 80 年代选本中，如《斯大林的继承者们》等。而湖南人民版的选本，更是没有出现《娘子谷》。相信这不仅是艺术上的考虑。"他[指死去的斯大林——引者]只是装作入睡／因此我向我们的政府／提议：／墓碑前的哨兵——增加／一倍、／两倍，／不能让斯大林起来，／还有和斯大林相连的／过去。"——这样的诗在中国的政治环境中显然不合时宜。

"再政治化"的情形，则体现在 90 年代论文集《提前撰写的自传》的出版。前面说过，它列入《流亡者译丛》①。主编林贤治在《序〈流亡者译丛〉》中对"流亡者"有这样的界定："贡布罗维奇说：'我觉得任何一个尊重自己的艺术家都应该是，而且在每一种意义上都必然是名副其实的流亡者。'这里称之为'流亡者'，除了这层意思以外，还因为他们并非一生平静，终老林下的顺民或逸士；其中几近一半流亡国外，余下的几乎都是遭受压制、监视、批判、疏远，而同时又坚持自我流亡的人物。在内心深处，他们同权势者保持了最大限度的距离。"②按照贡布罗维奇③的说法，"流亡者"似乎过于宽泛，几乎所有的有个性、有严肃艺术追求的作家都包括在内。而按照后面的补充，即使不能说叶夫图申科"不是"（"流亡者"），却也难以简单地说他"就是"；尽管苏联解体之后，叶夫图申科移居美国，但并非受到压制、迫害。显然，在对叶夫图申科的政治倾向描述上，中国 60 年代对他的批判，和 90 年代《流亡

---

① 花城版的《流亡者译丛》除《提前撰写的自传》外，还出版《追寻——帕斯捷尔纳克回忆录》《见证——肖斯塔科维奇回忆录》、《人，岁月，生活》（爱伦堡）等，由林贤治主编。

② 林贤治：《序〈流亡者译丛〉》，见叶夫图申科《提前撰写的自传》，苏杭译，花城出版社，1998 年，第 3 页。

③ 贡布罗维奇(1904—1969)，波兰小说家。第二次世界大战时流亡阿根廷(1939—1963)，后居住在法国 (1964—1969)。

者译丛》的处理，采用的是两种视角、方式。前者将他看作与"权势者"一体，也就是赫鲁晓夫的反斯大林路线的积极追随者，而后者却突出，并夸大他与"权势者"的（政治的和文学的）对立与冲突。

没有疑问，当时的苏联对叶夫图申科的言行、创作有许多争议，他受过许多批评、攻击，也确实受到政权当局和文学界权力机构的压制，特别是1963年在法国《快报》刊登"自传"这一事件①。他被攻击为"叛徒""蜕化变质分子"，针对他发表许多挞伐文章，他在苏联作家协会特别会议和共青团中央全会上受到批判，他的朗诵会被禁止举行；也被迫做了检查。这样的压制持续相当一段时间。

但也不总是遭受打压，他在苏联政治一文学界也有很高地位。《〈娘子谷〉及其它》中的简介曾有这样的叙述：

> 苏共二十大以后，他在1957年便发表了"反对个人迷信"的"诗"。……1960年1月赫鲁晓夫在最高苏维埃代表大会上做了关于裁军的报告，第二天在《文学报》上与赫鲁晓夫的报告同时发表了他的短诗《俄罗斯在裁军》，鼓吹"没有炸弹、没有不信任、没有仇恨、没有军队"的世界。……苏联文学界和读者中间对叶夫杜申科的诗一直是有争论的。有一些人批评他没有"明确的立场"，思想意识不健康……但，另一方面，他又受到很大的重视。他多次出国，访问过欧美、拉美、非洲等近二十个国家。《真理报》聘请他为自己的特派记

---

① 1963年叶夫图申科在欧洲访问时，撰写了"自传"，刊载于2—3月的法国《快报》。题目《苏维埃政权下一个时代儿的自白》为《快报》编辑部所加，后来以《早熟者的自传》题名在法国出版单行本。叶夫图申科回国后，受到严厉指责。据叶夫图申科的回忆，因为这一事件他受到围攻。自传的俄文版本迟至1989年5月才刊登在《真理报》上，题名改为《提前撰写的自传》。花城出版社的《提前撰写的自传》一书，收入这两个不同版本。其中的差别，不仅是篇幅上的，也有措辞、观点上一些重要的变化。

者。1962年4月莫斯科作协分会改选时，他被选为莫斯科作协分会理事……

而且，在80年代，他还担任苏联作家协会理事会理事和格鲁吉亚文学委员会主席，1984年因为《妈妈与中子弹》的长诗（中译收入湖南人民版"诗选"）获得苏联国家文学奖金。

## "艺术摧毁了沉默"

1961年的《娘子谷》是叶夫图申科最重要，也影响最大的作品之一。娘子谷位于乌克兰基辅西北郊外，1941年到1943年，在这里有几万到十万人——其中绝大部分是犹太人——遭到德国入侵者屠杀。对这个事件，叶夫图申科曾说，他早就想就排犹主义写一首诗；但是，直到他去过基辅，目睹了娘子谷这个可怕的地方，这个题材才以诗的形式得以体现。他震惊的不仅是屠杀本身，而且是当局对这一历史事件采取的态度。他目睹这个峡谷成为垃圾场，对于被杀害的无辜生命，不仅没有纪念碑，连一个说明的标牌也没有。他刊登于法国《快报》上的"自传"说，"我始终憎恶排犹主义"，"沙皇的专制制度想尽办法把排犹主义移植到俄罗斯，以便把群众的愤怒转移到犹太人身上。斯大林在他一生的某些阶段，曾恢复了这种狠毒的做法"。[①] 斯大林时代的反犹倾向，并未随着他的去世而终结。因此，造访娘子谷后回到莫斯科的当晚，他写了这首诗。真实性存在争议的《肖斯塔科维奇回忆录》（伏尔科夫记录

---

[①] 叶夫图申科：《附录：苏维埃政权下一个时代儿的自白》，罗新璋、金志平译，见《提前撰写的自传》，第251页。

并整理）中，引述肖斯塔科维奇读《娘子谷》之后的感受：

> 这首诗震撼了我。它震撼了成千成万的人。许多人听说过娘子谷大惨案，但是叶夫图申科的诗使他们理解了这个事件。先是德国人，后来是乌克兰政府，企图抹掉人们对娘子谷惨案的记忆，但是在叶夫图申科的诗出现后，这个事件显然永远也不会被忘却了……人们在叶夫图申科写诗之前就知道娘子谷事件，但是他们沉默不语，在读了这首诗以后，打破了沉默。艺术摧毁了沉默。①

被震撼的肖斯塔科维奇加入了以艺术摧毁沉默，让历史不致湮灭的行动，为此，他在1962年谱写了《第十三交响曲（娘子谷）》，作品113》。与叶夫图申科一样，对这一事件的关切，是基于人道、和平、精神自由的道德立场。这部交响曲不是通常的奏鸣曲式，而是声乐和管弦乐的回旋、变奏。原本是单乐章，后来扩展为五个乐章，分别采用叶夫图申科的《娘子谷》《幽默》《在商店里》《恐怖》《功名利禄》五首诗②。其中第四乐章中的《恐怖》一首，是应肖斯塔科维奇之约，专为这部乐曲撰写。男低音独唱和男声合唱穿插交织。为了达到震撼的效果，采用三管的庞大编制，有近80位弦乐手，大量的打击乐器，以及近百人的男声合唱团。慢板的第一乐章"娘子谷"：

> 音乐以阴暗的b小调开始，宛如沉重的步履，之后合唱团唱出犹太民族的悲哀，有不祥的第一主题不断重复，随后男低

---

① 所罗门·伏尔科夫记录并整理：《肖斯塔科维奇回忆录》，叶琼芳译，卢珮文校，外文出版局《编译参考》编辑部编印，1981年，第225页。此书原名《见证》，2015年作家出版社再版时题为《见证——肖斯塔科维奇回忆录》。

② 这五首诗的中译，已分别收入苏杭、王守仁翻译的《叶夫图申科诗选》中。

音接唱。象征法西斯暴行的第二主题以极快的速度冷酷地出现，合唱与独唱也交织地进行。第三主题代表纯洁无辜的受害小女孩安娜，她遭遇的悲剧在此透过管弦乐悲伤地回忆着，音乐逐渐进行到强烈的高点，导入最后的挽歌。独唱者与合唱轮番为每一个在巴比雅被射杀的人抱屈、愤怒。……①

巴比雅（Babi Yar）即娘子谷；安娜是二战期间躲避纳粹杀害，写《安娜·弗兰克日记》的德国犹太小女孩。无论是诗的《娘子谷》，还是交响乐的《娘子谷》，当年在苏联发表、演出的时候，都冒着风险，也确实引起很大风波，成为政治事件。《文学报》1961年9月19日刊登这首诗时，编辑已做好被解职的准备。叶夫图申科受到许多攻击，但是他收到的三万多封来信中，绝大多数站在他这一边。在乐曲首演问题上，当局施加压力，迫使原先应允参加首演的乐队指挥和几位独唱家相继退出。指挥家穆拉文斯基与肖斯塔科维奇是挚友，他们的友谊开始于在音乐学院学习时。1937年指挥列宁格勒交响乐团首演肖斯塔科维奇第五交响曲之后，肖氏的大部分作品首演指挥都由穆拉文斯基担任（交响曲第五，1937；第六，1939；第八，1943；第九，1945；第十，1953；第十二，1961）。这次原本也由他执棒，后来却也宣布退出，显然是受到当局的压力。自此，他们交恶，长期亲密、互相支持的友谊破裂②。这是

---

① 赖伟峰：《降b小调第十三交响曲（巴比雅），作品113》，见《发现：萧斯塔可维奇》，中正文化中心（台北），2005年，第107页。

② 穆拉文斯基（1903—1988），苏联杰出指挥家。30年代开始担任列宁格勒爱乐交响乐团（现在的圣彼得堡爱乐交响乐团）常任指挥40多年，提升该乐团水准而跻身世界著名乐团之列。特别擅长指挥柴科夫斯基、肖斯塔科维奇的作品。德意志留声机公司（DG）出品的双张柴可夫斯基第四、五、六交响曲（编号419745—2），几乎是柴可夫斯基这三部交响曲的权威、难以超越的经典版本。

20世纪无数因政治、意识形态问题导致友谊、爱情受损、破裂的一例。最终乐曲首演指挥由康德拉辛①担任。

基于音乐处理上的需要,《娘子谷》的"歌词"对"诗"有一些改动,尤其是独唱与合唱上的分配;这增强了对话、呼应的戏剧性。其中值得提出的重要不同是"犹大"和"犹太人"的问题。原诗是这样的:

> 这时我觉得——
>     我是犹大,
> 我徘徊在古老的埃及。

歌词却是:

> 我觉得现在自己是个犹太人。
> 在这里我跋涉于古埃及。②

多种歌词译文,诗中的"犹大"都成了"犹太人"。我感到困惑,一度怀疑诗的中译是否有误,便请教汪剑钊③。他的解惑是:诗的原文就

---

① 康德拉辛(1914—1981),苏联指挥家。1938年到1943年任列宁格勒马林斯基剧院乐队的首席指挥,1956年起成为莫斯科爱乐乐团首席指挥,1960年起任艺术指导。1979年在荷兰巡回演出时寻求政治庇护,开始任职于荷兰皇家音乐厅乐团。

② 邹仲之译,见《爱乐》,2005年第5期,生活·读书·新知三联书店出版。台北《发现:萧斯塔可维奇》一书中对应的歌词翻译是:"我觉得现在——/ 我是犹太人 / 在这里 / 我横越过古埃及"(赖伟峰译)。

③ 汪剑钊(1963—  ),诗人、翻译家、俄苏文学和中国现代诗歌研究者,北京外国语大学外国文学研究所教授,中国社会科学院外国文学研究所研究员。著有《中俄文字之交——俄苏文学与二十世纪中国新文学》《二十世纪中国的现代主义诗歌》《阿赫玛托娃传》,翻译《记忆的声音:阿赫玛托娃诗选》等。这里引述他来信大意,他还发来他新译的《娘子谷》,见附录。

是犹大,犹大和犹太人在俄文中是不同的两个词,翻译不至出错。他认为,诗人既把抒情主人公当作受害者,同时认为在施害中他也负有责任,觉得"自己"就是犹大,被同胞唾弃,内心受到谴责,没有归宿感而游荡在古埃及土地上。

当然,现在我也还没有明白这个不同产生的原因。爱伦堡在听了肖斯塔科维奇的《第八交响曲》之后说:"音乐有一个极大的优越性:它能说出所有的一切,但是尽在不言中。"①的确,多层次的、复杂交织的情感思绪,它的强弱高低起伏,它的互相渗透的呈现,文字有时难以传递;但是对深层思想的揭示能力,音乐也有稍逊的时候。也许难以表达这里"犹大"所包含的复杂思想情感,才有这样的改动?汪剑钊的解说是对的。叶夫图申科《娘子谷》的震撼力,既来自感同身受("我是德莱福斯","我是安娜·弗兰克",我是被枪杀在这里的每一个老人和婴孩)地对民族毁灭性暴行的批判,也来自这种不逃避应承担责任的勇敢自谴。

## 政治诗的命运

叶夫图申科多才多能,他不仅写诗,也写小说、电影剧本、诗歌评论,主演过电影。就诗而言,题材、形式也广泛多样。不过,说他的主要成就是"政治诗",他是20世纪的政治诗人,应该没有大错。这也是他的自觉选择。他曾说,斯大林逝世前他"一直隐蔽在抒情诗的领域里","解冻"之后"要离开这个避难所"了②。《提前撰写的自传》中也说

---

① 伏尔科夫:《见证——肖斯塔科维奇回忆录》"引言",叶琼芳译,作家出版社,2015年,第18页。

② 《〈娘子谷〉及其它》,第1—2页。

过相似的话:"内心抒情诗在斯大林时代几乎是禁果",现在"开始冲破了堤坝,充满了所有报刊的版面";不过,在"发生的巨大的历史进程的面前,内心抒情诗看起来多少有点幼稚。长笛已经有了。如今需要的是冲锋的军号"。①因此,在当年苏联的诗歌界,他被归入着眼于重大政治题材,诗风强悍的"大声疾呼"派(相对的是"悄声细语"派。这两个"派别",中译有的作"响"派和"静"派)。

20世纪多灾多难,也曾经充满希望和期待。战争,革命,冷战,专制暴政,殖民解放运动……这一切在具有"公民性"意识的诗人那里,孕育、诞生了新型的政治诗体式。路易·阿拉贡将这种诗体的源头,上溯到16世纪意大利诗人彼特拉克,叶夫图申科则将它与普希金、莱蒙托夫、涅克拉索夫、惠特曼连接。但是他们也都认为,马雅可夫斯基是当代"政治诗"的创始人②。叶夫图申科也将自己纳入这个诗歌谱系。他赞赏这位开拓一代诗歌的"硕大无朋"的诗人的伟力:

> 马雅可夫斯基比任何人都更加痛切地认识到,"没有舌头的大街却在痛苦地痉挛——它没法子讲话,也没法子叫喊。"马雅可夫斯基从淫乱的内室,从漂亮的四轮马车中拉出来爱情,把它像一个疲倦的受骗的婴儿一样捧在他那双因绷紧而青筋暴露的巨大的手上,走向他仇视而又可亲的大街。③

---

① 叶夫图申科:《提前撰写的自传》,第40页。
② 路易·阿拉贡1951年说:"对于我们来说,马雅可夫斯基首先是当代政治诗的创始人,这个事实是谁也不能从历史的篇章上抹掉的。"(《从彼特拉克到马雅可夫斯基》,见《法国作家论文学》,生活·读书·新知三联书店,1984年,第363页。)叶夫图申科的观点,引自《彪形大汉却无力防卫》,见《提前撰写的自传》。
③ 叶夫图申科:《彪形大汉却无力防卫》,见《提前撰写的自传》,第133页。

20世纪政治诗的首要特征，是处理题材时敏锐而固执的政治视角，特别是直接面对、处理重要政治事件和问题。写作者有自觉的代言意识，抒情个体自信地将"自我"与民族、阶级、政党、人民、国家想象为一体。惠特曼那种"我"同时也就是"你们"的抒情方式（《自我之歌》："我所讲的一切，将对你们也一样适合，因为属于我的每一个原子，也同样属于你……"）在20世纪政治诗中得到延伸，并被无限放大。这种诗歌不单以文本的方式存在，诗人的姿态也成为重要组成部分。它的传播，也不仅限于室内的默读和沙龙、咖啡馆的朗诵，而是面向群众，走向广场、街头，体现了它的公共性。政治诗诗人常以自己的声音、身体作为传播的载体，他们是演说家和朗诵者：这方面突出体现在马雅可夫斯基、叶夫图申科身上。马雅可夫斯基"希望诗歌能回荡于舞台上和体育场上，鸣响于无线电收音机中，呼叫于广告牌上，号召于标语口号，堂而皇之登在报纸上，甚至印在糖果包装纸上……"[①] 这种政治诗不像象征主义那么"胆怯"，不害怕在诗中说教，在政治诗人看来，害怕说教，可能会让道德变得模糊，并失去对群众动员的那种必需的质朴。

政治诗在当代中国，也曾经风光一时，如三四十年代，特别是"当代"的前30年。它的最后辉煌，是"文革"后到80年代前期这段时间，几代诗人（艾青、白桦、公刘、邵燕祥、孙静轩、叶文福、雷抒雁、曲有源、张学梦、骆耕野、江河、杨炼……）合力支持这个繁盛的、让诗歌参与群众社会生活的局面。不过，诗人西川后来说，80年代诗人"错戴"了斗士、预言家、牧师、歌星的"面具"。其实也不全是错戴，那个时代的政治诗人就是斗士、预言家、牧师和"歌星"（就其与受众的关系而言）。

但这是落幕前的高潮，日沉时的最后一跃。舒婷1996年写道："伟大题材伶仃着一只脚／在庸常生活的浅滩上／濒临绝境／救援和基金将

---

① 叶夫图申科：《彪形大汉却无力防卫》，见《提前撰写的自传》，第143页。

在许多年后来到／伟大题材／必须学会苟且偷安"(《伟大题材——旅德记事》)。中国政治诗的式微,开始于80年代中后期,1988年公刘在《文学评论》第4期发表的《从四种角度谈诗与诗人》,以深切的忧虑揭示了政治诗消退、淡化的事实①。

50年代初,法国诗人阿拉贡抱怨人们将16世纪的彼特拉克只看作爱情诗人,而忘记了他同时,甚至更主要是政治诗人;中国学者滕威抱怨90年代的中国只高度评价聂鲁达的爱情诗,而冷落了他重要的革命、政治诗歌②——他们的抱怨虽然正确,却难以扭转这一趋势。在一个物质、消费主导的时代里,人们记忆的筛选机制不可避免发生重要改变;他们难以再热情呼应那种政治说教。况且在今天,诗人面对政治、社会问题和事件,已不像革命、战争年代那样能够明晰地做出判断。复杂化的"政治",已经难以在诗中得到激情、质朴的明确表达,它更适宜被置于学院的解剖台上,为训练有素、掌握精致技能的学者提供解剖对象。那些严肃、试图面对重要事件和问题的诗人,因此变得优柔寡断,犹豫不决。

> 讨论桌上,两个来自
> 极权国家的民主斗士在畅想
> 全球化如何能够像天真的种马一样
> 在他们的国土深处射出自由,而
> 一个来自民主国家的左派
> 却用他灵巧的理论手指,从
> 华尔街的坍塌声中,剥出了一个

---

① 公刘:《从四种角度谈诗与诗人——答中央广播电视大学中文系问》,《文学评论》,1988年第4期。

② 参见滕威:《"边境"之南——拉丁美洲文学汉译与中国当代文学(1949—1990)》,北京大学出版社,2011年。

> 源自1848年的幽灵。
> ……①

来自世界不同城市，有着不同世界想象的知识分子，聚集在1933年纳粹党人焚书的柏林百布广场，讨论着诸如"全球化经济有助于民主 / 还是更巩固了独裁？""在现今的世代里 / 勇气是什么意思？"诗人梁秉钧对此的回应是：

> 回答得了么，历史给我们提的问题？
> 对着录音的仪器说话，有人可会聆听？
> 太阳没有了，户外的空气冷起来
> 能给我一张毛毡吗？
> 六个小时以后，觉出累积的疲劳
> 能给我一杯热咖啡？②

"累积的疲劳"是一种时代病，炽热的热情和内在的力量变得罕见。政治诗衰落的原因也来自它自身。叶夫图申科在《彪形大汉却无力防卫》中，对马雅可夫斯基赞赏、辩护之外，也指出他"付出的代价是昂贵的"。"他经常为争取诗歌的整体功利性而战斗，为此他失去了许多东西——要知道，任何艺术功利性都注定结局不妙。"他情愿，或不得不牺牲某种他并非不拥有的"艺术"。另一方面，"瞬间性"是这种过度依赖时间的诗歌的特质。政治诗人对此应有预想，如马雅可夫斯基写

---

① 胡续冬：《IWP关于社会变迁的讨论会》，见《旅行 / 诗》，海南出版社，2010年，第49页。

② 梁秉钧：《百布广场上的问答》，见《东西——梁秉钧诗选》，中国戏剧出版社，2012年，第99页。

下的,当他下决心进入这一政治诗的领域,就要同时宣布:"死去吧,我的诗,像一名列兵,像我们的无名烈士在突击中死去吧。"① 当然,另一个可能也并非不存在,"瞬间性"也可以转化为"永恒",如果诗人既能深刻触及现实的"瞬间",又有足够的思想艺术力量超越的话。

今天,当我们重读叶夫图申科这样的诗人的作品,将会得到什么样的启示?20世纪马雅可夫斯基创始的政治诗是否还能给我们提供精神、艺术上借鉴的资源?我们是否也会如舒婷那样,期待着"救援和基金将在许多年后来到"?也和叶夫图申科在1978年那样,对这种政治激情的诗歌的未来充满信心?——

> *有时候觉得,根本不是从过去,而是从朦胧的未来传来……冲我们开来的轮船发出的低沉的汽笛轰鸣声:*
> *请听听吧,后辈同志们……*②

原载《诗探索》2015年第7期

## 附记一:

这篇文章完稿之后,读到孙晓娅主持的首都师范大学中国诗歌中心2014年4月9日举办的讲座整理稿。演讲人是斯洛文尼亚诗人阿什莱·希德戈(1973—),他在题为《1945年以后的东欧诗歌创作——小气候、抗争、追寻超越》的演讲中,重要内容之一涉及诗歌和"政治"关系这一问题。他说,在欧洲,像芬兰、波兰、南斯拉夫、匈牙利等国家,"从19世纪末到20世纪初以及更晚近的历史时期",有许多诗人"自觉地为某种政治立场、民族主义等代言。……他们是当时文学圈子里的主流。但是从历史的角度上看,比起其他抗拒将自身作为民族主义以及政

---

① 叶夫图申科:《彪形大汉却无力防卫》,见《提前撰写的自传》,第145、144、142页。
② 同上书,第145页。

治工具的诗人来说,这些诗人在当代不再那么被欣赏"。他推举的是那些"试图提出更广阔的、复杂的问题"的诗,它们试图回答:"某种特定的政治倾向对人类来说意味着什么?社会机制是什么样的?为了政治的目的,压力以何种方式被施加到人类身上?……"他说,这些诗的作者采取了"旁观者的视角"。"如果你观察20世纪伟大诗人的地图,你可以看到在维持自身独立性的基础上继续写作有两种方式:一种是采取一个内在者的立场——你留在你的国家,但你永远不属于它机制的一部分,并且从侧面进行写作;另一种是自我放逐和走向流亡。"

这样的观点,在中国的读者和批评家那里,显然立刻会有反应。现场听讲者的驳诘是:

> 我认为一个写作者的责任是直面现实,如果事情确实发生了,就不能视而不见,而是要发出自救的声音。这与职业道德相关,诗人也要有其自身的职业道德,要有一颗拯救世界的善良的心。这与政治无关,与功利无关,与旁观无关。刚才您谈到了您周边国家的政治状况,包括乌克兰的动乱,一战二战的延续所带来的政治动荡。您是否觉得您在写作中对这些状况进行了刻意的回避?换言之,您写作的时候只看到了花朵和大海,却没有看到战争的、动乱的、伤害的碎片。

希德戈不大愿意接受这样的批评。他的回答是:

> 政治始终在简化现实。政治是一种非此即彼的思维方式,而儒家哲学则强调即此即彼。因此我认为艺术创作更为复杂,并且比起政治思考来有更弱的规定性。我不认为我为特定国家代言,无论是斯洛文尼亚还是欧洲。我开始写诗是缘于我对翻译过来的拉丁美洲诗歌的阅读——比如聂鲁达(Pablo

Neruda），他们与我毫无关系。但从诗歌的角度来说他们改变了我的生活。我认为我作为一个人，应该自己决定我要表达什么，为谁表达。如果我认为我被任何战争、冲突所影响，它们直接对我发言并且需要我的回答，我已经做了很多。在南斯拉夫战争当中我进行诗歌创作，这是我自己的故事。如果我认为世界上所有的故事都是我的故事，这将会对我的语言，对我的审美表达产生很大的伤害。在所有的政治冲突中，有太多的感受和太多人的故事，很难在诗歌或是其他表述方式中对这些复杂的成分进行到位的表达，很难避免被头脑简单的政客所炸毁，以便达到他们每日的目标。我不是任何政策的奴隶，我只是诗歌的谦卑的侍者。

**附记二：**

汪剑钊回答我的问题的同时，也传给我他新近翻译的《娘子谷》全文。对比以前张孟恢等的译文，有许多"细节"的差异（语词、句式、节奏等）。这当然体现了翻译者不同的个性与风格；但译文发生的变化也与"时间"有关。汪剑钊的译文语词上偏于"书面化"，削弱了早先那种口语的朗诵风格，向着更具"阅读"性的方向转化。这也可以看作"政治诗"式微的征象。

### 娘子谷

娘子谷[①]上空没有纪念碑。
陡峭的断崖，犹如粗陋的墓石。

---

[①] 娘子谷，乌克兰首都基辅近郊的一处大峡谷。第二次世界大战期间，德国法西斯分子曾在此屠杀了大批的犹太人。

我感到恐惧。
　　　　　我今年有多大岁数，
恰好与犹太民族同龄。
此刻，我觉得——
　　　　　　我就是犹大。
我在古老的埃及游荡。
而我，也被钉上十字架，牺牲。
至今，我的身上存有钉子的痕迹。
我觉得，德莱福斯①——
　　　　　　就是我。
市侩的习气——
　　　　　是我的告密者和法官。
我在铁窗背后。
　　　　　我身陷囹圄。
遭受压迫、
　　　蹂躏、
　　　　诽谤。
佩着布鲁塞尔彩带的贵夫人
高声尖叫，伞柄戳到我的脸上。
我仿佛觉得——
　　　　　我就是别洛斯托克②的小男孩。
血流成河，哀鸿遍野。

---

① 德莱福斯（1859—1935），法国军官，犹太人。1894年，他曾被诬告为间谍，判处终身监禁。在进步知识分子左拉、法朗士等人的援救下，他最后被无罪释放。

② 别洛斯托克，波兰东北部的一座城市。

首领们放肆如同小酒馆的支架,
伏特加与洋葱的气味不相上下。
我被一只皮靴踩倒,衰弱不堪。
我徒然地恳求大屠杀的刽子手。
却迎来一阵哈哈狂笑:
    "揍死犹太鬼,拯救俄罗斯!"
下流胚暴虐了我的母亲。
哦,我的俄罗斯人民!
  我知道——
      你
在骨子里具有国际主义精神。
但那些手脚不干净的人们,
经常假借你圣洁的名义狐假虎威。
我知道你这块土地的善良。
多么卑鄙呵,
    反犹分子是冷血动物,
居然给自己取了一个华丽的
名字:"俄罗斯各民族联盟"!
我仿佛觉得:
    我——就是那个安娜·弗兰克,
透明
  犹如四月里的一株嫩枝。
我陡生爱意。
    但我不需要词句。
我需要的是,
    我们能够相互对视。

可瞧、可嗅的东西,
　　　　　　　多么稀少!
我们触摸不到树枝,
　　　　　　　我们无法见到天空。
但可以做很多事情——
　　　　　　　例如温柔地
相互依偎在黑暗的房间。
有什么动静?
　　　　别害怕——这是春天
自己的喧响——
　　　　　　　她向我们走来。
快来到我身边。
　　　　　　　快给我你的唇吻。
房门被毁损?
　　　　　　不,——这是溶化的流冰……
野草在娘子谷上飒飒作响。
树木威严地盯视,
　　　　　　　像一个个法官。
这里的一切在沉默中呐喊,
　　　　　　　于是,我摘下帽子,
我感觉,
　　　头发逐渐变得灰白。
而我本人,
　　　如同连成一片的无声呼喊,
萦绕在成千上万具枯骨的上空。
我——

　　　　　是被枪杀在此的每一个老人。
我——
　　　　　是被枪杀在此的每一个婴儿。
在我内心深处
　　　　　永远不会忘却！
让《国际歌》的歌声
　　　　　　　雷鸣般轰响起来，
直到在地球上彻底埋葬
最后一名反犹分子。
我的脉管里没有一滴犹太血液。
但我胸怀粗粝的憎恶，
痛恨所有的反犹分子，
　　　　　　如同一名犹太人，
因为啊——
　　　　我是一名真正的俄罗斯人！

1961

**附记三：**

　　这篇文章刊出之后，诗人王家新说，大概 70 年代末或 80 年代初，他读到《〈娘子谷〉及其它》这个诗集，当时印象最深刻的是《戈雅》，还给我背诵了前面几行。但王家新把这首诗的作者误记为叶夫图申科，应该是沃兹涅先斯基。这首诗现在已有多种中文译本，有的中译题目为《我是戈雅》。下面是《〈娘子谷〉及其它》中范秀公的译文：

## 戈雅（1959）

我是戈雅！
敌人飞落在光秃秃的田野上
啄破我的眼窝。
我是痛苦，
我是战争的声音。
一些城市烧焦的木头
  在四一年的雪地上。
我是饥饿。
我是那
  身子像钟一般挂在空旷的广场上
  被敲打的，被吊死的女人的喉咙……
我是戈雅！
呵，复仇！
我使不速之客的灰烬
  像射击似的向西方卷去，
并在那作为纪念的天上像钉钉子一般
   钉上了
结实的星星。
我是戈雅。

（戈雅，西班牙18—19世纪画家，版画集《战争的灾难》表现与拿破仑的战争，以及费迪南七世统治时代的苦难，共82幅。）

# 《司汤达的教训》:"19世纪的幽灵"

## 爱伦堡与中国当代文学

《司汤达的教训》,爱伦堡1957年写的论文,中译刊登于《译文》(北京)1958年第7期①。1962年2月,《世界文学》编辑部编印的"内部读物"《爱伦堡论文集》,收入这篇文章。1980—1981年,北京大学俄语系俄罗斯苏联文学研究室编辑《俄罗斯苏联文学研究资料丛书》,《爱伦堡论文集》一书在篇目做少量调整之后,改书名为《必要的解释(1948—1959文艺论文选)》出版,《司汤达的教训》这篇文章仍被收录。②

北大俄语系的这套丛书,原来有较大规模的设计,后来只出版了《现阶段的苏联文学》([苏]诺维科夫)、《五十至六十年代的苏联文

---

① 译者衰维昭。原文刊登在苏联《外国文学》杂志1957年7月号。《译文》1959年起改名为《世界文学》。本文引用爱伦堡的文字,未特别说明的,均出自《司汤达的教训》。

② 丛书由北京大学出版社出版,李明滨、李毓榛、杜奉真主编。《出版说明》称,丛书选题包括俄苏文学史专著、教科书,俄苏重要作家研究资料,苏联当代有影响的作家研究资料,重要文艺思潮和论争资料,重要作家代表作以及西方研究俄苏文学的资料等。

学》([苏]维霍采夫)、《关于〈解冻〉及其思潮》《西方论苏联当代文学》《叶赛宁评介及诗选》和《必要的解释(1948—1959文艺论文选)》几种,后续就没有下文。预告的"对车尔尼雪夫斯基评价的前前后后""西蒙诺夫等苏联当代作家谈自己的创作思想"等未见踪影。已出版的部分,当时的影响也不大。究其原因,是当年文学思潮的走向,文学界对外国文学的关注点,已经转移到西方现代文学,尤其是现代派方面;而对俄苏20世纪"异端"作家(阿赫玛托娃、茨维塔耶娃、曼德尔施塔姆、别雷、布尔加科夫……)的关注热潮尚未开启。丛书计划中断,和影响不符预期,也是时势使然。

丛书编辑者的动机,其实和当年中国文学正在发生的变革有关。从出版的几种看,聚焦的是50年代中期以后苏联文学的"解冻"现象;编辑者可能认为,"新时期"文学继续的,正是这一发生于苏联,也曾在50年代的中国一度发生的"解冻"潮流。中国当年的"百花时代"短暂,很快夭折,苏联则在此后的二三十年间,仍在曲折、充满争议中行进。基于这样的理解,苏联这些"正反面资料",包括像爱伦堡这样的"内部"质疑者,有可能成为"新时期"中国文学历史反思和未来设计的切近参照。

有点可惜的是,相对于从"外部"来质疑当代文学,当时从"内部"所作的反思被忽略。这里说的内部、外部,不是严谨的区分,区别只在是否承认当代"社会主义文学"观念和实践的某种有限合理性;从文学史的角度,也就是"十七年"的文学经验、问题和内部争辩,是否仍可成为反思的基础的一部分。这种忽略,导致近年文学界有人试图发掘"社会主义文学"遗产的时候,很大程度离开了它的语境,离开了对当年已经存在的争论、冲突的认真总结这一前提。

说爱伦堡是"内部"质疑者,是因为从二战到60年代去世,他都是社会主义文化的捍卫者。冷战时期,他与西方左翼知识分子一起,参与反对帝国主义政治和资产阶级文化的运动。但他自40年代末开始，也对苏联实施的文化政策和社会主义现实主义教条，持续发出质疑、修正的声音，在苏联五六十年代的思想、文学"解冻"潮流中，扮演了重要角色。正如陈冰夷[①]在《必要的解释》"编者的话"中说的，如果要全面了解和研究1953—1964年间苏联文学错综复杂的现象，爱伦堡这个时期的著作、活动"是不可忽视的"。他的《谈作家的工作》这篇对中国当代文学有直接影响的长文，写于1948年，但在斯大林1953年3月去世后才刊发于苏联《旗帜》杂志（1953年10月号），是较早批评苏联正统文艺观点、政策的文章。此后，他的小说、诗、论文、回忆录源源不断，在苏联内部不断引发争论。著名的中篇《解冻》（第一部）发表于1954年5月（第二部出版于1956年苏共二十大召开那一年）。《解冻》并未直接写到当年苏联的重要政治事件，但其中表达的情绪、观念，明白宣告一个"新的时代"的到来，"解冻"也成为当时苏联思想、文化的隐喻意象[②]。1957—1958年间，他发表十几篇文学论文，如《必要的解释》《重读契诃夫》《司汤达的教训》，为茨维塔耶娃、巴别尔、莫拉维亚、艾吕雅的小说集、诗集撰写的序言。其中，《必要的解释》和《司汤达的教训》在苏联文学界有更大反响，招致许多批评，但爱伦堡没有理睬。1960—1965年间，他持续写作了《人·岁月·生活》的六卷回忆录。

---

[①] 陈冰夷（1916—2008），上海嘉定人，俄苏文学翻译家。40年代在上海时代出版社担任《时代》《苏联文艺》等刊物和图书的编译出版工作。1949—1953年任上海时代出版社北京分社负责人，1953年调中国作家协会，任《译文》（1959年起改为《世界文学》）副主编，1964年调中国科学院外国文学研究所，后任副所长、《世界文学》主编。

[②] "解冻"作为一种政治符号，在其后的文艺作品中反复出现，如丘赫莱依电影《晴朗的天空》中斯大林死去后出现的江河解冻的场景，叶夫图申科长诗《娘子谷》中的句子："有什么动静？／别害怕——这是春天／自己的喧响——／她向我们走来。／……房门被损毁？／不，这是融化的流冰……"（汪剑钊译）。

爱伦堡和我国当代文学的关系，主要是在"十七年"，但也延伸到"文革"和"新时期"。50年代初，对中国作家和文学爱好者来说，爱伦堡不是陌生的名字。从40年代后期开始，他的著作就有多种中译本。当年翻译最多的，一是他的政论性著作，书名均与当年国际政治相关，如《保卫和平》《保卫文化》《人民的呼声》《人民的意志》等。另一是他的三部长篇：《巴黎的陷落》《暴风雨》《第九个浪头》，每种均有多种中译[①]。1954年《解冻》发表，虽然《文艺报》综述苏联文艺动态的文章提到它（篇名译为《融雪天》），但中译本面世要迟至1963年（作家出版社的"内部发行"版）。同年，他的回忆录《人·岁月·生活》也作为"内部书"同由作家出版社出版[②]。

爱伦堡对于中国当代文学，开始是作为反法西斯战争、保卫世界和平和捍卫社会主义文化的斗士产生的影响力。随后，是以19世纪传统和"世界文学"的视野，从"内部"对苏联主流文艺观念和政策质疑、批评，而受到50年代中期中国文学革新者的关注。《人·岁月·生活》这部回忆录，则在对70年代以后中国青年作家，特别是青年诗人的心智、情感活动的启发上，留下有迹可循的痕迹。这些是探讨中国当代文学文化资源时需要顾及的一个方面。

---

[①]《巴黎的陷落》有1945年独立出版社（重庆）的刘宗怡译本，1946年百新书店（上海）的张翼声译本，1947年云海出版社（上海）的徐迟、袁水拍合译本。《暴风雨》有1951年文光书店（上海）的高清岳、淡文合译本，文化工作社（上海）的王佐良等六人合译本，及1952年时代出版社（上海）的罗稷南译本。《第九个浪头》有1952年国际文化服务社（上海）的侍桁、千羽合译本（书名为《巨浪》），及1953年文化工作社（上海）的施蛰存、王仲年、王科一合译本。

[②] 1963年的这个版本并非全书，当时爱伦堡回忆录的写作还没有结束。关于这部回忆录中文译本的情况，参见冯南江、秦顺新：《人·岁月·生活》"译后记"，海南出版社，1999年。

## 不同的司汤达图像

爱伦堡发表《司汤达的教训》是1957年，这期间，中国的文学界对这位19世纪作家也感兴趣，在1959年到1960年开展了对《红与黑》的讨论①。反右之后的50年代后期到60年代初，有两部西方小说在中国文学界引发热烈讨论，一是《约翰·克利斯朵夫》，另一就是《红与黑》：这是反右运动思想批判的继续。爱伦堡和中国的批判者都认为像司汤达这样的古典作家在当代有很大影响力，但他们对影响力性质的理解，以及描画出的司汤达图像，却大相径庭。

在总结反右派运动的时候，邵荃麟、冯至、周扬等的多篇文章认为，一些青年知识分子"堕落"为右派的原因，受西方资产阶级作品宣扬的人道主义、个人主义影响是一个方面②，因此，便有意识开展对这两部西方作品的讨论。《红与黑》在40—50年代，中译只有赵瑞蕻和罗玉君的译本。当年的《红与黑》热，也是法、意1954年合拍的电影的推动，影片于连的扮演者是也风靡中国的法国英俊小生杰拉·菲利普③。《红与黑》讨论的时候，也刊登肯定小说积极意义的文章，但那是为了提供反驳对象，讨论是按照事先设定的方向推进。最后的"结论"是，《红与黑》等19世纪作品，在它产生的时代有社会批判意义，当前也有

---

① 这一讨论，主要在《文学知识》《文学评论》等刊物进行，从1959年初开始，持续到1960年夏天，共发表了20多篇文章。

② 参见冯至《略论欧洲资产阶级文学里的人道主义和个人主义》(《北京大学学报》1958年第1期)，邵荃麟《修正主义文艺思想一例——论〈苔花集〉及其作者的思想》(《文艺报》1958年第1期)，周扬《文艺战线上的一场大辩论》(《文艺报》1958年第5期)。

③《红与黑》即使在20世纪八九十年代以来的中国，也拥有众多读者，译本更多至十几、二十种之多。这一方面表现了翻译界的"乱象"，另一方面也说明这部小说的热度未减。

一定的认识作用，但在社会主义时代，更会产生破坏性的消极效果；作品中这些个人主义"英雄"，"他们或者像《红与黑》中的于连，由于个人的野心得不到发展而对社会进行报复性的绝望反抗；或者像约翰·克利斯朵夫，信仰个人的人格力量，以自己的孤独为最大的骄傲"，在今天"不但不可能培养新的集体主义的个性，相反地，只会破坏这种个性"；<sup>①</sup>"就象我们宋朝理学家'坐在禅床上骂禅'一样，司汤达是站在资产阶级立场上反对资产阶级，因而他不得不终于又肯定他曾经否定了的东西，使于连的实际上是非常丑恶的性格涂上一层反抗、勇敢、进步的保护色，通过形象的描绘输送给青年"<sup>②</sup>。讨论中，高尔基关于"批判现实主义"文学的论述，被众多文章征引<sup>③</sup>，如："他们都是自己阶级的叛逆者，自己阶级的'浪子'，被资产阶级毁灭了的贵族，或者是从自己阶级窒人的氛围里突破出来的小资产阶级子弟"；巴尔扎克作品代表前者，司汤达则代表后者。

同属社会主义阵营作家，爱伦堡的司汤达，和中国批评家的司汤达显然不同。爱伦堡既没有谈及《红与黑》的历史、阶级局限，大概也没有于连·索黑尔破坏当代青年集体主义个性的焦虑；相反，说"我们谈到它们时，要比谈到我们同代人的作品觉得更有信心"；"《红与黑》是一篇关于我们今天的故事。司汤达是古典作家，也是我们的同时代人"，他还说：

---

① 周扬 1960 年在全国第三次文代会上的报告《我国社会主义文学艺术的道路》。

② 唐弢：《司汤达和他的于连——读小说〈红与黑〉的讨论有感》，《文学知识》，1960 年 7 月号。

③ 如李健吾《〈红与黑〉里的于连及其他》（《文学知识》1959 年 4 月号）、唐弢《司汤达和他的于连——读小说〈红与黑〉的讨论有感》（《文学知识》1960 年 7 月号）、柳鸣九《正确评价欧洲 19 世纪资产阶级文学中的个人反抗形象》（《文学评论》1965 年第 6 期）等文章。

> 如果说莎士比亚的悲剧还能够使共青团员们深深感动,那末,今天虽没有极端保皇分子的密谋不轨,没有耶稣会神学校,没有驿车,于连·索黑尔的内心感受在1957年的人们看来仍然很好理解……

爱伦堡对《红与黑》"长久不朽"生命力的信心,来自两个方面。一个方面是,虽然《红与黑》是法国"1830年纪事",却表现了超越特定时代的"基本主题":憎恶资产阶级专制,轻视阿谀奉承,憎恶"用强力、伪善、小恩小惠和威胁来扭曲人的心灵";不仅揭示假面具本身,而且揭穿了对伪善的癖好。这一主题并未因时间流逝而减少光彩,《红与黑》告诉我们,虚伪、假冒伪善在生活,在艺术上,都是"不可想象",也难以容忍的。《红与黑》持久生命力的另一方面,爱伦堡认为是对今天(他指的是当时的苏联)文学提供的经验,这个经验,或"教训","在我看来,首先就在于他那种格外的真实性"。

"真实性"是当代不断引起争议,却也似乎无法弄明白的问题。之所以50年代以后在苏联和中国成为"超级"文学问题,应该是和社会主义现实主义的理论和实践暴露出的失误有关。爱伦堡当然是社会主义作家,他重视的是"介入"的,"不从旁边去看生活"的"倾向性"文学,因此对司汤达"不希望对人类的喜剧作壁上观,他自己就演出了这种喜剧"的写作姿态赞赏有加,而对福楼拜的那种"工匠"的写作方式("把一页稿子反来复去地写上百十来次,他好象是一个珠宝商或微生物学家")颇有微词。虽然在文学态度、写作方式上他试图将司汤达与20世纪左翼作家"同构",却也借助司汤达表达对"从革命发展"看待、描写生活,强调表现理想化"远景"的要求——这是社会主义现实主义的核心——提出质疑。爱伦堡说,当年对司汤达有"歪曲了现实"的指责,说他的作品"诬蔑了法国的社会";"行为端庄的外省妇女不会象瑞那夫人那样,贝尚松神学校是一幅拙劣的讽刺画,德·拉·木尔侯爵和维丽叶拉夫人是寻求廉价效果的作者的幻想"。爱伦堡征引了《红与黑》的一段话为这位19世纪作家、同时也为20世纪某些提倡"写真实"的作家辩护:

> 小说是路上的一面镜子,这里面时而反映出蔚蓝的天空,时而反映出泥泞、水洼和沟辙。一个人有一面镜子,你们就责备他离经叛道。镜子反映了泥泞,你们就连镜子也骂在一起。最好还是去责备那满是沟辙的路,或是路上的检查哨吧。

这些话,连同它的语气我们并不陌生,在50年代中国为"干预生活"、80年代为"伤痕文学"辩护的批评家那里都听到过。爱伦堡对此的补充是,司汤达的"镜子"不是磨得光光的那种,而是一面观察,一面想象和改造,"司汤达所创造的那个世界,因为是现实的,所以无论如何不是1830年或1840年的世界的复本"。他从司汤达那里引出的"教训"是:"艺术中具有倾向性……决不是说要任意地改换比例";"作家改换比例、变动远景的时候,要服从艺术真实的严格的法则"。在这个问题上,五六十年代理论上提出"真实性"的现实指向,在阿拉贡的一篇文章中有更清晰的表达:"在探索现实遭到重重阻碍的地方是不可能认识、理解和善于道出真理的。而在艺术上,公式、教条、埃皮纳泥人以及在某种形式下对现实认识的抽象性是与现实主义最为格格不入的。"①

---

① 路易·阿拉贡:《在有梦的地方做梦,或敌人》,原载《法兰西文学报》1962年12月14—20日第956期,中译见《现代文艺理论译丛》1963年第1期,第155页。埃皮纳,法国地名,以产泥人著称。阿拉贡(1897—1982),法国诗人、小说家、政治活动家。毕业于巴黎大学,20年代和布勒东、戴斯诺等参加超现实主义文学运动。(转下页)

## 左右两舷都遭到斧劈的船

在 20 世纪,现实主义在具有左翼倾向的作家那里,不只是文学创作方法,而且也是"政治"问题,是与革命、战争、社会主义实践联结在一起的"文学方式"。这犹如路易·阿拉贡 60 年代对法国现代文学的描述:"在我国,在阿尔及利亚战争的影响下,现实主义的魅力吸引了大部分青年作家。这是以不同的方法重复了在德国占领下的抵抗运动文学,那时的文学,即使在从超现实主义海盗船上逃出来的艾吕雅、戴斯诺和敝人的笔下,也只能是现实主义的文学。"①

但是,现实主义在 20 世纪遭遇"危机",危机来自两个不同方面。阿拉贡 1962 年 9 月接受捷克斯洛伐克查理第四大学授予荣誉博士学位的演说中这样说:

> 现实主义是一只左右两舷都遭到斧劈的船。右面的海盗喊叫:消灭现实主义!左面的海盗喊叫:现实主义,就是我!

"右面"的斧劈,阿拉贡说有两种情形。一种是"政治性"的,他们着眼、抗拒的,"与其说是现实主义,不如说是一种社会制度";另一种

---

(接上页)30 年代从苏联归来后政治倾向"左转",参加共产党,转向社会主义现实主义,是法国共产党主办的《法兰西文艺报》主编。二战期间参与地下抵抗活动,50 年代是法国共产党中央委员。主要作品有诗集《断肠集》《法兰西的晓角》,长篇小说《现实世界》《共产党人》《受难周》等。

① 路易·阿拉贡:《布拉格演说》,原载《法兰西文学报》1962 年 9 月 20—26 日第 944 期,中译见《现代文艺理论译丛》1963 年第 1 期,第 131 页。下文来自此篇的引文出自第 130、132、133 页。

是"打着反现实主义的旗号,时而热心于某种操练",当年的法国"新小说"被阿拉贡列入这一种:他们以"为描写而描写,实际上就是自然主义的现代形式",来抗拒、诅咒现实主义。相比起"右面"的斧劈,阿拉贡认为,当前的主要危险,是"来自左面的海盗"。这指的是30年代在苏联诞生,并扩大到社会主义阵营和西方左翼文学界的教条化的社会主义现实主义——它已演化为僵硬的绝对性戒律。阿拉贡说,"现实主义所面临的最大的损害信誉危险,在于把谄谀当作现实,在于使文学具有煽惑性",让现实主义"象装饰教堂一样用窗花来装饰生活";而他的现实主义,是"开明的",不花许多时间进行去皮、磨光、消化等程序的现实主义,这种现实主义的存在,不是为了使事件回复到既定的秩序,而是善于引导事物的发展,它是"一种不求使我们安心、但求使我们清醒的现实主义"。

爱伦堡借助司汤达引出的"教训",他对"真实性"的强调,针对的就是阿拉贡所说的"左面的海盗"。1953年斯大林的去世,和1956年苏共二十大的召开,在社会主义阵营和西方左翼思想/文化界引起巨大震荡,文艺上对社会主义现实主义的质疑、批评,在左翼内部发展为世界性思潮[①]。他们认为,在现实主义前面加上"社会主义"这样的社会制度、政治思想定语,是完全没有必要的。爱伦堡在遭遇阿拉贡他们之前,就挑战关于批判现实主义(旧现实主义)与社会主义现实主义方法

---

① 这种"震动"的性质,罗杰·加洛蒂在60年代这样描述:"我们曾自豪地把自己关闭在里面的水晶球被砸碎了。神奇的戒指断裂了。……我们知道从今以后,马克思主义的优越性不能再靠宣布,而是要在每日的斗争中、在和其他人……的接触中去赢得了。""我们不再相信一切占有绝对真理的人,我们对其他人不能再抱着一种教育的态度。应该进行对话。逐渐重新发现马克思……"(罗杰·加洛蒂:《时代的见证》,见《论无边的现实主义》,百花文艺出版社,1998年,第227页。)

的分类，讥讽地说，即使他"终生绞尽脑汁"，也难以弄明白司汤达的方法，与当今进步作家的艺术方法有什么区别。在当时的中国，胡风、冯雪峰、秦兆阳们说的也是同样的话：在现实主义的创作方法之上，不需外加另外的要求、限制："在科学的意义上说，犹如没有'无论怎样的'或'各种不同的'反映论一样，不能有'无论怎样的'或'各种不同的'现实主义的"，"想从现实主义文学的内容特点上将新旧两个时代的文学划分出一条绝对的不同的界线来，是有困难的"。①这些抵抗"左面"斧劈的作家看来，现实主义的规律是一贯的，恒定的；以真实反映生活作为根本性特征的现实主义，"经过长期的文学上的连续的、相互的影响和经验的积累"，"已经成为美学上的具有客观科学性的一种传统"。②这一传统是开放的。这种开放性，在西方左翼作家那里称为"无边"的现实主义（罗杰·加洛蒂），在中国这边是"广阔道路"的现实主义（秦兆阳）；加洛蒂的"无边"是向"现代主义"开放、对话，而胡风、秦兆阳们的"广阔道路"则是向19世纪"回归"；爱伦堡在《司汤达的教训》中的倾向，也属于后者。③

---

① 当年被苏联和中国批判为修正主义的维德马尔（一段时间担任南斯拉夫作家联合会主席），在1958年南斯拉夫作家代表大会上说过类似的话：如果服务于某种利益就有不同的现实主义，那么，岂不是就有"天主教的现实主义，正教、回教的现实主义，然后又是各种国家、民族的现实主义"？黑体为原文所有。

② 参见冯雪峰《题外的话》《中国文学中从古典现实主义到无产阶级现实主义的发展的一个轮廓》，胡风《意见书》，何直（秦兆阳）《现实主义——广阔的道路》等文。

③ 参见秦兆阳《现实主义——广阔的道路》（《人民文学》1956年第9期），罗杰·加洛蒂《论无边的现实主义》。法国左翼作家加洛蒂这本著作出版于1963年，收入评论毕加索、圣琼·佩斯和卡夫卡的三篇文章和代后记，阿拉贡写的序言。中译本由上海文艺出版社1986年出版，吴岳添译，后来有百花文艺出版社重版。

## 瞬间与永恒

《译文》刊载《司汤达的教训》中译的同时，也刊登苏联批评家对爱伦堡的批评文章[①]。文章认为，"反动派在思想战线上向文学这个阵地展开攻势，过去和现在都不是所有的时候从正面攻击开始，而往往是从攻击当代的这一或那一作家开始的。外国反动派还有另一种惯用的手法，用比喻来说，就是往后方的井里下毒药"。"往后方的井里下毒药"，指的是借讨论某一古典作家（如雨果、左拉）来对社会主义文学进行攻击。这位批判者并没有将爱伦堡明确归并入下毒药的"反动派"行列，但也暗示他对司汤达的谈论具有相似的性质。然后，批判文章指出，爱伦堡文章中引述于连被判处死刑后牢狱中的那段独白，一次次提到蜉蝣的形象，是扭曲了小说的真实意图。于连的这段独白是：

> 一个猎人在树林里开了一枪，猎物凌空而坠，他急忙跑过去捡，不意鞋碰到一个高可两尺的蚁窠，窠毁，蚂蚁和蚂蚁蛋被踢出老远。蚂蚁中连最有学问的那几只也不明白这黑糊糊的庞然大物是什么东西。猎人的靴子以难以置信的速度突然冲进它们的住所，先是听见一声巨响，接着又喷出红色的火花……
>
> ……
>
> 在长长的夏日中，一只早上九点出生的蜉蝣到傍晚五点就死去了，它又怎能理解**黑夜**是怎么回事呢？[②]

---

[①] E. 克尼波维奇：《也谈司汤达的教训》，原载苏联《旗》1957 年第 10 期，佟轲译，见《译文》，1958 年第 7 期。

[②] 据张冠尧译本，人民文学出版社，1999 年，第 539—540 页。黑体为原文所有。

批判者认为,爱伦堡自己,而且也让读者以为于连和司汤达是"宇宙悲观主义"的拥护者,这割断了司汤达作品中的"政治"和"历史","贬低'时间'在'永恒'面前的意义"。

这是冤枉了爱伦堡。从爱伦堡那里,难以发现丝毫的"悲观主义"世界观、历史观。他既不曾从于连和司汤达那里看到"宇宙悲观主义",自己更不是这种主义的信奉者。批判者引用布莱克的"永恒爱上时间现象"[①]的诗句,指出对"历史""未来""不朽",只能通过体现它们的时间来了解。但爱伦堡在《司汤达的教训》中也引用同一诗句(只是没有点出布莱克的名字),说司汤达"描写热情、野心和犯罪的时候,从来不曾忘掉过政治。他善于眺望星星,他竭力要理解夜对于蜉蝣来说是怎么一回事,但是,他同时也……从经常中去发现迫切问题,从瞬息中去发现恒久事物,或者象诗人所说的那样,去发现永恒"。

《司汤达的教训》的作者并非不重视"瞬息""时间",忽视现实的紧迫问题。分歧在于,爱伦堡认为,瞬间、现实并不就天然具有"永恒"的价值,瞬间的"永恒性"要由历史赋予,要放到历史的整体中衡量才能做出判断。也就是说,需要知道"黑夜",才能理解所经历的"白天";而只生活在白天的蜉蝣无法了解这一点。爱伦堡强调这一点,从文学方面说,是对文学史的等级秩序的怀疑,也就是对将社会主义现实主义(他使用"革命现实主义"的说法)置于文学史最高级别的那种"进化"的"目的论"的挑战。他的"潜台词"是,古今各个时期的优秀作品具有思想艺术的连续性,其"本质"并不因时间、流派的分野而不

---

① 这里布莱克的诗句,据 E. 克尼波维奇《也谈司汤达的教训》一文的中译。布莱克《天真的预言》有多达十几种中译,这一句的译文有:"一时间里便是永远"(周作人),"刹那含永劫"(李叔同),"刹那成永恒"(徐志摩),"永恒在刹那里收藏"(梁宗岱),"将永恒纳进一个时辰"(王佐良)等。

同。不管是 19 世纪的现实主义,还是当代的社会主义文学,它们都处于同一平面,"时间"并不能区分出等级。这种"古典主义"文学观,类乎艾略特在《传统与个人才能》中说的:"假如我们研究一个诗人,撇开了他的偏见,我们却常常会看出:他的作品中,不仅最好的部分,就是最个人的部分也就是他前辈诗人最足以使他们永垂不朽的地方。"①

这样,我们就能了解,爱伦堡为什么在多篇文章中反复讨论作家、作品的生命力问题。显然,他看到苏联当代文学在热闹喧嚣的表面下不真实的脆弱,看到风光一时的作品寿命可能转瞬即逝。对于作家的"生命",他区分了几种不同情况:有的作家被同时代人喜爱,也能经受时间考验;有的"符合同时代人暂时的趣味情绪",后来却被忘却,只有文学史家才对他们有兴趣;有的是生前不被重视,或默默无闻,死后才得到承认。他把司汤达归入后者的名单(在给茨维塔耶娃诗集写的序中,也讨论了这位诗人生前不被承认的问题)。他说,当时只有极少数作家、批评家(歌德和巴尔扎克)承认司汤达的价值,死的时候只有三个朋友给他送葬,其中有梅里美。司汤达的 33 部作品,生前只出版了 14 部,即使出版,也大多躺在书店的书架上,出版商很勉强才同意把《红与黑》印行 750 册。俄国批评家别林斯基关注法国文学,他的文章提到乔治·桑 29 次,大仲马 18 次,"可是不曾有一次提到司汤达"。爱伦堡转引司汤达给巴尔扎克信中的这些话:"死亡会让我们和他们调换角色,在生前,他们可以对我们为所欲为,但只要一死,他们就将永远被人忘记……"自信的司汤达想的是另一场赌注:在 19 世纪"做一个在 1935

---

① 艾略特:《传统与个人才能》,卞之琳译,见《现代英美资产阶级文艺理论文选》上编,中国科学院文学研究所西方文学组编,作家出版社,1962 年,第 47 页。后来收入《卞之琳译文集》时,句子的最后改为"就是最个人的部分也是他前辈诗人最有力地表明他们的不朽的地方"。

年为人阅读的作家"。

这自然不是文学社会学的一般描述，爱伦堡不厌其烦的这些议论的"当代性"，在下面这段话中可见端倪：

> 司汤达在专心于政治斗争的人们身上表现出了人的特征，从而挽救了他们免于迅速消亡。这就是小说不同于报纸的地方，就是司汤达不同于过去和现在许多写政治小说（这种小说还等不及排字工人将滔滔雄辩排好版，往往就已成为明日黄花了）的作者的地方，也就是艺术家不同于蜉蝣的地方。司汤达给我们指出了，只要作者善于以艺术所固有的深度来体会、观察和思维，就无论倾向性或政治都不能贬低小说的价值。

## "19世纪的幽灵"

将所有作家、作品置于一个平面之上，这里提出的是一种"共时性"观念。正如韦勒克在《文学史上进化的概念》中引用蒂尼亚诺夫和雅各布森的话："每个共时性体系，都有着自己的过去和未来，作为这个体系不可分割的部分。"韦勒克说，这就是每个共时性的结构，都是"一种价值的选择，而选择又构成了他自己个人的价值等级体系"，并有可能"影响一个既定时代的价值等级体系"。[①]

对于爱伦堡来说，这一文学共时性结构所隐含的价值等级，由19世纪的现实主义支持。在《人·岁月·生活》的最后，爱伦堡写道：

---

[①] 勒内·韦勒克：《批评的诸种概念》，丁弘、余徽译，周毅校，四川文艺出版社，1988年，第56—57页。

> 我是在19世纪的传统、思想和道德标准的熏陶下长大的。如今连我自己也觉得有许多东西已是古老的历史。而在1909年,当我在笔记本上写满了歪诗的时候,托尔斯泰、柯罗连科、法郎士、斯特林堡、马克·吐温、杰克·伦敦、布鲁阿、勃兰兑斯、辛格、饶勒斯、克鲁泡特金、倍倍尔、拉法格、贝蒂、维尔哈伦、罗丹、德加、密奇尼科夫、郭霍……都还健在。

经历了半个世纪的时代和个人生活的曲折之后,爱伦堡的19世纪"情结"并没有解开,反而被赋予新的经验内涵;由是他接着说,

> 如今教育在各处都超过了修养,物理学把艺术甩在自己后面,而人们在即将掌握原子发动机的同时却没有被装上真正的道德的制动器。良心绝非宗教的概念,契诃夫虽非信徒,却具有(19世纪俄罗斯文学的其他代表人物亦是如此)敏锐的良心。①

这不仅是爱伦堡个人的选择,而是体现了一个既定时代的价值选择。这种选择,在中国现代文学里,也存在于胡风、冯雪峰、秦兆阳,甚至周扬这些人身上。不要说五四新文学,就是在当代文学的"结构"中,19世纪现实主义也是其中的重要构成。50—60年代,19世纪欧美、俄国的文学作品(也包括思想、理论论著),得到系统的、很高质量的翻译。这些文化产品中传达的批判精神、人道情怀,对下层社会和"小人物"的同情、关切,被组织进当代中国的社会主义文化中。19世纪欧洲文化、现实主义在"当代"中国是一把双刃剑。它既成为反帝、反封建革命话语的组成部分,以支持、证实社会主义制度的平等、公正,

---

① 伊利亚·爱伦堡:《人·岁月·生活:爱伦堡回忆录》(下),冯南江、秦顺新译,海南出版社,1999年,第491、494页。

但也被看作可能动摇社会主义制度、思想的"武器",因而对其爱恨交错。其中,也夹杂着在庞大、拥有巨大影响力的19世纪欧洲文化面前难以明说的恐惧:这是可以借用的资源,也是一种威胁——这在有关《约翰·克利斯朵夫》和《红与黑》的讨论中可见一斑。

"新时期"的80年代一段时间,曾出现现代派热,现实主义被认为已经"过时"。戴锦华说,1979年大学校园里曾有"狄更斯已经死了"的令人震惊的说法,事实上,狄更斯们(巴尔扎克、雨果、托尔斯泰、陀思妥耶夫斯基、契诃夫,等等,当然也包括司汤达、福楼拜)"正在他们被宣告死亡的时刻复活"。她称这种现象为"无法告别的19世纪",并模仿《共产党宣言》,说是在我们头顶游荡的"19世纪的幽灵"[①]。戴锦华说,80年代宣告的"死亡","死去的,是狄更斯们的社会主义中国版,而复活的则是他们在欧洲文化主流中的原版"。但也可以说,不仅这些文化中的批判精神得以继承,而且在当代中国被批判的部分(人道主义,个体的社会位置和思想、情感价值)的负面价值也被一定程度转化。

"文革"之后80年代出现的"现代派热",其实存在时间相当短暂,而80年代中期出现的先锋派们也很快"转向",以至李陀有"昔日顽童今何在"的感慨[②]。这些现象,相信并非完全是外力干预导致。《红与黑》中的于连在狱中诅咒说:"该死的十九世纪!"可是19世纪在爱伦堡和中国许多现当代作家那里,却经常被眷恋,经常被作为思想、艺术创造的驱动力。

原载《文艺争鸣》2016年第6期

---

[①] 戴锦华:《涉渡之舟——新时期中国女性写作与女性文化》,陕西人民教育出版社,2002年,第35—40页;北京大学出版社2007年再版。对于中国当代文化中的19世纪欧洲文化问题的深入讨论,还可参见贺桂梅《"新启蒙"知识档案——80年代中国文化研究》,北京大学出版社,2010年。

[②] 李陀:《昔日顽童今何在》,《文艺报》1988年10月29日。

# 当代中外文学关系的史料问题[①]

我是研究文学史的,自然要阅读、处理各种庞杂材料。也编过教学用的当代文学史料选,编过《二十世纪中国小说理论资料》的当代卷(1949—1976),但没有专门做过史料整理、研究工作,对这个专业性很强的工作说不出什么来。这里只是提一点建议,就是在当代文学与外国文学关系上,史料整理和研究还做得不够,有很大的开展空间。

2016年年初,在一篇谈当代文学与俄苏文学关系的文章(《相关性问题:当代文学与俄苏文学》,收入《读作品记》)中,我引了张旭东的一个说法:俄国文学第一次提出"如何走向世界文学"的问题,如何在自己的文化中做世界的同时代人,也就是我们常说的世界历史时间差及其克服的问题。俄国文学这个问题的提出是19世纪三四十年代,对中国文学来说,这个问题贯穿19世纪末到整个20世纪,并延续到今天。渴望创造"当代"的时间,在我们这里,既是一种文化心理,也是实在的文学现象。这里需要补充的一点是,对中国当代文学来说,不仅有

---

[①] 2016年6月6日,东北师范大学文学院和《文艺争鸣》杂志社联合举办"中国当代文学史料研究中心成立暨学术研讨会",这是会上发言的整理稿。原题《当代文学中的"世界文学"》,收入本书时有修改补充。

"走向世界文学"的问题,而且还有建构文学民族性和"中国性",为世界文学提供普遍性经验的诉求。这是我们处理当代文学与外国文学关系的资料的时候,不可忽略的基点。

在与外国文学关系的史料整理、研究上,1949年以前时段的现代文学方面有深入开展,包括文学思潮、文学运动、流派、文类、具体作家作品等,已经发表、出版大量论著。也有一些大型丛书。例如十多年前,严家炎先生主编的《20世纪中国文学研究丛书》(安徽教育出版社,2000年),共11卷,分别从译介、创作等来讨论20世纪中国文学思潮,包括宗教(佛学、基督教文化、穆斯林文化)、科学思潮、现代都市文化、浪漫主义、抒情写实主义、象征主义、表现主义、社会主义现实主义等。它们的论述很大程度聚焦于现代文学与外国文学/文化的关系。这些论著除个别外,大多侧重处理20世纪前半期,当代文学部分涉及的尚不充分。

如果站在当代文学研究的"立场"上,当代文学与外国文学关系的资料整理和研究,或许可以做"外部"和"内部"的区分。所谓"外部",指的是中国学者的外国文学研究,它们一般不处理(或不着重处理)外国文学译介、研究、阅读与中国当代文学建构的关系。从事这方面研究的,主要是外文系、所的学者。新世纪以来这个方面有不少成果。整体性论述和大部头丛书,我知道的有:龚翰熊的《西方文学研究》(福建人民出版社,2005年),上下编,下编是1949年以后。王向远的《东方各国文学在中国——译介与研究史述论》(江西教育出版社,2001年)。申丹、王邦维主编的《新中国外国文学研究60年》(北京大学出版社,2015年),共6卷7册300多万字,作者主要是北大外国语学院的教师。另外有陈众议主编的《当代中国外国文学研究(1949—2009)》(中国社会科学出版社,2011年)。

比较起来,杨义担任总主编的共6卷的《二十世纪中国翻译文学史》(百花文艺出版社,2009年),和陈建华主编的共4卷的《中国俄苏文学研究史论》(重庆出版社,2007年),在关注中外文学关系上,关注译介、接受对当代文学理论创作产生的影响上,有更多涉及。《二十世纪中国翻译文学史》的作者都是从事现当代文学研究的,也许他们在外国文学知识、素养上不及专门的外国文学研究者,却能更多关照外国文学翻译、评论与中国现当代文学"现代性"建构之间的问题,也就是与文学形态、文学创新、文学改制、文学秩序的关系问题。

尽管取得这么多成绩,总体说,当代文学这方面的资料整理和研究开展得还很不够。目前编纂出版的当代文学大事记、专题史料集,以及带有史料编纂性质的编年史,不少没有将外国文学译介的部分列入,这是一个大问题。刘福春先生著的《中国新诗编年史》(人民文学出版社,2013年),是一部很见功力的重要著作,学界有很高评价,遗憾的是外国诗歌理论、创作的译介部分也没有包括进来;而我们知道,新诗的发生和开展,离不开外国诗歌的"冲击"。

当代的中外文学关系的资料的整理和研究,在范畴、方法上,总的说来和现代文学并无不同。但由于时势变化,也有一些重要差异。一个是文学和世界政治的关系更加直接,包括二战之后两个阵营的冷战,国际共产主义阵营的分裂、殖民地解放、民族独立运动等,文学更直接、紧密地卷入这些国际政治事件和运动中。因此,这方面的资料整理,如果过于局限文学自身,就无法呈现事情的全貌。另外,由于当代文学具有"国家文学"的性质,文学的制度、组织具有更重要的地位,资料整理就不仅要关注文学思潮、观念、艺术方法,而且也要重视制度、文学管理和运动开展方式等层面。五六十年代以至更长的时间段,当代文学的体制许多是来自苏联的。还有一点,在当代,外国文学理论、作品等的译介、传播方式、渠道,也呈现更复杂的状态。有正式的、公开的渠道，也有非正式的、不公开或半公开的。由于国家对资讯流通、使用、分配的权限的控制，因此，存在"内部发行"的出版物，包括书籍、报刊和影视资料。它们对文艺政策的制定、文艺运动的开展都起到重要作用。

最著名的内部出版物是大家熟知的"黄皮书"（作家出版社），还有政治、哲学、思想史等选题的"灰皮书"（商务印书馆）。外国文学方面内部出版的期刊、丛书也有不少。举例说，中国科学院的文学研究所1957年开始编辑出版丛书《文艺理论译丛》，是公开发行的。1960年之后，分为《古典文艺理论译丛》和《现代文艺理论译丛》两种，"古典"的（主要指20世纪以前的资料）仍公开发行，"现代"的则改为内部发行。《现代文艺理论译丛》1965年停办之前出版十多辑，刊登苏联和西方的文艺理论、批评和描述文艺现状的文章；这些都和中国当时开展的文艺运动有直接关联，如人道主义、人性论、存在主义，对西方现代派文学的评价，社会主义现实主义等问题。文学所还编了《现代美英资产阶级文艺理论文选》（作家出版社，1962年），有上、下两编。1959年《译文》改名《世界文学》，除出版《世界文学》正刊外，编辑部还出版内部发行的《世界文学参考资料》。如1959年第3期是卢卡契批判专辑，刊登了民主德国、匈牙利批评家的多篇批判文章。除此之外，《世界文学》及前身《译文》还出版了《外国文学情况汇报》《世界文学情况汇报副刊》等主要供文艺界领导干部和专业研究者参考的资料刊物。上海市哲学社会科学学会联合会这个时期也出版了内部发行的《现代外国哲学社会科学文摘》。这里讲到的只是举例性质，相信内部出版的有关外国社会政治、文化的期刊还有一些。这些都需要整理。

由于多种原因，这些"内部"材料有时会挣脱规定的使用范围而"外溢"，因此也可能成为文艺观念更新和创作突破的资源。大家常举的例子是，"文革"期间的青年诗歌和后来的"朦胧诗"就是从被作为批判资料的内部书刊获得触发、借鉴，如爱伦堡的《人、岁月、生活》（作家出版社，1963 年）等。外国文学在中国的传播、影响是一个方面，另一个重要方面是当代中国文学在域外的影响传播，尤其是对东亚和东南亚国家。这方面资料的搜集整理也存在很大不足。

我们都知道俄苏文学与 20 世纪中国文化，特别是当代政治／文化关系密切，上面提到的陈建华主编的《中国俄苏文学研究史论》做了出色的工作。这部史论也关注俄苏文学与中国文学的关系，但毕竟是研究方面的史论，与当代文学建构的关联不是它的重点。这方面的资料整理和研究还有很大空间。西方、俄国 19 世纪以前的"古典"文学在当代中国的情形我们都比较熟悉，这个时期外国文学名著的翻译取得很高的成就，这表现在人民文学出版社等出版的外国文学名著丛书中，也就是所谓"网格本"。有一种看法，在当代与社会主义文学发生紧张关系的是西方"现代派文学"，这是对的。不过，以 19 世纪现实主义为中心的西方文学与当代文学的关系也有紧张的方面。或者说，它是"双刃剑"，既可以用来证明旧时代和帝国主义、殖民主义的罪恶，但对社会主义制度、对培养绝对的集体主义个性，对一种颂歌性质的文学的建立，也是威胁。所以，五六十年代曾发动对西方和俄国现实主义作家、作品的重评，开展对《红与黑》《约翰·克利斯朵夫》的批判性讨论。毛泽东 60 年代提出要重视翻译著作的序言的撰写，就是基于这一考虑。如果阅读 60 年代"网格本"的序言，或许可以清理出当代文学观念的基本点。

当代文学的过程，深深嵌入世界政治斗争之中，这方面的史料整理也需要重视。如苏联文学"解冻"、1954 年苏联第二次作家代表大会、1956 年的苏共二十大和匈牙利十月事件，以及 20 世纪 50 年代后期与苏联的分裂公开之前，对南斯拉夫"修正主义文学纲领"的批判，对中国文学、作家的影响、冲击。50 年代成立的一些国际性政治、文化机构，对当代文学的走向也很重要。比如 1950 年的世界和平理事会，它是冷战时期主要为苏联控制的"统战组织",当然不限于文学范围,而是涉及工会、妇女、青年、科学、体育、文化、教育、宗教等广泛领域,但在文学领域也有相当影响。中国文学机构和作家通过它组织的大量活动,参与到当时冷战角力的政治斗争中,确立观察世界的方式,并建立了不仅与苏联,而且与西方左翼作家、文化人的广泛联系。这方面产生的效应还需要在资料整理基础上做进一步考察。比如通过"世界文化名人"的年度评定,让一批西方古典和现代作家以名正言顺的方式在当代中国"落户",并扩大中国与西方左翼作家(阿拉贡、艾吕雅、毕加索、萨特、波伏娃、聂鲁达、亚马多等)的联系——而他们的文化/文学观念显然不能完全归入正统的社会主义现实主义之中。

另一个值得关注的是亚非作家会议。这是中国与第三世界国家建立政治、文学关系的重要组织。亚非作家会议成立于1958年10月,第一次会议在当时苏联的乌兹别克加盟共和国的首都塔什干举行,在锡兰(现在的斯里兰卡)首都科伦坡设立常设事务局,秘书长是森纳亚克。亚非作家会议20世纪60年代举行多次会议,印象比较深刻的有1961年3月在日本东京召开的亚非作家紧急会议,1962年开罗召开的会议,和1966年"文革"刚开始在北京的紧急会议。中苏的分裂也带进亚非作家会议之中。在成立之初,它的宗旨是团结亚洲、非洲作家投入反对殖民主义、帝国主义,争取独立的运动,并在斗争中产生自己新的文化/文学。因此,从50年代后期到六七十年代,中国也翻译了不少亚非作家的作品。有不少作家的活动、写作,都和这一组织及其开展的运动有关,如杨朔、刘白羽、林林等人的散文,还有许多诗人写的支持亚非独立运动的诗。清华大学的王中忱教授写过这方面的论文,但这个问题、现象,当代文学研究界还没有比较深入地涉及。

原载《文艺争鸣》2016年第8期

# 教义之外的神秘经验的承担者
## ——读《在有梦的地方做梦，或敌人》

## 当代文学中的法国文学

《在有梦的地方做梦，或敌人》，是路易·阿拉贡写于1962年的文章，发表在《法兰西文学报》1962年12月14—20日（第596期），中译刊于《现代文艺理论译丛》1963年第1期（张英伦译，丁世中校）。①《现代文艺理论译丛》是20世纪60年代由中国科学院文学研究所主办的双月刊，内部发行。②

当代文学的"十七年"时期，就与中国文学关系，除俄苏文学之外，法国文学——被看作"现实主义"的那个部分，就20世纪文学而言，自

---

① 本文引用阿拉贡的文字，除注明出处的之外，均引自《在有梦的地方做梦，或敌人》。

② 1961—1965年由人民文学出版社出版，1965年第4期起主办方改名为中国科学院外国文学研究所。2010年，中国社会科学院文学研究所选择该刊部分文章，汇编为《现代文艺理论译丛》，分上、中、下三卷，由知识版权出版社出版。本文讨论的阿拉贡的这篇文章，以及阿拉贡的《布拉格演说》等，均未收入这一汇编。

然不会有瓦雷里、普鲁斯特、阿波利奈尔等①——应该是比较密切的了。在五六十年代,巴尔扎克、左拉、雨果、司汤达、福楼拜、莫泊桑、梅里美等作家的作品得到系统翻译,而《红与黑》《九三年》《约翰·克利斯朵夫》《悲惨世界》,歌剧《茶花女》、电影《巴黎圣母院》等,在当代各个时期均曾产生不同性质的影响,有的且联系着中国当代思想文学问题,引发过热烈争议。②

1949年新中国成立时,罗曼·罗兰已经去世,一度左倾的纪德虽然还在世(1951年离世),但基于他的政治倾向和文学主张,显然已为中国左翼文学界所不待见,几乎销声匿迹,作品在五六十年代不再重印或新译。提倡"介入文学"的萨特(连同波伏娃)1955年造访中国,待了一个多月,发表了歌颂新中国的文章,但他和当时中国政治/文学界的关系尴尬,他的存在主义理论和创作,只能在60年代被置于供批判的"内部发行"的箩筐里出版。至于加缪,他在那个时候,被认为是"右翼作家"而被排斥冷落。70年代"文革"期间(1974),罗兰·巴尔特和茱莉亚·克里斯蒂娃曾经有过中国行。当时的中国思想文艺的领导者,大概试图让这些带有左翼倾向的国际知名作家、艺术家,在访问中国之后发表积极观感,但有的事与愿违。从2012年翻译为中文的罗兰·巴尔特的《中国行日记》③中可以看到,他的观察角度、方法,是类乎"现

---

① 罗大冈在出版于1954年的《艾吕雅诗钞》"译者序"中,将艾吕雅概括为将自己的诗歌献给法国人民,作为争取独立、和平、自由的武器的诗人;而认为瓦雷里、阿波利奈尔等则"有的干脆背叛人民,与人民为敌,有的对人民漠不关怀"。(罗大冈:《艾吕雅诗钞》"译者序",人民文学出版社,1954年,第1页。)

② 如50年代开展的《红与黑》《约翰·克利斯朵夫》的讨论,以及"文革"后期雨果等作品的阅读、影响。

③ 罗兰·巴尔特:《中国行日记》,怀宇译,中国人民大学出版社,2012年。

象学"的,类乎安东尼奥尼式的:这是罗兰·巴尔特自己的原话:"在重读我的这些日记以便制定索引的时候,我认为,如果我就这样发表它们,那正是属于安东尼奥尼式的。但是,不这样,又怎么做呢?"①——1972年,中国官方邀请意大利导演安东尼奥尼来华拍摄纪录片,意图自然是要获得赞美,结果却是他的纪录片《中国》,获得"恶毒的用心,卑劣的手法"的"反华影片"的宣判。这些有左翼色彩的理论家、艺术家,在走马观花地看过当时的中国之后,大概会十分困惑,他们"不可能取'内在于'的话语方式进行赞同,也不可能取'外在于'的话语方式去进行批评"②。

但也有若干现代作家与当代中国有另外性质的关系,路易·阿拉贡、艾吕雅是其中的两位。50年代前期,在提到20世纪人民的、战斗的诗人的时候,马雅可夫斯基、洛尔迦、阿拉贡、艾吕雅、希克梅特、聂鲁达是一组相对固定的名单。罗大冈在《艾吕雅诗钞》的"译者序"中认为,在法国当代,艾吕雅和阿拉贡是"毫无保留地"将心交给人民,"忠于革命事业"的诗人、作家③;虽是个人署名文章,却是当年中国文艺界的权威评价。他们当时都是法共党员,都是苏联主导的"保卫世界和平运动"的积极参与者。50年代初的《译文》《人民文学》刊载过他们的论文和诗作。1953年12月艾吕雅去世,翌年出版了《艾吕雅诗钞》。对阿拉贡的译介要更多,《共产党人》50年代有三个出版社出版④,还出版过《阿拉贡文艺论文选集》《阿拉贡诗文钞》,《法国进步作

---

① 罗兰·巴尔特:《中国行日记》,第5页。
② 同上书,第334页。
③ 罗大冈:《艾吕雅诗钞》"译者序",第1页。
④ 1952年,平明出版社出版第一卷,叶汝琏译;1956—1958年,作家出版社出版第一至四卷,叶汝琏、金满城、冯俊岳译;1959年,人民文学出版社出版第五至六卷,冯俊岳译。

家论社会主义现实主义》也收入他的论文①。

当然,当代"十七年"对阿拉贡和艾吕雅的介绍和作品翻译,都略去了他们早期超现实主义的时期,或将这个时期看作政治和艺术"不正确"的阶段。因此,在阿拉贡和艾吕雅的名字前面,有时会加上"觉悟的"这顶帽子②。这与五六十年代海峡彼岸台湾诗坛现代派运动的处理方式正好相反,他们截取、推崇的是阿拉贡、艾吕雅的超现实主义的阶段③。

不过,当代文学与阿拉贡的"蜜月期"时间并不长。1956年苏共二十大赫鲁晓夫发表揭露斯大林的报告之后,阿拉贡的政治/文学观点发生很大变化。我们在他写于1957年的波特莱尔《恶之花》出版百年的纪念文章中,见到这一变化。从此之后,阿拉贡的晚期著作在中国不再翻译出版,包括历史题材小说《受难周》,评论集《我摊牌》,和另外的诗集、戏剧集。只有不多的几篇评论译成中文,而且置于刊发有面目可疑,或将受到批判的文章的"内部刊物"上。

---

① 《阿拉贡文艺论文选集》,人民文学出版社1958年版,盛澄华等译;《阿拉贡诗文钞》,作家出版社1956年版,罗大冈译;《法国进步作家论社会主义现实主义》,作家出版社1958年版,盛澄华等译。《法国进步作家论社会主义现实主义》收入阿拉贡的3篇和斯梯的1篇论文,只有52页。阿拉贡的3篇文章,也同时收入《阿拉贡文艺论文选集》。"出版说明"称:"这个集子里收集的是法国两位卓越的共产党员作家——阿拉贡和斯梯——的有关社会主义现实主义的讨论的四篇论文。"

② "作为觉悟的诗人,艾吕雅不但在当代法国文学上是重要的范例,在整个法国文学史上也很突出。"(罗大冈:《艾吕雅诗钞》"译者序",第1页。)

③ 阿拉贡、艾吕雅的超现实主义,与中国台湾五六十年代的超现实主义不同。60年代,台湾的《创世纪》《笠》等诗刊,都译介过法国超现实主义的理论和作品,包括《超现实主义第一宣言》、艾吕雅等的诗作等。有一种略嫌简单化的观点认为,他们的不同主要表现在"介入现实"的问题上。说第二次世界大战期间,纳粹德国入侵法国,超现实主义诗人在抵抗运动中写了许多积极的抵抗诗,更早之前,超现实主义的诗人、画家们,许多参加西班牙内战;而台湾的一些超现实主义诗人却在戒严时期采取无视、无关的态度。

## "比冰和铁更刺人心肠的快乐"

波特莱尔的《恶之花》出版百年的 1957 年,阿拉贡撰写了《比冰和铁更刺人心肠的快乐——〈恶之花〉百周纪念》[①],沈宝基翻译为中文,刊登于《译文》1957 年第 7 期。文章收入《阿拉贡文艺论文选集》时题目改为《论波特莱尔》。

以中国当代主流文学观衡量,阿拉贡这篇文章的观点当属"异端"一类。之所以能够在中国作协主办的刊物刊载,与当时中国处于反教条主义的短暂"鸣放"阶段有关。反右派运动虽然在 1957 年 5、6 月间就已经开始,但从 1957 年前半年的主要"反左"倾向,到"反右"成为主导潮流,尚需一个过渡阶段,而且刊物编辑出版也有一个周期。因此,已经"反右"的 7 月,不少文学刊物还呈现着反教条主义的"开放"姿态:不仅是《译文》,《人民文学》《诗刊》等也是这样。[②]7 月号的《译文》,设置了波特莱尔专辑,除发表阿拉贡和苏联批评家的评论文章之外,还刊发了陈敬容翻译的《恶之花》中的 9 首诗。当代文学的前 30 年,波特莱尔这样的诗人,总是被作为颓废派归入另册的,在正面意义上加以推介,这得益于当年特殊的政治气候。反右运动如火如荼开展之后,《译文》显然意识到这一"错误",便在 10 月号刊登阿拉贡的《关于苏联文学》(王振基译)作为补过。《关于苏联文学》写于 1956 年,当年阿拉贡主编的《苏联文学丛书》在法国出版;这篇文章是其中"小说故事集"的序言。文章坚定维护苏联社会主义现实主义文学路线,回答西

---

① 刊于法共主办的文学周报《法兰西文学报》,1953 年至 1972 年,路易·阿拉贡担任该报主编。

② 《人民文学》1957 年 7 月号,刊发了丰村的《美丽》、李国文的《改选》、宗璞的《红豆》等小说,和李白凤论诗歌写作的文章,它们随后就受到批判。

方一些作家对苏联文学脱离传统,"消灭了流派","革命时代不利于艺术,特别不利于文学"的指责。从这两篇文章写作和中译发表的时序,我们可以看到一种逆向的运动:阿拉贡是自"正统"偏离,而中国的同行则从偏离重归"正统"。

阿拉贡自己也意识到这种变化。作为法共党员,他明白可能受到背离"马克思主义"的指摘。因此,文章的结尾便预留了回应:

> 我的脾气有些古怪,总爱把写好的文章念给同志们听。有一位同志听我念这篇文章,他等了很久,等我说出一些他在文章里找不到的东西,最后他问我:"马克思主义呢?"
>
> 我没有回答他说,马克思主义并不是像一般浮夸的人所设想的那样。

1949年,他在《论约翰·克利斯朵夫》中说,"约翰·克利斯朵夫以他的心得到胜利。它的王国是被艺术的把持者们放逐了的善,这些把持者为精细的人说话,不是为千千万万人,不是为纯朴的人,不是为最贫贱的人说话。就这个意义说,这部小说打开了二十世纪的门户";说"比'约翰·克利斯朵夫'受过波特莱尔的影响更少的再没有了"。[①] 但到了1957年,他对这位19世纪末的诗人的评价发生重要改变。

文章中他引了波特莱尔这样的诗行:

> 我能不能从严寒的冬季里,
> 取得一些比冰和铁更刺人心肠的快乐?
> ……
> 它让最微贱的事物具有高贵的命运。

---

① 路易·阿拉贡:《论约翰·克利斯朵夫》(1949年),见《阿拉贡文艺论文选集》,第75—76页。

之后阿拉贡写道:"这就是波特莱尔给他同时代的人的回答";"这就是整个现代诗歌的定义"。对于把波特莱尔看作"喜爱粪土和败坏世道的狂夫"的人,阿拉贡的回答是:

> 真正的诗人就是那些在腐烂和蠢动中显出太阳的人,那从垃圾中看出生命的丰富多彩的人,那觉得诗歌能在
>
> > 一块满是蜗牛的肥土……
>
> 上生长出来的人。

无论是诗的取材、功用、美感性质,还是诗人的社会位置,对波特莱尔的赞美都与社会主义现实主义的诗学原则不合拍,甚至也可以说是背道而驰了。就在两年多之前,阿拉贡还不是这样的观点,他出席莫斯科的第二次全苏作家代表大会时,在发言中说,现代诗歌的定义是马雅可夫斯基给出的,"有了马雅可夫斯基,我们可以重新估价我们自己的财富……看到了在我们面前展开的全世界一切诗人的共同道路"[①]。自然,纪念波特莱尔的这篇文章也没有忘记马雅可夫斯基:这两位诗人都写到诗人和太阳之间的关系。阿拉贡说,波特莱尔的《太阳》是用诗写的"诗学"(关于诗的诗,"元诗");波特莱尔把诗人当作太阳,"太阳把蜡烛的火燃照黑了"——

> 当它像诗人一样降临到城中,
> 它让最微贱的事物具有高贵的命运,
> 它好像一个国王,没有声响,也没有仆从,
> 走进所有的病院和所有的王宫。

---

[①] 路易·阿拉贡:《论诗》(1955年),见《阿拉贡文艺论文选集》,第198—199页。

教义之外的神秘经验的承担者——读《在有梦的地方做梦，或敌人》

阿拉贡说这让他想起马雅可夫斯基写太阳降临诗人家里的诗：

你以为发亮
对于我是简单的事？
你试一试？

诗的结尾是："永远发亮／到处发亮……／这是给我自己的，／也是／给太阳的口号。"但用来和波特莱尔相连的这个马雅可夫斯基，倒是离未来派更近，而离社会主义现实主义有点远。正如1957年的阿拉贡所言："未来派才这样狂妄，把诗人和太阳捏在一起"，甚至还把诗人与太阳的位置颠倒过来（"当它像诗人一样降临到城中"）。这种狂妄的痕迹，也留存在已经走向革命，但"未来派"尾巴还没有完全割断的，同样"狂妄"的艾青那里："若火轮飞旋于沙丘之上／太阳向我滚来……"；"人类通过诗人的眼凝望着世界"；"普罗米修斯盗取了火，交给人间；／诗人盗取了那些使宙斯震怒的语言"[①]……

## "是什么，就叫什么"

对于那些将自己的命运与革命、战争，与人民事业联结在一起的20世纪知识分子来说，"转向""觉悟""发展阶段""从巴黎到莫斯科""回归""告别"等，是一组用来描述他们思想轨迹的词语。阿拉贡一生联系着20世纪法国、欧洲的历史，伴随着历史的急剧变动，也经历过思想艺术的多次转变。一般认为，他1919年和布勒东、苏波等

---

[①] 引自艾青《太阳》《诗论》《诗人论》。

创办《文学》杂志到 1928 年,是思想、文学活动的第一阶段,即达达主义、超现实主义阶段。但从 1927 年参加法共开始,便与超现实主义决裂,随后接受苏联的社会主义现实主义的文学理念,宣称作家虽然有不同的才华和不同的创作方法,"但是,只有这一条是新的道路,此外都是旧的路了"①。他支持作家是"人类灵魂工程师"的说法:这是为作家身份,为这一职业的地位的重新定义,坚信作家要在改造社会的规划中承担促使"新人类"诞生的责任。

对发生在 20 年代末到 30 年代的"转向",阿拉贡当年有过这样的自我陈述。他说,在 20 年代:

> 有五年之久,我被夹在矛盾中间:一边是各种琐碎烦厌的情绪和对我和我的朋友们所建立起来的诗歌天地[指超现实主义——引者]的极度崇拜,另一边是我已经准备要投进去的大漩涡。……也正是在这充满疑惧和顾虑的日子快到尽头的时候,一个机遇使我的生命起了变化。
>
> 那是一个秋夜,在蒙巴那斯②的一家咖啡店里,我跟一般人一样,正在那里闲蹓。……忽然有人叫我的名字说:"诗人马雅可夫斯基请你坐到他桌上来……"诗人就在那里,他向我作一个手势,因为他不会说法文。
>
> 就是这一瞬间,改变了我的生命。这位知道用诗歌来作武器,知道不超然站在革命之外的诗人,就成了我跟一个世界之间的联系。这就是我自愿接受的一条索链的一环……③

---

① 路易·阿拉贡:《作家的任务和自我改造》(1935 年),见《阿拉贡文艺论文选集》,第 7 页。

② 巴黎著名的文化艺术街区。

③ 路易·阿拉贡:《明日的文学》(1935 年),见《阿拉贡文艺论文选集》,第 25 页。

## 教义之外的神秘经验的承担者——读《在有梦的地方做梦，或敌人》

马雅可夫斯基——在20世纪上半期的苏联、中国和其他社会主义国家，以及在西欧左派诗人中曾经"红极一时"，成为标志性的榜样诗人。今天似乎已经无人提起。不过，不少诗人都讲过在他那里得到的震撼性记忆。这种影响自然属于那个已逝的时代。阿拉贡是接受过这种强烈影响的一位，他也写过不止一篇的赞颂文章。阿拉贡在回忆"改变生命"的瞬间之后接着说，"一九三〇年下半年，超现实主义者阿拉贡，脑袋里塞满了抒情诗意的想象，对俄国的革命却是一知半解，他就这样来到了莫斯科"，而在回到法国之后，他"就再不是从前的那个人"，"感到自己完全是一个新人"，虽然他的超现实主义的"老朋友们""用叫嚣，用谩骂，想尽办法要把我拉住"，但是都无法阻挡这一转变，觉得自己拥有了"欣悦的灵魂"，因为他认识到"作为一个人和诗人最值得去做的唯一的事情，就是高声宣扬新世界的光荣"。①

思想立场前后矛盾，发生分裂、转向，有时候会被看作人的精神、道德的缺陷。因此，阿拉贡经过"挣扎"做出这一选择之后，为这个转向做了辩护。一方面，他将严肃关心自己转变的总方向，和那些"朝三暮四，一转眼就可以从法西斯主义转向共产主义，再又摇身一变而为保皇党，却自以为永远是'无所偏袒'"的人加以区分，另一方面，指出人们在观念和事实之间，关心的不应该是观念，"而是面对根本的、一目了然的事实"，"让思想去认识这些事实，那才是保持人的尊严"。②

20年后的50年代中后期开始，阿拉贡又经历了另一次思想转变。有研究者认为，他晚年是向"超现实主义回归"，也就是转而否定30年代所做的选择。这种判断有一定道理，但也嫌过于简单、绝对。他自己可

---

① 路易·阿拉贡：《作家的任务和自我改造》（1935年）、《明日的文学》（1935年），见《阿拉贡文艺论文选集》，第8、9、26页。

② 路易·阿拉贡：《作家的任务和自我改造》（1935年），见《阿拉贡文艺论文选集》，第11页。

能更愿意用"调整"或"修正"这样的词来概括这种变化。出版于1959年的《我摊牌》一书中,有一章的题目叫"是什么,就叫什么",是回应一些批评家将他的《受难周》和《共产党人》"对立起来",将《受难周》看成体现他创作"新方向"的评论。他认为他的现实主义理念和方法是一贯的,并没有变化:"我向你们起誓,正是因为创作了《共产党人》,我才写成了《受难周》,这难道不是显而易见的吗?"又说:"可能有些评论家,尽管对《受难周》和《埃尔莎》大加赞扬,也不认为这两部作品是典型的现实主义作品。不过在这方面,对于什么是现实主义的本质,诚如同对于什么是共产主义的本质一样,我同他们的理解是极不相同的。"①

阿拉贡也不是那么"诚实"(符合事实的意思,与道德无关)。《受难周》与过去的创作不能加以"对立",但带有本质性的变化也是事实。他也许确实未曾意识到这一变化的性质。不过,就在为自己的"一贯性"做出说明的时候,还是泄露了并不"一贯"的信息。他说:

> 我们对别人的创造、发现总不能无动于衷,我们应当对这些发现作出说明。保证**文学和艺术**的不停顿运动,千方百计地保证它的发展,使之与人类的历史演变进程步调一致……②

这个带有叛逆性的说明,在60年代为罗杰·加洛蒂的书写序言的时候,得到进一步的发挥。

如果谈到已经成为"美学的宗教律令"的社会主义现实主义,那应该是"叫什么,就是什么"的。当阿拉贡说"是什么,就叫什么"的时

---

① 路易·阿拉贡:《是什么,就叫什么》,冯征译,见《法国作家论文学》,生活·读书·新知三联书店,1984年,第459页。这是《我摊牌》一书的一章。《我摊牌》没有全部的中译本出版。

② 同上书,第465页。黑体为原文所有。

候，本身就包含了某些"背叛"的意味。阿拉贡的意思是，古典主义、浪漫主义、现实主义、超现实主义、新现实主义等名目，在说明、描述文学史现象的时候也许是必要的，而衡量某一作家的成就、价值，也许是在摘掉这许多帽子之后，才能真正发现。对存在争议的阿拉贡的遗产，大概也是这样。

## "仔细检查"我们的信仰

到了60年代初，阿拉贡开始正面回应他的变化的问题。1963年，罗杰·加洛蒂出版了《论无边的现实主义》，阿拉贡为这本书撰写了序言[①]。加洛蒂的论述和阿拉贡的序言，当时在国际文坛产生很大的影

---

① 1986年上海文艺出版社初版，1998年百花文艺出版社（天津）重版，吴岳添译。这本书中译的"译者前言"称，加洛蒂1933年参加法国共产党，二战中参加抵抗运动被捕，战后当选法国参议院议员，法国共产党中央政治局委员。1970年因反对苏联入侵捷克斯洛伐克而被开除出党。加洛蒂的著作，"文革"前的60年代北京的生活·读书·新知三联书店曾出版几种（著者译为加罗蒂）：《马克思主义的人道主义》（1963年，刘若水、惊蛰译）、《共产党人哲学家的任务和对斯大林的哲学错误的批判》（1963年，徐懋庸、陈莎译）和《人的远景：存在主义，天主教思想，马克思主义》（1965年，徐懋庸、陆达成译），均属"内部发行"的"黄皮书"。加洛蒂在《论无边的现实主义》"代后记"中说："从斯丹达尔和巴尔扎克、库尔贝和列宾、托尔斯泰和马丁·杜·加尔、高尔基和马雅可夫斯基的作品里，可以得出一种伟大的现实主义的标准，但是如果卡夫卡、圣琼·佩斯或者毕加索的作品不符合这些标准，我们怎么办呢？应该把他们排斥于现实主义亦即艺术之外？还是相反，应该开放和扩大现实主义的定义，根据这些当代特有的作品，赋予现实主义以新的尺度，从而使我们能够把这一切新的贡献同过去的遗产融为一起？"这些论述，与秦兆阳1956年的"广阔"现实主义，及苏联70年代的现实主义"开放体系"，属于同一体系。不同之处是，秦兆阳要把"旧"现实主义"广阔"进来，加洛蒂则要扩大边界以容纳"现代主义"。

响①。在序言中,对加洛蒂著作和他自己观点发生的变化的背景,有这样的说明:

> 这场揭露[指揭发出来的斯大林,以及苏联社会主义实践出现的问题——引者]势必导致一切相信马克思主义的人仔细检查**他们的信仰**。……走入歧途和犯罪,没有、也不可能在马克思主义中得到正常的位置,他们是对马克思主义的歪曲、背叛和脱离。②

加洛蒂的一些著作在60年代有中文译本,但《论无边的现实主义》的正文却没有翻译,大陆中文译本要等到20多年后的1986年才诞生;它错过了在中国文艺界能引起"震动"的时机,不过在80年代中期出现,仍支持了当时文艺界对教条、"禁令"的冲击,还不至于只剩下"学术史"的价值。

虽然没能在60年代读到这篇序言,但是阿拉贡写于1963年前后的两篇文章,当时却有翻译。它们是《布拉格演说》和《在有梦的地方做梦,或敌人》,同时刊登于《现代文学理论译丛》1963年第1期。

1962年9月,阿拉贡接受布拉格查理第四大学荣誉哲学博士学位(在此前后,莫斯科大学也授予他荣誉博士学位),《布拉格演说》是他在授予仪式上的演讲。演讲尖锐批评了在苏联产生,并推广到世界各处的社会主义现实主义教条。他说,现实主义这艘船在20世纪受到来自两个方面的攻击,而最主要的危险是"左面的海盗",来自"内部"的威

---

① 《论无边的现实主义》的"译者前言"称:"出版后很快就被翻译成十四种语言,从东方到西方都引起了激烈的争论。"

② 罗杰·加洛蒂:《论无边的现实主义》,百花文艺出版社,1998年,第3页。黑体字为原文所有。

## 教义之外的神秘经验的承担者——读《在有梦的地方做梦,或敌人》

胁,使它面临信誉的危险。这种危险"在于把谄谀当作现实,在于使文学具有煽惑性",将文学降低到"初等教育的作用",让它"象装饰教堂一样用窗花来装饰生活"。阿拉贡呼应了加洛蒂的"无边""开放"的观点,他用的是"开明的"说法,说这是一种"非学院式的、不僵硬的、能够演进的现实主义","它关心新事物,不满足于那些花了许多时间进行去皮、磨光、消化等程序的事物";这种现实主义,"它的存在不是为了使事件回复到既定的秩序,而是善于引导事件的发展,这是一种有助于改造世界的现实主义,一种不求使我们安心、但求使我们清醒的现实主义……"这个时候,阿拉贡摆出了强硬的与"具有绝对的、一成不变的性质"、宗教"经文"式的教条决裂的姿态。

比较而言,《在有梦的地方做梦,或敌人》一篇更值得重视。它和《布拉格演说》《〈论无边的现实主义〉序言》的主题是一样的,对他所说的"被歪曲""玷污"的社会主义现实主义做了更激烈的批评(在这篇文章中,他仍认为自己是"社会主义现实主义者")。文章提出,无论是历史撰述,文学写作,还是观察世界,都不应该为范围设限,设立禁区,颁布各种清规戒律的禁令:

> 在马克思主义的科学思想范围以外进行思想研究,曾一度被指控为危险的做法,而实际上这同真正的马克思主义毫无共同之处。敌人的照片[指在博物馆中展出"敌人"照片——引者]不构成反对社会罪。……在探索现实遭到重重阻碍的地方是不可能认识、理解和善于道出真理的。而在艺术上,公式、教条、埃皮纳①泥人以及在某种形式下对现实认识的抽象性是与现实主义最为格格不入的。为了洞察一个时

---

① 译者原注:法国地名,以产泥人著称。

期的现实，为了理解它，神秘主义者或银行家的观点，工人或熟读经过审定的教科书的好学生的观点，对我来说是同样必要的。……

也就是说，现实主义者也有必要"钻进神秘主义者的沙堆"——文章的开头，就解释了他这个马克思主义者为什么对俄国宗教神秘主义的别尔嘉耶夫感兴趣。阿拉贡当然没有放弃他的信念、追求，因此他说，"有梦的地方还是要做梦"，但也要知道"敌人"，正视、研究"敌人"。而且，有时候"梦"与"敌人"的界限并不是那么清晰、绝对，况且随着时间推移，它们也可能发生重叠和转移。他说，人们常常认为："我们过了一定时期来看历史事件，仿佛它们一直是那样的清晰……即使一个反布尔什维克分子，今天也会嘲笑一个一九一七年的人——不管他是立宪民主党人、孟什维克或社会革命党人——可能有的想法。他以为自己现在更懂得这一切了，因为经过岁月的洗滤，历史在他看来要简化些了。"可是，阿拉贡觉得事情并非如此。《在有梦的地方做梦，或敌人》这篇文章中，20世纪初俄国别尔嘉耶夫①的情况，作为历史巨大画布中的一个"细节"，被他用来讨论历史复杂性的例证。

1922年，别尔嘉耶夫被革命政权驱逐出境，开始流亡生涯。从这个角度说，他自然是"异端分子"，革命的"敌人"了。可是，与俄国20世纪初俄国革命的关系上，他的情况却相当复杂。他在基辅大学读书期间就为正在发展的革命吸引，以至"竟自认为是马克思主义者，并且在一八九八年和一九〇一年两度被捕、被当作社会民主党人而流放到沃洛

---

① 别尔嘉耶夫（1874—1948），生于基辅，20世纪俄国重要思想家。1922年起流亡德国、法国，在法国去世。著有《俄罗斯的命运》《俄罗斯思想》《俄罗斯思想的宗教阐释》《人的奴役与自由》《陀思妥耶夫斯基的世界观》《自我认识——思想自传》等大量著作。在20世纪60年代，他的著作很少被译成中文，而90年代以来，则在中国被大量译介。

格达①"。但是，他又有神秘主义思想，"内心冒险已经凌驾于社会事业之上"，这与社会民主党人的革命相冲突。阿拉贡写道，在1905年革命之后：

> 在这个人的头脑中，有一种奇怪的辩证法：因为在抛弃马克思主义而追求神秘奇遇的同时，他又趋向于把即将脱离社会民主党的那一派人，即布尔什维克，看成革命的唯一希望、俄国的唯一希望，但他的观点又使他与布尔什维克分道扬镳。……
>
> 这是由他内心的双重运动所决定的，即既承认革命行动是合理的，但在意识形态上，又主张神秘主义，而反对革命行动。他和马克思主义的奠基者走了相反的道路，开头信的是他们，后来却回到了费尔巴哈的立场上。

阿拉贡还引述了吕西安娜·于连－凯茵在《别尔嘉耶夫在俄国》一书中的描述，40年代二战期间他在法国经历的"巨大感伤"：

> ……在那些残酷的岁月里，尽管交通困难（他从克拉玛来），别尔嘉耶夫还是定期到蒙骚公园近旁我的住宅来访问我。我们总是立刻谈到战局：虽然没有地图，但看到他微眯着眼睛，我也懂得他在聆听祖国的士兵沿着河流为解放祖国而向基辅进军；有时，他为某一次的行动迟缓、某一次的踏步不前而惊诧，他不明白是什么原因；然后，他又沉入冥想。他生活在一个神圣的梦幻之中。

---

① 沃洛格达在莫斯科东北方，距莫斯科500公里，19世纪末到20世纪初，这里曾是革命者的流放地，卢那察尔斯基、斯大林、莫洛托夫等，都曾被流放到这里，因此被称为首都旁边的西伯利亚。

这是一个"敌人"的"神圣的梦幻"。在法国,与诗人茨维塔耶娃的处境有些相似,苏联当局把他们看作异端,或敌对分子,而国外的流亡者团体则看他们是"布尔什维克",他们处于夹缝之间。阿拉贡说,无论1922年的别尔嘉耶夫,还是60年代写《别尔嘉耶夫在俄国》的凯茵,看来都难以理解将他驱逐出境的"一九二二年夏天的那个'奇怪的'措施"。但"过了一段时间来看历史事件"的阿拉贡,也对当年审讯别尔嘉耶夫的情景感到"奇怪":1920年冬天,在授予别尔嘉耶夫科学院院士不久,他第一次被逮捕。凯茵的书里是这样叙述的:

> 一个目光忧郁的金发的年青人,穿着一套带有红星的军装……他的举止中透着些亲切和温柔:他让别尔嘉耶夫坐下,作为开场白,只是对他说了一句:"我名叫捷尔任斯基。"他后来才知道,他是这位全俄罗斯都畏惧的"契卡"创始人愿意亲自主持审讯的唯一的被告:作为"契卡"副主席,加米涅夫也参加了这次审讯……
>
> "我作为思想家和作家而有的尊严,要求我准确地按照自己的思想来说话。"被告向审讯他的大人物简洁地说,捷尔任斯基答道:"我们所要求您的,也正是这样。"接着,审讯就像一种独白一样进行下去……别尔嘉耶夫竭力向对方解释说,如果说他在哲学、道德和宗教方面看来像是一个共产主义的敌对分子,他要强调指出这一事实,即在政治方面他对共产主义没有采取任何立场,无论是什么样的立场。捷尔任斯基插话极少,然而都是恰如其分的,像是这一类的插话:"在理论上是唯物主义者,而在实际生活中是唯心主义者,或者反过来,这难道是可能的吗?"……

三个小时审讯后,捷尔任斯基命令释放别尔嘉耶夫。此后,他又过了两年的自由生活,并在莫斯科大学讲授唯灵论课程。1922年夏天再次被捕,他和另一些学者、作家、政治家被勒令离开俄国。

作为这一审讯情景的佐证,阿拉贡还引了捷尔任斯基审讯白军军官维尔霍夫斯基的材料;这些材料来自维尔霍夫斯基的回忆录。捷尔任斯基试图说服维尔霍夫斯基投向红军而没有成功,回忆录写道:"在我面前的不是一个当政的敌人,而是一个竭力使我走上正路的年长的同志。他说道:'好吧,还是呆在监狱里吧,考虑一下!然后你就会感谢我把您逮捕起来,使您避免了您以后也无法为之辩解的蠢事。'"

## "教义之外的神秘经验的承担者"

作为长时间(从30年代到50年代初)支持苏联的政治实践和文学意识形态的共产党员,阿拉贡60年代对历史有这样的解释:苏联革命政权成立初期,曾经存在着"列宁主义准则";在他看来这个准则相对合理,甚至可以说"人性化"。但是后来被扭曲、玷污和抛弃。他是在做"追本溯源"的工作,而这样做,又肯定会被那些"修正列宁主义的人"说成修正主义。

对于1922年苏联驱逐多达70余名知名知识界人士和政治精英的做法,现在的历史阐释者看法其实很不同。与阿拉贡相反的观点是,这是为控制意识形态领域实施的"净化",是严酷管制和后来残酷镇压、清洗的开端。

但是阿拉贡的文章中还隐约地提供对这些事件观察的另一视角,这就是有关信仰的社会化问题。在谈到别尔嘉耶夫的神秘主义思想,谈到

他的政治态度与精神信仰之间的矛盾时,文章写道:

> ……我在马拉加城的苏飞教长伊本·阿拉比①的一位注释者的著作中(亨利·柯尔宾:《伊本·阿拉比的苏飞教义中的创造性想象》)发现了关于宗教的这句话:"不幸在于当宗教信条一旦被社会化、'体现'于教会现实中以后,精神和灵魂的叛逆注定要行动起来反对这种宗教信条……"这句话说明必须有一些人——不管是法老或长老——来作为这种"社会化"了的教义之外的神秘经验的承担者……[而]反抗"社会化"了的教会的尼古拉·亚历山大洛维奇[指别尔嘉耶夫——引者]的情况也是如此,他一面赞成马克思主义者的做法,一面又以为在他们的做法中也有一种教会,因为这种做法也有它的"教义问答",他以神秘的无政府主义的名义来反对这个"教会"。

别尔嘉耶夫是在1908年之后皈依基督教的,但他并非一般意义上的基督教徒,他的信仰是在教会、教堂、祭神集会之外。在基督教的神秘主义上,在信仰和教会之间关系的处理上,这可以联想到西蒙娜·薇依(1909—1943)。她去世前一年(1942)在写给修道院院长贝兰神父的信中这样说:

> 迄今为止,人们所说的和写成文字的任何东西,都比不上圣人路加在谈到尘世王朝时提到的,魔鬼对基督所说的那些

---

① 苏飞,伊斯兰神秘主义派别。伊本·阿拉比(1165—1240),伊斯兰教神秘主义哲学家。

## 教义之外的神秘经验的承担者——读《在有梦的地方做梦，或敌人》

话深刻。"我把全部强权以及与之俱来的荣耀统统给你，因为它被赐予我和我欲与之分享它的每个人。"因此，结果必是社会成为魔鬼的领域。肉体让人以"我"（moi）来说话，而魔鬼则说"我们"（nous）；或者如独裁者那样，用"我"（je）① 来说话，却带有集体的意义……②

在宗教信条被社会化的时候，"精神和灵魂的叛逆注定要行动起来反对这种宗教信条"。阿拉贡说，"反抗'社会化'了的教会的尼古拉·亚历山大洛维奇的情况也是如此"。

说起来，共产主义也是类乎宗教性的信仰，它的社会化也至少有一百多年的历史。与宗教一样，社会化是历史行动的必然，否则它就没有存在的必要。信仰者大多被成功地纳入"教会"的组织中，但也总会有一些信仰者，深刻感受到如别尔嘉耶夫、薇依式的内在矛盾，遭遇他们的那种精神困境和困境中的挣扎。他们都意识到这种"社会化"的不可避免；而"反对"也只能以类乎"神秘主义"的方法；因为对社会化制度的抗拒，无法以制度的形式来实行。他们如薇依所言，这样的人"必须或命定要独身一人"，对任何人际环境来说，"都是局外人，游离在外"；他们的精神影响，也只是发生在极有限的个体之中。

但是不管怎样孤独、无助，也必须要有这样的人，"来作为这种'社会化'了的教义之外的神秘经验的承担者"。

首次发表于陈思和、王德威主编
《文学·2016·秋冬卷》，复旦大学出版社，2017年

---

① 中译者注：法语中 moi（我）是独立人称代词；而 je（我）是非独立人称代词。

② 西蒙娜·薇依：《书简之二：面对洗礼的迟疑》，见《在期待之中》，杜小真、顾嘉琛译，生活·读书·新知三联书店，1994年，第11—12页。

# 死亡与重生？
## ——当代中国的马雅可夫斯基

## "进攻阶级的伟大儿子"

据相关资料[①]，中国报刊最早介绍马雅可夫斯基，是1921年刊于《东方杂志》第十八卷第十一号上胡愈之的《俄国的自由诗》（署名化鲁），之后是1922年《东方杂志》第十九卷第四号胡愈之的《俄国新文学的一斑》，沈雁冰1922年10月刊于《小说月报》第13卷第10期的《战后文艺新潮：未来派文学之现势》。瞿秋白20年代初，也写有谈到马霞夸夫斯基[②]的文章：对这位诗人情况的介绍与他在苏联活跃

---

[①] 参见《马雅可夫斯基研究》一书中的附录《〈马雅可夫斯基在中国〉资料索引》，武汉大学，1980年。该资料由陈守成、丘金昌、刘海芳编辑、整理，收录的资料截止至1980年。

[②] 即郑振铎编著的《俄国文学史略》中的第十四章"劳农俄国的新作家"，商务印书馆，1924年。也见《小说月报》第十四卷第九号（1923年9月10日）。马雅可夫斯基在中国先后有梅耶谷夫斯基、梅耶戈夫斯基、马霞夸夫斯基、马亚柯夫斯基、玛雅考夫斯基、玛雅阔夫斯基、玛雅可夫斯基等20多种译名。1953年后，通译为马雅可夫斯基。参见丘金昌：《马雅可夫斯基名字中译考》，见《马雅可夫斯基研究》，武汉大学，1980年，第300—302页。

的时间同步。至于作品的翻译,最早是1929年李一氓译、郭沫若校的《新俄诗选》[①],里面收入《我们的进行曲》等作品。此后三四十年代,报刊刊登不少作品翻译和评论文章。不过,中译作品专集,在"现代"时期只有两部,一是1937年上海Motor出版社的《呐喊》,译者万湜思(姚思铨),书名取自马雅可夫斯基长诗名字(该诗后来通译为《放开喉咙歌唱》)[②]。第二本专集,是出版于1949年的庄寿慈译的《我自己》[③]。

这位诗人在三四十年代中国文学界(特别是左翼文学界)已有很高知名度。所以,郭沫若1945年应邀访苏时特地参观马雅可夫斯基纪念馆,并题诗,赞美他是"进攻阶级的伟大的儿子",说中国人"早知道你的名字",

你的声音

好像风暴

飞过了中央亚细亚,

---

[①] 光华书局(上海),1929年。《新俄诗选》由李一氓据英译本的《俄罗斯诗歌》译出,郭沫若校订,收入马雅可夫斯基、叶赛宁、勃洛克、别雷等15家诗作。再版时改名《我们的进行曲——新俄诗选》。

[②] 万湜思(1915—1943),本名姚思铨,浙江桐庐县人,编辑、诗人、版画家、翻译家。翻译出版的马雅可夫斯基诗选有《呐喊》(上海,Motor出版社,1937年)、《玛耶可夫斯基诗选》(上海三联书店,1950年)等。关于万湜思的情况,参见陈原:《忆万湜思》,见《人和书》,生活·读书·新知三联书店,1988年。万湜思的翻译根据世界语译本。译者在《呐喊》"后记"中说,在中国,马雅可夫斯基"的姓名,我们已如此熟悉,而他底诗作,我们却如此生疏,实在是不很爽气的事"。

[③] 时代出版社(上海),1949年。庄寿慈(1913—1971),江苏扬州人,翻译家,50年代曾担任《译文》编辑。翻译作品有普希金的诗,安东诺夫的短篇小说,普鲁斯短篇小说等。

>     任何的
>
> 　　山岳、沙漠、海洋
>
> 　　　都阻挡不了你！①

其实，阻挡不了的中文译介热潮，还是要到五六十年代。在这个时期，他被当作革命诗人的旗帜、典范对待，可以说没有任何外国诗人在那个时期享有这样的殊荣。从 1950 年到 1966 年，出版的中译马雅可夫斯基诗集不下三十五六种。除选集外，还有《一亿五千万》《好！》《列宁》等长诗单行本和《给青年》《给孩子的诗》等专题诗集。其中，出版频数最高的是《好！》和《列宁》的单行本。②除专集外，各种诗选和报刊选入、刊载的马雅可夫斯基作品难以统计。1957 年到 1961 年人民文学出版社陆续出版的《马雅可夫斯基选集》五卷本，是这个时期的重要成果。③它属于重点组织的文化"工程"，采取集体合作方式，有多达二三十人的译者参加，包括萧三、戈宝权、余振、张铁弦、丘琴、朱维之、庄寿慈、王智量、乌兰汗、任溶溶、卢永、岳凤麟等和当年北京大学俄语系学生。五卷的达 2500 余页的选本，80 年代初在做了调整、修订之后，出版四卷本的选集新版。作品翻译之外，评论文章数量也相当可观。50 年代到 60 年代前半期，以及"文革"后的 70 年代末，报刊发表的评论、研究文章有二三百篇。除文章，不少诗人写了"献诗"。撰文

---

① 据 1982 年版《中国大百科全书·外国文学 I》第 670 页的手稿复印件。此诗收入《沫若文集》第九卷（人民文学出版社，1959 年）中的《洪波曲·苏联日记》时，文字和分行均有改动。

② 《好！》有余振、飞白等译的 5 种，《列宁》有赵瑞蕻、余振、黎新、飞白等译的 10 种。

③ 第一卷为《我自己》和 1912—1925 年的短诗，第二卷 1925—1930 年的短诗，第三卷长诗，第四卷剧本，第五卷是论文、讲演、特写。80 年代，这个选本重新修订，人民文学出版社出版新的四卷本。

作诗者涵盖当年著名作家和翻译家——郭沫若、戈宝权、萧三、艾青、巴人、曹靖华、刘白羽、严辰、徐迟、田间、张铁弦、赵瑞蕻、鲁藜、夏衍、林林、蔡其矫、何其芳、袁水拍、力扬、余振、刘绥松、方纪、臧克家、靳以、安旗、李季、李瑛、程光锐、赵朴初、邹荻帆、汪飞白、戈壁舟、李学鳌、韩笑……他被中国当代诗人称为"热爱的同志和导师",他的诗是"插在路上的箭头和旗帜"。

因此,马雅可夫斯基的观念和诗艺,自然在当代中国诗人那里也留下"脚印"。最主要的是诗人与革命、诗歌与政治的观念,也包括诗的取材,具体的象征、结构方式,以至分行和节奏。"影响"是个复杂的问题,一般难以明确指认,因此,30年代田间的《给战斗者》是否受马雅可夫斯基影响存在争议:作者本人虽多次否认,一些研究者却言之凿凿、不容置疑。但是,仍有些"痕迹"是清晰可辨的。如1950年石方禹的长诗《和平的最强音》,1955—1956年郭小川的《致青年公民》(组诗),1956年贺敬之的《放声歌唱》和后来的《十月颂歌》……贺敬之、郭小川也因此被称为"马雅可夫斯基的学生"。如果说《马雅可夫斯基夏天在别墅中的一次奇遇》,是否催生了《马雅可夫斯基广场奇遇记》(李季)和《朗诵会上的一段奇闻》(郭小川)尚不能确定,那么,李季、闻捷1958年配合时事的报头鼓动诗,应与马雅可夫斯基的"社会订货""罗斯塔之窗"的理念和实践有关①。马三立明确说,他的相声《开会迷》的灵感,来自马雅可夫斯基的《开会迷》。1958年田汉剧本《十三陵水库畅想曲》的一些情节,也可以看到马雅可夫斯基《臭虫》的痕迹。

自然,最大的"影响"是20世纪50—80年代中国当代政治诗体式

---

① 后结集为《第一声春雷——"报头诗"第一集》《我们插遍红旗——"报头诗"第二集》,李季、闻捷著,敦煌文艺出版社,1958年。

的形成。它的艺术资源，除了西方浪漫派诗歌和中国20世纪左翼诗歌之外，最直接的是被阿拉贡称为"当代政治诗的创始人"[①]的马雅可夫斯基：他的贴近时代的主题，直接参加到事变斗争中去的行动姿态，对新社会制度的热烈赞颂，像炸弹、像火焰、像洪水、像钢铁般的力量和声音，以及"楼梯体"的诗行、节奏等方面。

## 无产阶级诗人的"样板"

不过，20世纪五六十年代中国读者接受的是经过简化、偶像化[②]——或用一个中国特色的词"样板化"——处理的马雅可夫斯基。"样板化"过程发生在30年代中期的苏联。

马雅可夫斯基生前在苏联就名声大噪，不仅在诗歌界，在公众中也有很大影响。他生命的后期，奔走在全国各地，举办过几百次的演讲和诗歌朗诵会。群众被他"像教堂里的大钢琴似的宏壮"的声音震撼。他积攒着将近两万张的听众扔到舞台上的提问条子[③]。马雅可夫斯基的密友埃尔莎·特里奥莱（曾经是马雅可夫斯基的情人，莉丽·布里克的妹妹，后来成为阿拉贡的妻子，阿拉贡有无数的诗献给她）写道：

---

[①] 路易·阿拉贡：《从彼特拉克到马雅可夫斯基》，雷光译，见《法国作家论文学》，王忠琪等译，生活·读书·新知三联书店，1984年，第363页。

[②] 参见蓝英年：《马雅可夫斯基是怎样被偶像化的？》，见《冷月葬诗魂》，学苑出版社，1999年。

[③] 在《我自己》的1927年部分，马雅可夫斯基写道："我继续当游吟诗人。收集了大约两万个意见条，现在正想写一本《总的答复》（答复那些小纸条）。我知道读者群众想的是什么。"《马雅可夫斯基选集》第一卷，人民文学出版社，1957年，第26页。

## 死亡与重生？——当代中国的马雅可夫斯基

> 我没有亲眼看见马雅可夫斯基如何光荣成名。当我一九二五年回莫斯科时，这已经是既成的事实。路上行人，马车夫全认得他。人们互相交头接耳地说："瞧，马雅可夫斯基……"①

马雅可夫斯基自己在《新生的首都》(1928)② 中写到他演讲、朗诵的盛况："最近两个月，我到苏联各个城市作了约四十次演讲"，"一天里（在一天当中，而不是仅有一天），我从清晨汽笛响起的时候，一直朗诵到晚上汽笛响起的时候为止"；"敖德萨的码头工人，把旅客的皮箱运上轮船之后，无须互通姓名，就向我问好……催促我说：'告诉国家出版局，把你的《列宁》卖的便宜些'"。他的葬礼，据埃尔莎说，有几十万人（也有材料说是30万人）参加。

这样的名声显赫，并非靠政治、文学权力的刻意营造，也因此，他生前和死后的几年间，围绕着他的评价也纷杂而矛盾：

> 马雅可夫斯基在文学界的敌人是数不清的，无论在他生平哪一个时期。曾经有一些文学派别和一些文学运动出来反对马雅可夫斯基的未来主义，反对他的左翼作家组合③，曾经有些人认为要写诗就得永远写普希金，托尔斯泰一类的诗，也有些人除了无产者作家以外什么全不接受，另一批人责备马

---

① 霭尔莎·特丽沃蕾：《马雅可夫斯基小传》，罗大冈译，上海文艺联合出版社，1954年，第87页。1986年该书由生活·读书·新知三联书店再版。本文引文均据上海文艺联合出版社版。霭尔莎·特丽沃蕾，现在的标准译法为埃尔莎·特里奥莱。

② 《马雅可夫斯基选集》第五卷，人民文学出版社，1961年，第148—153页。

③ 指"列夫"，即"左翼艺术阵线"，1923年成立，出版杂志《列夫》《新列夫》，马雅可夫斯基担任这份杂志的主编。

雅可夫斯基写骚动的诗,政治诗与社会诗,他们甚至胆敢说马雅可夫斯基自己就不相信他所写的一个字。也有人责备他的抒情诗,爱情诗,据说那是不能为无产阶级服务的。有人指摘他对于党不折不扣的忠实,也有人责备他为什么始终没有要求恢复党籍。有一群人说他完蛋了,挤干了,身上已经没有余剩半丝才气了。……

……他的作品只能以不敷需求的数量出版①;他的著作,他的照相,被人抛出图书馆的大门。一九三四年我在莫斯科的作家大会上,责问上述文学小吏之一为什么他在一篇论文中竟然把马雅可夫斯基的名字都删去了……那个文学小吏对我说:"现在有一种马雅可夫斯基崇拜,而我们和这种崇拜作斗争。"②

"转机"发生在1935年。这一年的11月,莉丽·布里克以"遗孀"的口吻(她确实也有这个资格,马雅可夫斯基在遗书里将她列在"家人"的第一名)给斯大林写信,对马雅可夫斯基的不被重视提出申诉。斯大林很快做了批示,这就是刊登在17日《真理报》上的,很长一段时

---

① 1921年5月6日,列宁写给卢那察尔斯基的便条中写道:"赞成把马雅可夫斯基的《一亿五千万》出版五千册,这难道不害臊吗?荒唐,愚蠢,极端愚蠢和自命不凡。依我看,这种东西十年里只能出一种,而且不能多于一千五百册,供给图书馆和怪人。"纳乌莫夫:《列宁论马雅可夫斯基》,见《马雅可夫斯基评论集萃》,岳凤麟编,北京大学出版社,1987年,第25—27页。

② 霭尔莎·特丽沃蕾:《马雅可夫斯基小传》,第91—94页。这里的"文学小吏"未确指,应是与"拉普"领导人有关。另外,1934年苏联第一次作家代表大会做诗歌方面的专题报告的是布哈林,他极力推荐帕斯捷尔纳克,认为他是"诗歌巨匠",这引起别德内依等诗人的不满。

间伴随着这位诗人的那段话:"马雅可夫斯基过去是,现在仍旧是我们苏维埃时代最优秀、最有才华的诗人。"——斯大林批示的内情,五六十年代的中国读者并不知晓,有学者分析,说写信者和批示者都各有政治图谋,这些留待有心人继续勘察①。中国当代读者知道马雅可夫斯基名字的同时,也知道斯大林的这个评价。领袖的批示刊出,就如我们熟知的操作程序,《真理报》《文学报》等开足马力,掀起了宣扬也规范马雅可夫斯基形象的热潮。当月,苏联中央执委会(1922年到1938年苏联苏维埃代表大会的常设机构)决议出版马雅可夫斯基12卷全集②,随后,在原先诗人寓所建立纪念馆,将莫斯科凯旋广场更名马雅可夫斯基广场——广场上的著名铜像则是1958年才建立,它连基座高达6米,设计者亚历山大·基巴尔尼科夫因此获得1959年度的列宁奖金。

在苏联,围绕马雅可夫斯基的不同声音消失了。他获得了生前肯

---

① 当代中国在五六十年代,对斯大林批示的引述,主要来自苏联学者、作家的论著,如季莫菲耶夫《苏联文学史》(水夫译)。在《苏联文学史》中,这段话记载为:"1935年12月17日,斯大林在《真理报》上写道,'马雅可夫斯基过去是,现在仍旧是我们苏维埃时代最优秀、最有才华的诗人。对纪念他的事情不关心,对他的作品不关心,都是错误的。'"(《苏联文学史》上卷,作家出版社,1956年,第270页)。后来苏联部分档案解密,得知是斯大林在莉丽·布里克写给他的信件上做的批示。全文据蓝英年文章的引述是:"叶若夫同志,我恳请您重视布里克的信。马雅可夫斯基过去是,现在仍然是我们苏维埃时代最优秀的、最有才华的诗人。对他的纪念和他的作品漠不关心是犯罪。我看布里克的申诉是有道理的。请同她联系并把她召到莫斯科来。让塔尔和梅赫利斯也参与此事,你们通力弥补我们的损失。如果需要我的帮助我愿尽力。此致!约·斯大林。"尼古拉·叶若夫时任苏联内务人民委员部委员,主持苏联1936—1937年的大清洗,但他1940年也被枪决。塔尔是中央出版局局长,梅赫利斯则是《真理报》的总编辑。蓝英年认为,莉丽·布里克写信,和斯大林的批示,都有明显的政治动机。(《马雅可夫斯基是怎样被偶像化的?》,见《冷月葬诗魂》。)

② 全集12卷1939—1947年由莫斯科国家文学出版社出版,1955—1961年该出版社又出版13卷的全集。

定意想不到的荣耀——这荣耀部分是他应得的,但也给他带来悲哀(假如他还能够感知)。埃尔莎·特里奥莱令人信服地指出,马雅可夫斯基是个有着"异乎寻常的生命的弹力"的人,他不会"固定在一个'运动'之中"①。但"榜样"就意味着被简化、修剪,按照秩序重新排列,将他固定在一个位置上。他因此失去"生命的弹力"。帕斯捷尔纳克说是"第二次死亡"——这不是没有道理。

因为接受的是经由苏联"固定"了的,作为"样板"的马雅可夫斯基,中国当代读者难以对他有另外的想象:接收不到任何相异的信息,理解也就无法有拓展的空间。读者不了解20年代那些革命领导人(列宁、托洛茨基、布哈林、卢那察尔斯基等)对马雅可夫斯基不同甚且对立的评价,对苏联二三十年代发生的激烈争议毫不知情。不清楚他与"拉普"领导人之间紧张关系的根由。不清楚《列夫》(1923—1925)和《新列夫》(1927—1928)时期,马雅可夫斯基的诗歌和俄国形式主义者,和当时艺术各种先锋派的关联。在50年代,中国批评家喜欢引用列宁对《开会迷》的称赞,却不清楚这位革命领袖其实对他并无好感;列宁说他理解和欣赏普希金,"涅克拉索夫我也承认","但是马雅可夫斯基,对不起。我理解不了他"。1958年,苏联的《文学遗产》杂志第65卷刊发了《关于马雅可夫斯基的新材料》第1辑,披露了马雅可夫斯基给莉丽·布里克的125封信:材料当时也没有能介绍到中国——苏共中央认为材料有损诗人形象,提出批评,导致材料第2辑发表的流产。

至于马雅可夫斯基的并非无关紧要的私生活,他与多个女人,特别是与莉丽·布里克的关系更是讳莫如深。针对叶赛宁自杀的诗句("在

---

① 霭尔莎·特丽沃蕾:《马雅可夫斯基小传》,第30页。

今天的生活里，/ 死 / 并不困难。/ 但是将生活建成 / 却困难得多。"①) 被无数次征引，却无视他的"自杀与'彼岸'的念头"，这个念头与"对于生命的肯定，对生活着尤其使生活更美好的必要性"在他的诗中"错综交织着"：

我愈来愈想
　　拿一粒枪弹来作我生命的最后的句点。
　　　　——《脊椎骨的笛子》[也译《脊柱横笛》]
心蹦向枪弹
喉咙梦想着剃刀
……
多少秘密隐藏在你那些玻璃瓶后边。
你认识最高的正义，
药剂师，
让
我的灵魂
无痛无楚
被引向太空。

——《人》②

---

① 《给谢尔盖·叶赛宁》，李海译，见《马雅可夫斯基选集》第二卷，人民文学出版社，1959 年，第 123 页。

② 霭尔莎·特丽沃蕾：《马雅可夫斯基小传》，第 41—43 页。这里马雅可夫斯基诗的译文，均引自《马雅可夫斯基小传》。"喉咙梦想着剃刀"一句，在此书 1986 年再版时改为"喉咙梦想着刺刀"。

# "死亡"与"复活"

中苏分裂在 60 年代初公开化，对苏联文学的介绍、翻译的数量逐渐减少，马雅可夫斯基也不例外。"文革"的十年中则处于停滞状态。但是，狂热的"革命"正好是政治诗滋生的丰厚土壤，马雅可夫斯基的那种诗歌体式继续拥有极大生命力。"红卫兵战歌"[①]，郭小川、张永枚等这个时期的诗，"工农兵学员"的《理想之歌》[②]……也延伸到"文革"后到 80 年代初贺敬之、张学梦、叶文福、骆耕野、曲有源、熊召政等的创作；自然，这里列举的诗人、诗作的思想艺术水准高低互见，甚或差距悬殊。

1977 年之后到 80 年代初，马雅可夫斯基在中国被重新提起，并和这个时期诗歌的政治性写作热潮互动。1980 年 4 月，全国苏联文学研究会等在武汉召开马雅可夫斯基讨论会。除作家、诗人徐迟、曾卓、骆文、刘湛秋、李冰外，俄苏文学和马雅可夫斯基作品翻译家和研究者戈宝权、陈冰夷、余振、高莽（乌兰汗）、汪飞白、丘琴、汤毓强、岳凤麟、王智量等悉数出席。召开某一外国作家、诗人的全国性讨论会，这在"新时期"颇罕见。会议组织者的动机，应该是在当时政治诗的热潮下，来重申马雅可夫斯基的诗歌意义，在新的历史时期激活这一社会主义现实主义的文学资源，但也包含对过去批评研究存在的缺陷的纠正。因此，遂有"马雅可夫斯基并没有死，他还活着"（丘琴）、"我国当前还需要继承马雅可夫斯基的革命传统"（陈冰夷）、"他的诗至今仍有强大的生命力……今天还能使我们感到振奋和鼓舞我们前进"（戈宝权）、"我

---

[①] 参见首都大专院校红代会《红卫兵文艺》编辑部编印：《写在火红的战旗上——红卫兵诗选》，1968 年；刘福春、岩佐昌暲编：《红卫兵诗选》，日本福冈，中国书店，2002 年；王家平：《疯狂的缪斯：红卫兵诗歌研究》，台湾，五南图书出版公司，2002 年。

[②] 收入王恩宇、韩明等：《理想之歌》，人民文学出版社，1974 年。

要像马雅可夫斯基那样战斗"(熊召政)等言论的出现①。

但是,与讨论会的预期不同的是,"召回"难以阻挡他在读者和诗歌界的淡出。在一个对"革命"反思,以至"告别"为思潮的时代,作为"革命诗人"的马雅可夫斯基的这一命运几乎是必然的。在苏联,马雅可夫斯基的评价发生变化,在50年代斯大林死后就已发生,但整体性的"淡出",与当代中国几乎同步,大致在80年代后期90年代初②。一方面是时代政治氛围的变化,另一方面也是一些材料陆续披露解密。

从诗歌史和读者的角度说,则是禁锢解除之后,中国读者终于获悉,20世纪的俄罗斯诗歌,马雅可夫斯基并非唯一,而且也不一定就是"最高";同时代人还有勃洛克、阿赫玛托娃、帕斯捷尔纳克、曼德尔施塔姆、茨维塔耶娃……当然,评价上的这一变化,也是"偶像化"留下的后遗症。有论者抱怨,1993年马雅可夫斯基百周年诞辰在苏联的纪念活动,规模不大,显得冷清,没有往常纪念会少先队列队鼓乐献花,报刊也没有了大量颂扬文章……"这与前几年马雅可夫斯基的同时代人阿赫玛托娃、帕斯捷尔纳克、曼德尔什塔姆、茨维塔耶娃等的百年诞辰纪念活动的热闹景象形成强烈的对照"③。这在中国情况也相似。对文学史经常发生的这类现象,有学者引用英国作家卡内蒂的话来解释:"只看见过一次的东西不曾存在,天天看见的东西不再存在。"④阿赫玛托娃们已经被冤枉、诬陷和埋没了半个多世纪,马雅可夫斯基在很长一段时间里则"天天看见"。

---

① 这次讨论会参加者将近70人,会后主要论文收入《马雅可夫斯基研究》一书,武汉大学1980年8月出版。贺敬之题写书名。

② 苏联对马雅可夫斯基重评的情况,可参见张捷:《"我希望为我的国家所理解……"——从马雅可夫斯基百岁诞辰纪念活动谈起》,《世界文学》1994年第2期。

③ 同上。

④ 参见丁雄飞:《黄子平再谈"二十世纪中国文学"》,《东方早报·上海书评》2012年9月23日。

但马雅可夫斯基毕竟是20世纪重要甚或伟大的诗人,他并未真的消失、死亡,大抵是回到比较正常的状态:显赫的地位不再复现,不再不可"侵犯",对他提出异议也不再是"犯罪"。他的诗集在中国仍在出版,已经不是那么频繁①;纪念活动、研讨会也召开,不会有很隆重的规模;不断有评论、研究文章发表,评价显然大不如以前。

但是,针对这位诗人被忽视的批评声音也一直存在。1990年代初,俄苏文学翻译家张捷就对"有些人随便抛弃"马雅可夫斯基忧虑、不满。1993年北京的显得孤单的马雅可夫斯基100周年诞辰纪念活动也透露了这种情绪。近十多年来,期待与"天使长"②般的巨人"再遇"③,让他回归"世纪诗人"位置的愿望愈发强烈。在一些诗人和批评家那里,马雅可夫斯基既是难以磨灭的历史记忆,也是抵抗社会和诗歌弊端、腐败的可寻求的历史支援。2016年,吉狄马加的长诗《致马雅可夫

---

① 从20世纪70年代末到21世纪,马雅可夫斯基的作品中译本在中国出版的情况是:1977年、2002年人民文学出版社《列宁》长诗单行本(飞白译),80年代人民文学出版社四卷本《马雅可夫斯基选集》,上海译文出版社三卷本《马雅可夫斯基诗选》(飞白译),1998年,人民文学出版社《马雅可夫斯基诗选》(卢永编选),2010年北岳出版社《马雅可夫斯基诗歌精选》(余振译)。另外,不少诗歌选本选入他的作品,如王智量的《德俄四家诗选》(华东师范大学出版社,2013年)。

② 1918年,初见马雅可夫斯基并听了他的朗诵,为他高大魁伟的身材和他的创造力、气势吸引,茨维塔耶娃写了《致马雅可夫斯基》,其中有这样的句子:"高过十字架和烟囱,/经受烽火烟尘的洗礼,/迈着天使长有力的步伐——/真棒,世纪之交的弗拉基米尔!"转引自谷羽:《茨维塔耶娃心目中的马雅可夫斯基》,《诗选刊》2016年第4期。

③ 刘文飞在1993年和2011年纪念马雅可夫斯基诞辰100和118周年纪念活动上的演讲,分别使用了《马雅可夫斯基又与我们相遇》和《再遇马雅可夫斯基》的题目。刘文飞,1959年生,安徽六安人,中国社会科学院外国文学研究所研究员,中国俄罗斯文学研究会会长,翻译普希金、托洛茨基、布罗茨基等俄国作家作品多种,著有《苏联文学史》(合著)、《二十世纪俄语诗史》《布罗茨基传》等论著。

斯基》在诗歌界引起热烈反响[①],足以证明这一点。长诗征引了亚·勃洛克的话——"艺术作品始终像它应该的那样,在后世得到复活,穿过拒绝接受它的若干时代的死亡地带"——来描述马雅可夫斯基20世纪后半叶的遭遇:那些"曾经狂热地爱过你的人,他们的子孙/却在灯红酒绿中渐渐地把你放在了/积满尘土的脑后"。长诗"论述"了马雅可夫斯基及其作品的历史功绩和现实意义,并宣告与"善变的政客、伪善的君子、油滑的舌头"扬言"你的诗歌已进入坟墓"正相反,

>……你已经越过了忘川
>如同燃烧的火焰——已经到了门口
>……
>马雅可夫斯基,这是你的复活——
>又一次的诞生,你战胜了沉重的死亡
>这不是乌托邦的想象,这就是现实
>作为诗人——你的厄运已经结束
>那响彻一切世纪的火车,将鸣响汽笛

马雅可夫斯基之所以"必须要活下去",吉狄马加给出的理由是:"那些对明天充满着不安而迷惘的悲观者/那些在生活中还渴望找到希望的人/他们都试图在你脸上,找到他们的答案"。

---

[①] 吉狄马加(1961— ),当代诗人,彝族,四川凉山人,著有《一个彝人的梦想》《吉狄马加的诗》《时间》等诗集。他的长诗《致马雅可夫斯基》刊于《人民文学》2016年第3期。2016年第4期《当代文坛》刊登讨论这一长诗的专辑,发表诗人、评论家王干、谭五昌、张家谚、朵渔、敬文东、杨四平、谷羽的七篇文章。另外,耿占春《吉狄马加:返回吉勒布特的道路》(《收获》2016年第4期)和叶延滨《预言开辟的天空与梦想实现的大地》(《光明日报》2016年3月28日)也都讨论了这一作品。

## 多个马雅可夫斯基图像

但是,"再遇"的双方发现对方都发生了改变,都不是原来的样子。从阐释者的角度,因为不再遵循统一的阐释规范,基于不同处境、理念的"分叉的想象",自然会引导出多个马雅可夫斯基的图像。但他们首先也要面对这样的共同问题:如何处理他的诗的主要题材和思想倾向——对布尔什维克、苏维埃革命和建立的政权的倾心颂扬——而对它们的评价现在存在激烈争议;如何重新评价马雅可夫斯基的未来主义;如何看待马雅可夫斯基20年代末身陷的困境和自杀;从诗歌自身问题上,则是有关诗与人、诗与现实政治关系的方面。

一个进击的、处理宏大题材、热衷于历史概括的、"如同燃烧的火焰"的公民诗人的马雅可夫斯基依然存在。他作为"光明的使者和黑暗的宿敌"降临。但这个马雅可夫斯基图像,采取的是他被抽象化的基本的姿态和诗歌方式,也就是召回的是一个"赢得普遍认同的名字";运用这个"专名"来抗击现实的"精神的沦落"和"异化的焦虑迷失于物质的欲望",批判披上道德外衣的世界强权行为与逻辑,表达了"对统一性或同质化的批评,对被剥夺者的关注,对失去声音和生存空间的忧虑"[①]。

人性、人道主义的马雅可夫斯基是重构的另一图像。在一些批评家那里,他大量的颂扬无产阶级革命和革命构建的新时代的政治诗,其间的阶级、政党、特定历史内涵被模糊、稀释,"革命"被置于人性、人类普遍历史追求的层面来理解。《列宁》《好!》无疑是马雅可夫斯基的"代表作",与以前的解说不同,批评家发现诗人是以"一个最人性的

---

[①] 耿占春:《吉狄马加:返回吉勒布特的道路》,《收获》2016年第4期。

人"来歌颂列宁的,发现《好!》的题目来自《圣经》:上帝创造世界之后,"上帝看着是好的"——马雅可夫斯基将革命看作一种诗意的、浪漫的创世运动①。这也是国外一些学者的看法:马雅可夫斯基"把列宁看成是一个根据历史法则、于资本主义处于没落和剧烈崩溃时刻出现的命定的救星。……诗中的列宁是个神话人物,他是马克思主义经典中预言的救世主,像是记载基督教救世主的编年史一样,有关他的伟大事迹的故事,也是以创造开始的。"②而著名俄国诗人叶夫图申科——通常,他的诗歌方式被看作对马雅可夫斯基的承续——也说到,马雅可夫斯基实际上是"一位伟大的爱情诗人","他的爱情有两个对象,一个是女人,一个是革命。对于他来说,'女人''革命''爱情''列宁',这些都是同义词"。③

马雅可夫斯基与未来派的关系历来颇费口舌。在苏联和当代中国,很长一段时间"现代派"被认为是资产阶级颓废流派,自然要将马雅可夫斯基从它那里摘离。切割的路径有两条,或者指出他虽与未来派"搞在一起",可"实际上"即使在创作的早期,他"就是与未来主义,以及所有其他颓废主义的流派对立的";④或是运用我们熟悉的发展阶段论,

---

① 刘文飞:《马雅可夫斯基——一个现代经典》,《人民日报》2011年9月23日。比较《旧约·创世纪》第1章和《好!》第19章的叙述方式,可以看到它们之间的相似。都是"新世纪"的创造者在完成之后的赞美;《旧约》的"神看着是好的",与《好!》中的"是好的""很好"不断重复并贯串整个叙述。

② 爱德华·J.布朗:《马雅可夫斯基和左翼艺术阵线》,余凤高译,《海南师院学报(社会科学版)》1990年第4期。布朗曾任美国斯坦福大学斯拉夫语文学系教授。

③ 《吉狄马加与叶夫图申科对谈录》,陈方、刘文飞现场翻译,李元、郑晓婷、孙明卉录音翻译整理,《作家》2016年6期。

④ 《我自己》一文的注释,《马雅可夫斯基选集》第一卷,人民文学出版社,1957年,第521页。

说"早期小资产阶级的无政府主义倾向比较严重,后来才认识到无产阶级有组织的自觉斗争的必要;艺术观点上从虚无主义转变为批判继承,并力求创新;风格上从矫揉造作到朴素自然,从粗俗化的单调到多样化;语言上从晦涩难懂到简练有力……"①

80年代开始,现代派在中国开始变得不那么"反动",逐渐从文艺思潮的负面清单里移除,加上当时"文学主体性"的强势提倡,批评家已无须讳言、遮掩马雅可夫斯基与未来派的关系。前面提到的80年代初武汉讨论会上,马雅可夫斯基与未来派的关系就是主要议题。后来进一步的观点是,苏联早期左翼文艺的探索也是很前卫的,或者说无产阶级文艺与现代派的前卫艺术之间并非总是对立关系。例如,倡导"假定性戏剧"的剧作家特列季亚科夫②既是未来派诗人,也是左翼作家;而马雅可夫斯基的《澡堂》《臭虫》等剧,或者是在梅耶荷德剧院演出,或者就是梅耶荷德导演。因此,有论者提出,未必一定纠缠与未来派的关系,问题应该放在俄国"白银时代"以及20世纪初文艺的整体背景下考察。马雅可夫斯基的贡献,是在"诗歌民主"的提出和实践上,他——

> 将非诗的元素入诗,扩大诗歌的容量和功能,用诗意的态度来面对人人终日面对的柴米油盐,标语口号。他不仅将音乐、绘画、小说等其他艺术门类的因素带入诗歌,甚至能使政

---

① 《中国大百科全书·外国文学I》,中国大百科全书出版社,1982年,第669—670页。该条目撰写人为陈守成。

② 谢尔盖·特列季亚科夫(1892—1939),俄罗斯苏联作家、诗人、剧作家,曾用中文名铁捷克。同马雅可夫斯基合作"罗斯塔之窗",编辑过《列夫》《新列夫》等杂志,他的剧本《怒吼吧,中国!》(1926)有很大影响。

治词汇、人名地名等等成为他诗歌的抒情对象,成为人人读来上口、过目不忘的佳句。……曾赢得俄国著名形式主义理论家什克洛夫斯基的称赞:"在马雅可夫斯基的新艺术中,先前丧失了艺术性的大街又获得了自己的语言,自己的形式……诗人并非透过窗户张望大街。他认为自己就是大街的儿子,而我们便根据儿子的容貌获悉了母亲的美丽。人们先前是不会、不敢打量这位母亲的脸庞的。"①

这也就是曼德尔施塔姆说的,马雅可夫斯基解决了大众诗歌,而非精英诗歌的"伟大问题"。由是,我们看到一个左翼前卫的,"大街的儿子"的,"现代游吟诗人"的马雅可夫斯基。

但是"召回"的又可能是一个爱情诗人。在另一些批评家那里,对马雅可夫斯基大量歌唱革命和新生活的政治诗和宣传口号诗持基本否定态度。他们推崇的是他早期的诗和不多的爱情诗(《脊柱横笛》《我爱》《关于这个》等)。1998年,马雅可夫斯基与莉丽·布里克通信集的中译本出版,书名取"爱是万物之心",来自马雅可夫斯基的原话②;随后的2016年又出版了俄国学者玛格丽特·斯莫罗金斯卡娅的《马雅可夫斯基与莉丽·布里克:伟大的书信爱情史》中译本③。这个过去从马雅可夫斯基生平里删去的扑朔迷离的情节,以一种翔实资料的方式呈现在读者眼前,让"爱情的"马雅可夫斯基形象凸显。"爱情史"一书作

---

① 刘文飞:《马雅可夫斯基——一个现代经典》,《人民日报》2011年9月23日。

② 《爱是万物之心:马雅可夫斯基与莉丽·布里克通信集》,郑敏宇、蒋勇敏、赵秋艳译,学林出版社,1998年。郑体武主编的《白银时代俄国文丛》之一。

③ 徐琰译,黑龙江教育出版社,2016年,属《俄罗斯文学巨匠的书信罗曼史》丛书之一。该丛书还有《屠格涅夫与维亚尔多》《普希金与娜塔莉亚》《叶赛宁与邓肯》。斯莫罗金斯卡娅是俄国研究马雅可夫斯基的学者,另著有《马雅可夫斯基和电影》。

者说这是"伟大的诗人和他的女神之间全部完整的书信集",将他们的爱情史称作"伟大的""病式的爱情史";说"没有无缺陷的天才"(吉狄马加的长诗也借用了这句话);"很多名人都使用过兴奋剂。这些人中有的人酗酒,有的人吸毒,而对于马雅可夫斯基来说,他的兴奋剂是爱情":

> 莉丽·布里克把马雅可夫斯基从自己的姐妹那里吸引过来,把他带到了自己已婚的家庭里。直到诗人死时,他们都是三人住在一起:莉丽·布里克,她的丈夫约瑟夫·布里克,马雅可夫斯基。他们的这种关系里包含了一切:从符拉基米尔·马雅可夫斯基写给自己爱人的那些温柔的认可,到莉丽·布里克为挽留诗人的背叛。

与对这一复杂的"爱情史"持某种犹疑、保留态度不同,《爱是万物之心》的"中译本序"[①]的观点就明朗许多,说他们的爱情"是世界文学史上的一段奇缘,一段佳话"[②]。确实,如"中译本序"所说,过去的苏联和中国,对他们的这一关系讳莫如深,认为有损这位政治诗人和社会主义现实主义者的形象,认为三人同居一宅是"道德的堕落",而"事情并不那么简单":在马雅可夫斯基那里,"莉丽·布里克占有相当重要的地位,对诗人的创作产生持续而深远的影响"。这与莉丽·布里克的妹妹

---

[①] 此序言由丛书编者郑体武撰写。郑体武,1963年生,上海外国语大学教授,著有《俄罗斯文学简史》《俄国现代主义诗歌》《危机与复兴——白银时代俄国文学论稿》等著作,翻译《勃洛克诗选》《叶赛宁诗选》《俄国现代派诗选》等。

[②] 蓝英年可不这么认为。他将莉丽·布里克看作心怀鬼胎的"凶狠天才";认为一定程度上她应为马雅可夫斯基的死负责。参见《马雅可夫斯基与"凶狠天才"莉莉娅》,见《冷月葬诗魂》。书中将莉丽称为莉莉娅。

死亡与重生?——当代中国的马雅可夫斯基

埃尔莎·特里奥莱的看法却颇一致:

> 此外,还有女人。首先是——那个女人,他的女人;他把他的著作全献给了她,而她经常占据了他的精神,以至在他的情诗和别的诗中,充满了她的影响,我们也可以在他的绝命书中找到这个女人……①

读了他们的书信集,那些将高大、豪迈、骄傲、桀骜不驯、冷峻深沉、蔑视平庸的马雅可夫斯基形象深印脑海的人,相信一时无法将他与"柔情似水"、笔下满是"小猫""小狗"宠物式昵称的马雅可夫斯基统一起来,看成同一个人。不过,即使心理或生理有些不适,你也必须接受这个现实,因为"没有无缺陷的天才";据说越是伟大的人就越复杂。况且这一切是否是"缺陷"也难说,据说这一生活方式的理论依据来自车尔尼雪夫斯基,而马雅可夫斯基自己也不认为有什么不妥。②

---

① 霭尔莎·特丽沃蕾:《马雅可夫斯基小传》,第117页。
② 蓝英年《马雅可夫斯基与"凶狠天才"莉莉娅》中这样说,他们三人同居的"理论根据便是车尔尼雪夫斯基的小说《怎么办?》。那时列夫成员时兴这种生活方式。后来同布里克夫妇决裂的原列夫成员、女画家拉文斯卡娅在《同马雅可夫斯基会面》一文中写道:'嫉妒——"资产阶级偏见"。"妻子同丈夫的相好要好","好妻子为丈夫物色合适的心上人,而丈夫则向妻子推荐自己的伙伴。"'正常的家庭生活被视为小市民的狭隘性。这一切由莉莉娅身体力行,奥西普从理论上予以支持。"见《冷月葬诗魂》,第115页。马雅可夫斯基也不认为有什么道德问题。他在长诗《好!》第13章写道:"十二 / 平方尺的住宅。/ 四个 / 住在一个房间里——/ 莉丽亚、奥西亚,/ 我 / 还有狗 / 舍尼克。"(《马雅可夫斯基选集》第三卷,人民文学出版社,1959年,第548页。)

## 马雅可夫斯基和他的"同貌人"

不同的马雅可夫斯基图像,都可以在这位诗人及其作品中找到依据。问题在于它们的各种解释处于分离状态,没有能把不同因素置于整体中分辨各自的位置和关系。

1931年,也就是诗人死后的第二年,卢那察尔斯基做了《革新家马雅可夫斯基》[①]的演讲,试图从整体性格上分析马雅可夫斯基的复杂性。担任过苏维埃教育人民委员的卢那察尔斯基对马雅可夫斯基的才能评价甚高。演讲中他说,金属的马雅可夫斯基之外还存在一个他的影子,他的"同貌人";他的"反照出整个世界的金属铠甲里面跳动着的那颗心不仅热烈,不仅温柔,而且也脆弱和容易受伤";如果他的铸铁里没有揉进热忱、温柔的人道精神,他的"纪念碑似的作品"也许就不会使人感到温暖,但马雅可夫斯基其实"很害怕这个同貌人,害怕这个柔和的、极其亲切的、非常富于同情心以至近乎病态的马雅可夫斯基"[②]:有强壮的肌肉,心像大锤跳的他极力设法要摒弃它,"但是他不一定能做到"。

卢那察尔斯基最初对"同貌人"抱着同情、理解的态度。可能意

---

[①] 中译见卢那察尔斯基:《论文学》,蒋路译,人民文学出版社,1978年,第389—411页;另见岳凤麟编:《马雅可夫斯基评论集萃》,北京大学出版社,1987年,第51—74页。人民文学出版社《论文学》有这样的注释:"本篇是一九三一年四月十四日作者在共产主义学院马雅可夫斯基纪念晚会上的发言的速记记录,初次发表于同年第五、六期《文学和艺术》杂志。"

[②] 为了说明这个观点,卢那察尔斯基举了马雅可夫斯基1918年的诗《对马的好态度》:他走过去,"看见 / 大颗大颗的眼泪 / 从马脸上滚下 / 隐没在毛里……/ 一种动物 / 所共有的悲郁 / 从我心中潺潺流泻出来,/ 溶化成喃喃的细语"(这里的引诗据《论文学》的译文)。

识到这一态度与"无产阶级革命家"身份相悖,后来就严厉起来,认为"同貌人"是他的"加害者":

> 同貌人是这样杀害他的:如果说在诗歌方面他只能给马雅可夫斯基的创作掺进若干渣滓的话,那末在日常生活中,看来他却厉害得多。
>
> ……为什么马雅可夫斯基要自杀?……我不想解释,——我不知道。……我们不了解情况。我们只知道马雅可夫斯基自己说过:我不是在政治上害怕同貌人,我不是在诗歌上害怕他,我遇难之地不在海洋上,不在我手持烟斗跟"奈特号"轮船谈话的地方①,而在那夜莺啼啭、月光映照、爱的轻舟往来行驶的感伤的小湖上面②。……在那小湖上,同貌人比我强大,他在那里打败和撂倒了我,我感觉到,如果我不把金属的马雅可夫斯基处死,他大概只会郁郁不乐地生活下去。同貌人咬掉了他身上的肉,咬成了一个大窟窿,他不愿满身窟窿地在海洋上航行,——倒不如趁年富力强的时候结束生命。

卢那察尔斯基预言,"金属的"马雅可夫斯基将是不朽的,而"同貌人则不能不腐朽衰亡",因为"金属的"的写作"标志出人类历史上一个最伟大的时代。"70多年后来看,卢那察尔斯基说的一半没错,另一半则落空。确实,世界并不缺温柔的爱情诗人,而试图表现人类历史"伟

---

① 译者蒋路原注:特·伊·奈特(1896—1926),马雅可夫斯基的朋友,苏联外交信使,在国外执行公务时被特务杀害。1926年6月,马雅可夫斯基从敖德萨乘海船去雅尔塔,途中遇见为纪念奈特而命名的"特奥道尔·奈特号"轮船,心有所感,写成《给奈特同志——船和人》一诗。

② 译者原注:"……马雅可夫斯基遗书中有一句:'爱的轻舟被生活撞破了。'"

大时代"的天才诗人并不多。至于说到"不朽",这可能让他失望。"金属的"马雅可夫斯基固然不朽(只是已经重新冶炼,质地已不大相同),而"同貌人"也并未腐朽衰亡:且在"召回"的行动里,后者仍有不断"咬掉了他身上的肉"而取代前者的趋向。

同时代人的茨维塔耶娃也讨论了这一性格、处境冲突。她提出的是马雅可夫斯基作为"人"和作为"诗人"之间的"分裂"和矛盾。她说:

> 作为人的马雅可夫斯基,连续十二年一直在扼杀潜在于自身、作为诗人的马雅可夫斯基,第十三个年头诗人站起身来杀死了那个人。他的自杀延续了十二年,仿佛发生了两次自杀,在这种情况下,两次——都不是自杀,因为,头一次——是功勋,第二次——是节日。

她说,马雅可夫斯基"像人一样活着,像诗人一样死去"①。

当代中国批评家关于"分裂"的意见则是:这是个人主义的、诗的、追求创造自由的"自我"的马雅可夫斯基,与阶级、政治的、放弃"自我"融入集体的统一性中的马雅可夫斯基之间的分裂。刘文飞写道:马雅可夫斯基"关于十月革命还有过一个著名的说法,即'我的革命'。……这不仅是马雅可夫斯基在十月革命后公开的政治表态,其实还暗含着他的艺术追求"。"他创办'列夫'和'新列夫',试图在艺术上与政治上的列宁比肩而立。他将列宁的革命视为政治的、社会的革命,而将他自己的'我的革命'视为艺术的、诗歌的革命,这在俄苏文学史中早有定论,并被称为马雅可夫斯基的'迷误'和'错误'。这其

---

① 茨维塔耶娃:《良心关照下的艺术》,转引自谷羽《茨维塔耶娃心目中的马雅可夫斯基》,《诗选刊》2016 年第 4 期。

实是他真实心迹之流露,也是他必然失宠之前提,甚至是他死亡的原因之一"①。林贤治说:"对于革命、党和领袖,马雅可夫斯基热情地给予讴歌,诗中不乏大词。但是,我们看到,在他那里,党、祖国、集体与个人之间有着十分复杂而微妙的纠缠;'我'是突出的,独特的,富于活力的,外在的任何伟大的事物都不至于使之消失。""'我'不仅仅是'我们'中的一分子,我是具有独立意义的生命个体,是不能随意地加以吞并和整合的。相反,真理只有通过'我'而显现,权力只有通过'我'而具有合法的形相,总之'我'是不容改变的。马雅可夫斯基说:'我只有一张面孔,它是脸,而不是风向标。'"②

确实,俄国十月革命具有"创世"的浪漫性质,它要实现重建世界整体性的抱负,要在革命中创造整体性的"新人"(这些在马雅可夫斯基的诗中有一定程度的体现)。这个想象是可能的还是虚妄的姑且不论,但作为这一革命的伟大诗歌代言人、表达者,马雅可夫斯基不能毫无芥蒂地承担。他必然要陷入无法解脱的、与环境的冲突和自我内部的冲突的双重困境。他与布尔什维克"革命"的"一致"有一种"不真实"的性质。他毕竟是一个以赛亚·伯林意义上的"感伤的人"③:愤怒的、反叛的、内心分裂的、富于想象力但充满焦躁情绪,崇尚"自我"的"现代人"。就这一点,"拉普"们说他是革命的"同路人"并不错。

在莫斯科卢比扬卡广场附近,马雅可夫斯基最后居住的公寓楼现在成为马雅可夫斯基博物馆,一座奇特的,象征主义、未来主义风格的纪念馆。设计师在楼房正面毛糙的花岗石墙壁背景上,加上方格的钢铁

---

① 刘文飞:《再遇马雅科夫斯基》,《外国文学动态》2012年第2期。
② 林贤治:《真假马雅可夫斯基》,http://www.aisixiang.com/data/13571.html(登录时间2022年5月31日)。
③ 参见以赛亚·伯林:《威尔第的"素朴":为 W. H. 奥登而作》,见《反潮流:观念史论文集》,冯克利译,译林出版社,2011年,第340—351页。

框架，上面缀有很大的俄文字母 Я。这是在马雅可夫斯基的诗和文章里遇到的频率最高的词：我，我自己，我爱，我的革命，我的大街……埃尔莎30年代末写的《马雅可夫斯基小传》也提到马雅可夫斯基纪念馆，情况却与现在的不同。纪念馆"与它邻接的一所有好几层的大厦的砖墙上，用斗大的字体标着：

> 我的作为诗人的响亮的力量
> 　　　整个给了你，
> 　　战斗的阶级。"①

不知道这是否不同的两处纪念设施，还是同一个但经过了改造。不过，纪念馆（博物馆）外部标志物装置由"阶级"换成"我"，却饶有意味：这大概意味着这个形象在这近一个世纪的时间里变迁的轨迹？

原载《文艺研究》2019年第1期

---

① 霭尔莎·特丽沃蕾：《马雅可夫斯基小传》，第5页。

# 与《臭虫》有关

## ——马雅可夫斯基,以及田汉、孟京辉

## 与《臭虫》有关

2000年,孟京辉导演了戏剧《臭虫》①,到2017年,多次在北京、上海、深圳等地的剧场演出。这是马雅可夫斯基的戏剧第一次出现在中国舞台上。孟京辉的《臭虫》实行的是类乎爱森斯坦所说的那种"即兴"创作,提倡演出中演员即兴表演和观众的参与,因此无法确定传统戏剧的"底本"或"定本"。不过据评论家所做的介绍,大致有2000年、2013年和2017年的三个版本。对孟京辉的《臭虫》,评价上有许多争议。不过,从文学、戏剧史的角度,至少是让中国一些读者(观众)认识了马雅可夫斯基作为戏剧家的另一面。

马雅可夫斯基作为诗人,在中国的文学读者(特别是上了年纪的)那里几乎无人不晓,但他的戏剧在当代中国留下的"影响"痕迹却罕

---

① 参加演出的演员有倪大红、李乃文、杨婷、寇智国、毛雪雯、任悦、朱金樑等。青铜器乐队参与演出。

见。现在能找到的"实证"材料大概是：第一，1958年人民文学出版社的五卷本《马雅可夫斯基选集》，第四卷是剧本卷，收入他的几部代表作：《符拉季米尔·马雅可夫斯基》(1913)、《宗教滑稽剧》(1918年第一稿本，1920—1921年第二稿本)、《臭虫》(1928—1929)、《澡堂》(1929—1930)和电影剧本《您好？》(1926—1927)。第二，据翻译家高莽[①]回忆，老舍50年代在莫斯科看过《澡堂》的演出，回国后根据高莽的中译将《澡堂》改编成"中国版"（剧中人物都改为中国式名字），中央实验话剧院也已开始排演，但"文艺界的负责人周扬看过剧本后，认为这个戏是讽刺官僚主义的，不宜公开上演"而夭折；剧的排演本，包括手稿至今下落不明，无法得知它的面目[②]。第三，应中国青年艺术剧院的吴雪和金山之邀，田汉1958年创作了表现"大跃进"的话剧《十三陵水库畅想曲》（以下简称《水库》）[③]。它的构思以及若干细节，可以看到对马雅可夫斯基《臭虫》的借鉴。《臭虫》展现了苏联十个五年计划[④]之后的情景，《水库》则"畅想"20年后共产主义实现的中国。《水库》第13场，生活在1978年的剧中人有这样的对话：

---

[①] 高莽（1926—2017），笔名乌兰汗，生于哈尔滨。翻译家、对外文化交流活动家、俄苏文学研究者、画家、诗人。译有马雅可夫斯基《臭虫》《澡堂》，以及普希金、莱蒙托夫、舍甫琴柯、布宁、叶赛宁、阿赫马托娃、马雅可夫斯基、帕斯捷尔纳克、曼德尔施塔姆、特瓦尔多夫斯基、沃兹涅先斯基、叶夫图申科、罗日杰斯特文斯基等俄苏诗人的诗作。

[②] 王凯：《老舍先生的两部遗失之作：〈澡堂〉不知所终》，《人民政协报》2011年12月8日。另一部遗失的剧作是《大明湖》。

[③] 刊于《剧本》1958年第8期。该剧当年改编为电影，北京电影制片厂和中国青年艺术剧院联合摄制，以37天的大跃进速度拍摄完成。话剧和电影均由金山执导。

[④] 苏联自1928年开始实施第一个五年计划，这是人类历史上，第一次出现的国家按照事先编制的详细规划来开展大规模经济、文化建设。

**黄仲云**（生物学教授）：这些日子，我指导学生研究像麻雀这类的稀有动物，外边的事我就少管了。

**陈培元**（作家）：哈哈，马雅可夫斯基的剧本《臭虫》说，臭虫到五十年后成为稀有动物。如今在中国，臭虫之外，麻雀、耗子、苍蝇也都成了稀有动物了。①

**黄仲云**：说起来，我得感谢这些稀有动物。年轻的教授们尽管理论比我强，可他们没有见过麻雀、耗子、臭虫、蚊子，没有吃过它们的苦头，而我辈倒是躬逢过四害的全盛时代，吃过它们的苦头的。学生就欢迎听我这一门课。都说我讲得生动深刻，亲切有味。②

也是据高莽回忆，他 1957 年陪同田汉、阳翰笙参加苏联戏剧节，12 月 2 日在莫斯科讽刺剧院观看《臭虫》，看到"舞台和观众席混为一体，演员台上台下地跑，还在观众席里搭了一个高梯子，满处找臭虫，那时从没看过这样的话剧，觉得很陌生"③。1958 年夏天，中青艺在北京西苑的中直机关露天剧场演出《水库》，也出现打破舞台"第四堵墙"，演员（印象里是报捷的队伍）从观众席上下舞台的情况：推测是田汉在莫斯科观看《臭虫》得到的启发。

尽管有这些"痕迹"，当代中国读者大多只知道诗人而不大知道戏剧家的马雅可夫斯基。20 世纪五六十年代，舞台上演的俄苏戏剧，虽然有诸如《柳鲍芙·雅洛娃娅》《小市民》《底层》等，但 19 世纪古典作品居多，如《钦差大臣》（果戈理）、《大雷雨》（А. Н. 奥斯特洛夫斯

---

① 1958 年 2 月 12 日，中共中央、国务院发出《关于除四害讲卫生的指示》，在全国范围开展"剿灭"麻雀、老鼠、苍蝇、蚊子的"除四害"的全民运动。

② 上述的对话，以及有关马雅可夫斯基的细节，在电影版《水库》中没有出现。

③《俄苏文学翻译家高莽先生回忆〈臭虫〉》，《北京青年报》2000 年 11 月 28 日。

基),特别是契诃夫的《海鸥》《樱桃园》《万尼亚舅舅》,是京沪两地剧院的保留剧目。

作为剧作家的马雅可夫斯基被忽略,究其原因,当然是他的成就在诗歌方面,但也可能与他的戏剧的性质有关系。

## 形式主义批判:一个历史背景的考察

按照马雅可夫斯基的讲述,《臭虫》是这样一个故事:工人、共产党员的普利绥坡金背叛自己的阶级(剧中的人物清扫员称他"丢盔卸甲地脱离自己阶级"),抛弃同是工人的女友,娶了理发店老板的女儿。婚礼现场发生火灾,参加者均葬身火海。50年后,"后代人发现了普利绥坡金冻结的尸体,他们决定让他复活……小市民气味十足的典型人物便出现在新的世界上了。使他变成未来人的一切努力都成了泡影,经过一系列的事变以后,它终于落在动物园的笼子里,作为唯一无二的'庸俗的市侩'陈列出来"①。

孟京辉的《臭虫》沿用了这个基本情节,许多台词都是原作当中的,但也做了改动。在戏剧观念和形式上,他的改编和演出,应该依循马雅可夫斯基的路线。孟京辉说过,马雅可夫斯基和梅耶荷德是他的崇拜对象,他的戏剧灵感,有的确实来自他们那里,而《臭虫》甚至可以看作向马雅可夫斯基"致敬"的作品。由斯坦尼斯拉夫斯基主持的莫斯科艺术剧院成立于1898年,在演出契诃夫的戏剧中建立的现实主义

---

① 马雅可夫斯基:《〈臭虫〉》《关于〈臭虫〉》,见《马雅可夫斯基选集》第四卷,人民文学出版社,1958年,第468、472页。

的、体验性的演出风格,确立起权威地位。但是,正如戏剧史家指出的那样,在20世纪初,"俄国导演已经对迥异于斯坦尼斯拉夫斯基在1898年采用的方法的各种技巧进行了广泛的实验"①。十月革命胜利后,激进艺术实验(不限于戏剧)仍在继续。不少先锋艺术家也是革命热忱的拥护者;在他们那里,政治革命和艺术革命是"同构"的;革命创造了艺术形式创新的时机。在这一戏剧先锋运动中,梅耶荷德②在理论和实践上占有重要的位置。他提倡表演的"生物力学"和"构成主义":"企图强调身体和情感的反射作用,以此取代斯坦尼斯拉夫斯基对内心动机的重视",并"经常采用非表现性的平台、斜坡、转轮、吊架及其他物件来创造一种比一般装饰更加实用的'表演机器'"。③

马雅可夫斯基和梅耶荷德是亲密朋友,他的剧作或者由梅耶荷德导演,或者在梅耶荷德剧院首演④。他的戏剧将未来主义、革命功利主义与梅耶荷德的演剧理念糅合在一起,强调戏剧的新闻因素。在谈到《臭虫》时,他说,"我的喜剧是评论性的、提出问题的、有倾向的",这和那些"反映现象"的作品不同;"让戏剧富有表演性,让舞台变为论坛","争取戏剧鼓动、争取戏剧宣传、争取看戏的群众——反对室内艺术、

---

① 奥斯卡·G.布罗凯特、弗兰克林·J.希尔蒂:《世界戏剧史(第十版)》下册,周靖波译,上海三联书店,2015年,第535页。当时从事戏剧先锋实验的,除梅耶荷德,还有泰洛夫、叶甫根尼·瓦赫坦戈夫。

② 弗谢沃洛德·梅耶荷德(1874—1940),苏联导演。最初参与莫斯科艺术剧院的组建,因导演理念不同与斯坦尼斯拉夫斯基分道扬镳,1910年开始成立自己的戏剧工作室,1923年他主持的俄罗斯联邦第一剧院改名为梅耶荷德剧院。1940年在大清洗中被枪决。

③ 奥斯卡·G.布罗凯特、弗兰克林·J.希尔蒂:《世界戏剧史(第十版)》下册,第540页。

④《宗教滑稽剧》是为纪念十月革命一周年而写,1918年11月7日首演的导演是梅耶荷德和马雅可夫斯基。《臭虫》《澡堂》分别于1928年、1930年在梅耶荷德剧院首演。肖斯塔科维奇为《臭虫》写了配乐。

反对心理的胡猜"①。在《澡堂》第二稿本的序幕里,马雅可夫斯基说,过去的舞台只是个"钥匙孔",让你端坐在剧场看别人生活的一角,看"玛娘姨妈们、/伊万舅舅们/倦卧在沙发上",

> 而舅舅和姨妈
> 不使我们感兴趣,
> 舅舅和姨妈在家里也看得见。②

这显然是在直接嘲讽经常上演契诃夫作品(《樱桃园》《万尼亚舅舅》等)的、由斯坦尼斯拉夫斯基领导的莫斯科艺术剧院。梅耶荷德和马雅可夫斯基都在探索作为表现媒介的戏剧艺术的多种可能性,打破舞台与观众席的界限,提倡观众参与、介入,借助现代技术手段,如灯光音响等,人物、角色大多具有符号的非现实主义的程式化的特征,并将杂耍、烟火等带进剧场。《宗教滑稽剧》1918年首演时,"梅耶荷德拆掉了剧院拱顶,建造了一个延伸到观众席的巨大平台代替舞台。在这部壮观作品的高潮,他让观众来到平台,加入身着戏服的演员、小丑和杂技演员的行列,就好像在城市里的广场上一样……"③《澡堂》第三幕更是让导演与观众针对剧情直接对话,让观众与导演、演员建立互动关系。这种艺术革新的另一点是戏剧表演的"即兴性":这是对读者、演员、观众的"授权",正如马雅可夫斯基在《宗教滑稽剧》第二稿本的说明里说的,"一切在将来参加演出、阅读、刊印《宗教滑稽剧》

---

① 参见马雅可夫斯基:《〈臭虫〉》《〈澡堂〉是什么?它冲洗什么人?》《为〈澡堂〉的演出而写》,见《马雅可夫斯基选集》第四卷,第467、483、486页。

② 马雅可夫斯基:《澡堂》第二稿本,见《马雅可夫斯基选集》第四卷,第136—137页。

③ 奥兰多·费吉斯:《娜塔莎之舞:俄罗斯文化史》,曾小楚、郭丹杰译,四川人民出版社,2018年,第538页。

的人们，请你们改变内容，——使其内容成为合乎时代的，当时的，眼前的"。① 而孟京辉显然响应他的号召，在将近一个世纪后"续写"他的《臭虫》，并延续、发挥他开始的那种实验：激情，荒诞的讽刺和评论性，观众的参与，舞台强烈的假定性，重金属摇滚乐队的加入对表演性的增强……

马雅可夫斯基戏剧实验的理念，就是本雅明1934年《作为生产者的作家》②的演说里，引述谢尔盖·特列季亚科夫③的论述所概括的，"作为生产者的""行动的"作家，他的"使命不是去报道，而是去斗争。不是扮演观众的角色而是积极投身进去。他通过对自己的活动所作的陈述来决定自己的使命"；而且，艺术家要如工人那样，去探索在现代社会里出现的艺术生产的种种手段，改变传统媒介的"技术"和"装备"。

俄国20世纪初涉及文学、电影、摄影、绘画、建筑、服装和日用品设计等广泛领域的先锋实验的空间，20年代后期逐渐压缩。先锋实验的团体和个人的处境转趋恶劣。斯大林1928年开始的五年计划（《臭虫》对未来的想象就是以"五年计划"作为时间单位），既是苏联工业化的革命，也是思想文化革命，国家开始将文艺整合到一种目标和风格之中。在确立社会主义现实主义创作原则的整合运动中，许多先锋艺术派

---

① 马雅可夫斯基：《宗教滑稽剧》第二稿本，见《马雅可夫斯基选集》第四卷，第132页。
② 本雅明：《作为生产者的作家》，何珊译，张玉书校，《新美术》2013年第10期。
③ 谢尔盖·特列季亚科夫（1892—1937），曾用中文名铁捷克，俄国未来主义诗人、理论家、剧作家，左翼文艺阵线成员，梅耶荷德的合作者。20年代曾在北京大学任教，最早将布莱希特的作品翻译为俄文，提出"行动的作家"的概念。1937年9月10日，无证据地被怀疑为日本间谍遭到枪决（关于去世时间，有1937年9月10日和1939年8月9日两种说法，这里采用1937年的说法）。参见陈世雄《梅兰芳1935年访苏档案考》，《戏剧艺术》（上海戏剧学院学报）2015年第2期；张历君《历史十字路口上的见证：梅兰芳、特列季亚科夫与爱森斯坦》，（香港）《字花》第74期，2018年7—8月。

别和艺术家都在"形式主义"的名目下受到围剿、批判,遭遇厄运。在30年代受批判的,有爱森斯坦的电影,肖斯塔科维奇的歌剧《姆钦斯克县的马克白夫人》,梅耶荷德的戏剧,布尔加科夫、左琴科的小说等。梅耶荷德剧院1938年被下令关闭,他本人和他的好友特列季亚科夫,在1940和1937年遭到枪决。与全面针对先锋实验和现代派艺术的批判相随的,是大力推动俄国19世纪传统的回归;将这一传统作为"前史",以确立社会主义现实主义的合法性。这个"回归",以1937年普希金逝世一百周年的大规模纪念活动达到顶点。①

## 朱光潜的"演员的矛盾"和黄佐临的"戏剧观"

对"形式主义"的惊恐和批判,从艺术观念来说,是在阻挡形式对"内容"、观念的削弱,也要考虑到先锋形式可能具有颠覆的效果。苏联那些左翼的先锋艺术家,大多是特立独行的"个人主义者";他们的艺术探索有可能破坏20年代后期斯大林开始的思想艺术整合目标。虽然文艺先锋派在初期与革命联姻,但随后出现的冲突越发尖锐。先锋派的那种我行我素的自主的行为风格,与国家越来越强调的所有艺术形式与革命保持一致之间必然发生根本性矛盾。

---

① "在1937年,普希金逝世一百周年是苏联当年的一件大事。全国四处举行节庆活动:地方小剧院上演他的戏剧,学校组织特别庆祝活动,共青团员去诗人生平行迹所至之处朝圣,工厂组织起学习小组和'普希金'俱乐部,集体农庄也在举办嘉年华活动……当时拍摄了几十部关于普希金生平的电影,建起多座以他命名的图书馆和剧院……在这场狂欢中,他的作品卖出了1900万册。"奥兰多·费吉斯:《娜塔莎之舞:俄罗斯文化史》,第562页。

中国当代五六十年代,也将"形式主义"作为警戒、批判的对象——这是基于所贯彻的文艺路线,但也和苏联的影响有关:延续的是苏联三四十年代批判形式主义的文化政策。茅盾在《夜读偶记》[①]中就指出,"现代派"的思想基础是"非理性",艺术形式是"抽象的形式主义"。之所以没有发生苏联那样的批判运动,是因为在外部的和自我警戒的压力下,"非现实主义"的先锋探索在当代相当罕见。[②]中国左翼电影、话剧界,斯坦尼斯拉夫斯基(1863—1938)的影响从30年代就开始。他的《演员的自我修养》第一部,40年代有郑君里、章泯根据英文版的译本,50年代郑雪来译出第二部,连同林陵等新译的第一部在1956年全部出齐。在50年代,这一"体系"在中国被公认为戏剧贯彻社会主义现实主义的"正确道路"[③],是"反对形式主义的有力武器"[④]。这个时间,苏联专家应邀到中央戏剧学院、上海戏剧学院等艺术院校讲授斯氏体系,《电影艺术译丛》也开辟了《学习斯坦尼斯拉夫斯基体系》

---

[①] 茅盾:《夜读偶记——关于社会主义现实主义及其他》,刊于《文艺报》1958年第1、2、8、9、10期。

[②] 1958年诗人徐迟说:"最近我写的诗中,有这么两句:'蓝天里大雁飞回来,落下几个蓝色的音符。'自己检查出来了,赶快划掉,那两句就是现代派表现方法的残留的痕迹。"徐迟:《南水泉诗会发言》,《蜜蜂》1958年第7期;另见《诗刊》编辑部编:《新诗歌的发展问题》第一集,作家出版社,1959年,第66页。

[③] 1956年3月到4月,文化部举办全国第一届话剧观摩演出大会,田汉在为这一活动撰写的文章《话剧艺术健康发展万岁!——迎接第一届全国话剧观摩演出会》中表达这一观点:"苏联专家严厉地批判了我们表演艺术上的公式主义、形式主义,指出了我们表演情绪、表演形象的严重缺点,把我们引向了以社会主义现实主义为内容的斯坦尼斯拉夫斯基体系的正确道路。"见《田汉全集》第十六卷,花山文艺出版社,2000年,第16页。

[④] 焦菊隐在1953年说:"斯坦尼斯拉夫斯基的演剧体系,是反对形式主义的有力武器。"焦菊隐:《向斯坦尼斯拉夫斯基学习》,见《焦菊隐文集》第三卷,阳翰笙主编,文化艺术出版社,1988年,第187页。

的长达数年的专栏。特别是 1955 年，库里涅夫（高尔基剧院戏剧学校校长）到中央戏剧学院和北京人艺教学，他的卓有成效的工作，产生极大影响，为新中国培养了一批戏剧和电影表演、导演艺术骨干，也强化了斯坦尼体系的绝对性地位①。

当然，不是没有任何不同的声音，也有过一些试图拓展戏剧形式探索的努力。1962 年初，美学家朱光潜借阐释 18 世纪狄德罗《谈演员的矛盾》②一文，提出在戏剧表演上，如何处理演员与角色、体验与表现、情感与理智关系的问题——这些问题，正是斯坦尼与梅耶荷德、布莱希特，以及与中国传统戏曲在演剧观念上差异的重要方面。朱光潜文章的重点是质疑表演上过分强调体验和感情投入的当代演剧理念，认同狄德罗的演员"要十分冷静，保持清醒的理智，控制自己的表演"，和每种情感都有它的"外表标志"的主张。他认为，感情的表现要有一定的"程式"，这就需要学习和训练。朱光潜说，"中国传统戏剧演员正是狄德罗的理想演员"。强调"间隔和姿态"、重视"外表标志"，正是 1935 年梅兰芳访问苏联的时候，特列季亚科夫、爱森斯坦、梅耶荷德以及布莱希特对梅兰芳表演艺术推崇备至的要点③。针对朱光潜的文章，《人民日报》和《戏剧报》组织了讨论，刊发的文章中，大多对朱光潜的观点持

---

① 据北京人艺演员郑榕口述，库里涅夫在北京人艺教学和指导排演工作有三四年。在排演高尔基的《耶戈尔·布里乔夫和其他的人们》时，北京人艺的导演、演员、艺术干部，包括曹禺、焦菊隐、梅阡等一百多人，坐在台下边看排戏边学习。陈晓勤：《他们带来斯坦尼体系的灵魂：属于莫斯科艺术剧院与北京人艺的 20 世纪记忆》，《南方都市报》2011 年 8 月 16 日。

② 朱光潜：《狄德罗的〈谈演员的矛盾〉》，《人民日报》1961 年 2 月 2 日。

③ 参见陈世雄：《梅兰芳 1935 年访苏档案考》；张历君《历史十字路口上的见证：梅兰芳、特列季亚科夫与爱森斯坦》。

与《臭虫》有关——马雅可夫斯基,以及田汉、孟京辉

批评、反对的态度①;且呈现了这样的一边倒的趋向,即尽可能将中国传统戏曲表演艺术特征的独特性,纳入斯坦尼的"体验派"的框架之中,而拒绝承认存在着不同的演剧理论和演剧体系。

也是在1962年的3月2日至26日,文化部和中国戏剧家协会在广州召开全国话剧、歌剧、儿童剧创作座谈会,时任上海人民艺术剧院院长的黄佐临②在座谈会上做了谈"戏剧观"的讲话;随后将讲话主要内容以《漫谈"戏剧观"》为题发表于《人民日报》③。他虽然将斯坦尼、梅兰芳和布莱希特都称为"现实主义大师",但认为他们的戏剧观"绝然不同"。他说,中国话剧是在易卜生、萧伯纳、霍普曼、奥斯特洛夫斯基、契诃夫等19世纪的这个传统上发展起来的,这个传统特别强大,成为主流;他提出存在多个戏剧观的问题,就是要打开"只认定一种戏剧观的狭隘局面"。由于当时中国戏剧界和观众对布莱希特比较陌生,文章着重介绍布莱希特的观点:演员与角色,观众与演员,观众与角色之间保持一定距离,防止将舞台神秘化,防止"用倾盆大雨的感情来刺激观众",让舞台变成"催眠作用的活动阵地"④。在此基础上,他提出"新

---

① 部分文章收入《戏剧报》编辑部编的《"演员的矛盾"讨论集》,上海文艺出版社1963年出版。除朱光潜文章外,收录司徒冰、丁里、袁玉坤、李少春、李桦、王朝闻、孙滨、盖叫天等的讨论文章15篇。

② 黄佐临(1906—1994),生于天津,毕业于英国伯明翰大学、伦敦戏剧学院,师从英国戏剧家萧伯纳。戏剧导演,五六十年代任上海人民艺术剧院院长。

③ 佐临《漫谈"戏剧观"》,刊于1962年4月25日《人民日报》,收入黄佐临《我与写意戏剧观》一书,中国戏剧出版社1990年出版。在这篇文章中,黄佐临又将这种不同说成是"戏剧手段"。20年后他对这些看法又做了进一步发挥,见《梅兰芳、斯坦尼斯拉夫斯基、布莱希特戏剧观比较》,1981年8月12日《人民日报》。

④ 黄佐临1959年在上海人艺导演布莱希特的《大胆妈妈和她的儿女们》,这应该是中国当代前三十年中唯一的布莱希特戏剧的演出。"文革"结束后的1978年,中国青年艺术剧院演出了他的《伽利略传》,在当时产生很大影响。

写意戏剧"的设想，这个设想，也融合了中国传统戏曲的构成因素，并在他随后导演的话剧《激流勇进》①中实践。演出中，黄佐临在舞台上设置多个表演区，通过灯光等打破舞台的时空，并采用由幻灯制作的动态水墨布景——一艘小船在狂风巨浪中前行来具象地表现人物的心理活动——虽说这种方式现在看来显得粗糙简单。

无论是朱光潜引发的讨论，还是黄佐临多种戏剧观的提出和实践，当时都没有能发生较大的效应。这是因为，"社会主义戏剧"需要建立一套规整统一的模式，并向处于被动位置的观众提供确定的结论。形式开放和让观众（读者）积极参与将会开放思考的空间，显然具有某种不确定的危险性。这也许就是技术、形式潜在的"政治意味"。

## 《臭虫》和《水库》的未来想象

未来想象是马雅可夫斯基的《臭虫》（也包括他的《宗教滑稽剧》《澡堂》）、田汉的《水库》的重要内容。这些文学的"乌托邦"想象，都发生在各自国度的革命胜利后不久，发生在由国家主导的社会动员（"五年计划""大跃进运动"）规划未来社会的开端时刻②。区别在于，《臭虫》侧重的还是对现实问题的批判：超越现世的庸常（小市民习气和享乐思想）是通往未来理想世界的必由之路。《水库》则主要拿现实

---

① 话剧《激流勇进》根据胡万春的小说《内部问题》改编，1963年由上海人民艺术剧院首演。

② 另一个例子是，田间在1959—1961年将他40年代的叙事诗《赶车传》改写扩展为两部，最后一章为"乐园歌"。

为未来做铺垫,直接对美丽前景做出确定的允诺。另外的重要差异是它们之间在想象力、艺术水准高低的方面。

马雅可夫斯基的几部剧作,都存在一个现实与未来的关系结构。《宗教滑稽剧》借《旧约》方舟故事隐喻革命,劳动者("肮脏的人")历经地狱、天国最终寻找到乐园。《澡堂》则写经过与官僚主义斗争发明了将人送到未来的"时间机车";后者的灵感可能来自被看作"科幻小说"之父的英国作家赫伯特·乔治·威尔斯的《时间机器》[①]。

在《宗教滑稽剧》《臭虫》和田汉的《水库》中,对未来社会的构想,核心点是两个,一个是未来是物质丰腴富足的、机器化的时代,另一是一体化的社会组织和人的精神清洁。这些作品都认为,这样的未来社会可以通过设计有计划地实现:宣示了一种规划社会,也规划人的"灵魂工程师"的理念。正如《宗教滑稽剧》最后一幕中的合唱宣称的:"我们"是"大地的建筑师""行星的舞台布景师":

> 我们要将光线像扫帚一样捆成束,
> 用电气把天空的乌云扫除。
> 我们要让河流流满蜜酒,
> 我们要让星星铺满道路。

在这些信心饱满的浪漫想象中,对机械、科技的奇怪崇拜是让人印象深刻的一点。《宗教滑稽剧》第六幕,令寻找到"乐园"的人们惊讶而目瞪口呆的情景是:"摩天大楼盖满大地!/大楼下,/……满是食品!/

---

[①] 赫伯特·乔治·威尔斯(1866—1946),英国科幻小说家、历史学家、社会学家。中篇小说《时间机器》出版于1895年,描写时间旅行者乘坐时间机器去往80万年之后的世界的故事。

东西堆积如山";几百匹马力的发动机"灌注光辉";到处都是电气化,"插销都插在插座里",电气拖拉机,电气播种机、脱谷机,"透明的工厂和住宅……耸向天空"。《臭虫》中,已经成立"世界联邦"的50年后(1978),机器代替了人的操作,解冻、复活普利绥坡金的理由是看到他手掌有茧子而判断他是50年前的劳动者,可以从他那里研究半个世纪前的劳动状况。《宗教滑稽剧》的第二稿本出现一个与阶级、民族、种族无关的"未来的人"(《澡堂》中也出现同样性质的"磷光女人"),他向劳动者许诺的"地上的天国"是,"厅堂里陈满家具,/电汽设备齐全……在那里工作轻快,手不起茧,/劳动象玫瑰在掌上开花",那里的"茴香根上,一年之中要长出六次波罗蜜"。在这一理想世界中,"人造树"生长着散发清香的橘子、苹果和松果。田汉《水库》(话剧,和据话剧改编的同名影片)① 中"十三陵共产主义公社"里,"星际火箭"腾空而上,湖上疾走着"原子艇","和尚""道士""窝窝头"已经从字典里消失。因为利用太阳能的新栽培法,同一株树上四季结满香蕉、苹果、葡萄、柚子、石榴、西瓜。这是个"一切都是机器"的"原子时代":气象控制台调节着气候,控制阳光、雨量的分配;人们拿着可视通讯器和有声传真书籍;开往火星的星际旅行的航班按时升空……这些刻画,可以看作一曲宏大的"机器弥赛亚"颂歌。这种机器、自动化的赞美诗,在中国20世纪50年代"大跃进"时期的"民歌",和田间改写的长诗《赶车传》中也一度唱响。②

---

① 《水库》由田汉、金山改编为电影,它们最大的不同是对20年后的描写,由话剧的最后一场(第13场)极大扩展,成为作品的主要部分。

② 在1958年7月25日,上海市长陈丕显在一次座谈会上提到对上海未来的规划,那时一切都自动化,工厂解散,有"万能机器"自动制造各种物品,火车自动无人化,小吃店、食品店消失,食物会自动由机器做好供需要的人享用,日用品可以到万能机器那里领取……参见《大跃进年时代领导们设想的2000年的上海》(《学习博览》2011年(转下页)

与《臭虫》有关——马雅可夫斯基，以及田汉、孟京辉

　　与此相关的是一个精神清洁的社会构想。《水库》的剧中人说"个人主义"已经像臭虫、耗子、麻雀等一样绝迹，成为"稀有动物"。"洁净"是理解马雅可夫斯基理想社会和人格的"关键词"。同时代人的回忆和研究者指出，他有"严重的洁癖"①。这种基于生理、心理的习惯，是否延伸到对思想、社会政治层面的理解上姑且不论。马雅可夫斯基几部剧作构建的戏剧冲突，与其说是阶级的，毋宁说是有关纯洁性的，包括情感、趣味、日常行为的："无产阶级"的马雅可夫斯基其实并非严格意义的阶级论者。他用"干净的人"和"肮脏的人"反义地来指称富人、剥削者和劳动者（《宗教滑稽剧》）；在《澡堂》一剧中，澡堂并非实指，而是隐喻"革命"这个"神圣的女神""用肥皂洗去地球脸上的一切污垢"；而那只臭虫（普利绥坡金），在50年后被解冻，却完全无法适应洁净的住所和洁净的被子，只有在潮湿污秽之中才获得安宁。其实这也是俄国、中国现代革命者的普遍想象：革命将"荡涤一切污泥浊水"，让旧的生活方式、情感摧毁加速。英国学者奥兰多·费吉斯指出，马雅可夫斯基"渴望一扫'小资产阶级'家庭的'旧生活方式'，而以更崇高、更追求精神的存在[原文如此——引者]"，他"痛恨旧生活方式。他痛恨一切陈规。他痛恨一切'舒适家庭'中的鄙俗物件：茶炊、家养橡胶树、小镜框中的马克思肖像，趴在旧《消息报》上的猫，壁炉上装饰用的瓷

---

（接上页）第5期），转引自李静：《改革中国的"赛先生"——1970-1980年代之交中国文学文化中的"科学"》，第238-239页，北京大学图书馆北京大学博士学位论文文库。

　　① 马雅可夫斯基的洁癖，参见爱伦堡的回忆录："他的神经过敏到了病态的程度：口袋里总装着肥皂盒，如果他不得不跟一个不知何故使他生理上感到厌恶的人握了手，他就立刻走开，仔细地把手洗净。在巴黎的咖啡馆里，他用喝冷饮的麦管喝热咖啡，以免嘴唇碰着玻璃杯。"《人·岁月·生活：爱伦堡回忆录》上卷，冯南江、秦顺新译，海南出版社，1999年，第257页。另参见李婷文：《"净化"、"虚无"与未来主义——解读马雅可夫斯基的讽刺戏剧》，《俄罗斯文艺》2013年第3期。

器,还有歌唱的金丝雀"。① 这些描述,根据之一是马雅可夫斯基的诗《败类》:"马克思从墙上看着,看着……/突然/张开嘴,/大声喝道:

> 庸俗生活的乱丝纠缠着革命
> 庸俗生活比弗兰格尔还要危险,
> 为了共产主义
> 不要被金丝雀战胜——
> 赶快
> 扭断金丝雀的头!"②

在《臭虫》中,50年后的共产主义生活图景是——"溜须拍马"和"骄傲自大"的"细菌"已经消灭。人们不知道吸烟、喝酒。"自杀"这个词已经消失,新人类难以理解人为何会为爱情自杀。没有人知道吉他这种乐器。不知道什么是"浪漫曲"。"恋爱"成为一种"古老的病名",偶尔有少女患上需要赶紧入院治疗。交谊舞的动作失传,只有在收藏的巴黎旧照片里能看到;举行的是有一万名男女工人表演田间工作方法的跳舞大会。普利绥坡金想读有爱情、玫瑰花的浪漫的书,但在新时代,玫瑰花、幻想只在园艺和医学的书里提到;他们给他找到的"有趣味"的读物,一是胡佛的《我怎样当总统》,另一是墨索里尼的《流放日记》③……

---

① 奥兰多·费吉斯:《娜塔莎之舞:俄罗斯文化史》,第545页。
② 奥兰多·费吉斯《娜塔莎之舞:俄罗斯文化史》中引用了这首诗,中译依据飞白的译文(《马雅可夫斯基诗选》上卷,上海译文出版社,1982年)。本文引用余振的译文,见《马雅可夫斯基选集》第一卷,人民文学出版社,1957年。"弗兰格尔"指彼得·尼古拉耶维奇·弗兰格尔(1878—1928),苏俄内战时期白卫军首领。
③ 胡佛任总统和墨索里尼开始独裁专制政权,都发生在《臭虫》写作的1928—1929年。提到的两本书都是马雅可夫斯基讽刺性的杜撰。

这些也同样是马雅可夫斯基同时代人阿列克谢·加斯杰夫(诗人,俄国中央劳工研究院院长)的乌托邦构想。加斯杰夫认为,工人转化为"人体机器人"是人类发展规律的新阶段,"那里'人'将被'无产阶级单位'所取代",每个单位都用数字或符号命名;这些"自动人""没有个人思想","在无产阶级心理学中,'机械化的集体主义'将取代独立人格";"情绪不再有必要,人们的心理状态也不会再用'叫喊或微笑'来揣度,而是凭借'压力计或速度计'来测度"。①

## 两个《臭虫》的对话:孟京辉的回应

这样的理想世界,也是1921年扎米亚京的长篇《我们》②所描写的。《我们》中出现的"一体号",是用玻璃质料制作的"喷火式电动飞船",这和《澡堂》中的"时光飞船"相对应。而"玻璃"这一象征透明、纯洁的意象,都在扎米亚京和马雅可夫斯基作品中成为"主导性"意象;但它们分别是做了反方向价值的运用。在构想一种没有个性和个人情感的"类机器人"的新人类时,加斯杰夫赋予正面、积极的意义,扎米亚京却是放置在批判性讽刺的审判台上。相信马雅可夫斯基当年没有读到扎米亚京这部小说,虽然它写于1921年,但当时在俄国没能获得出版。对于马雅可夫斯基的这种理想社会构想,现在的读者(观众)

---

① 奥兰多·费吉斯:《娜塔莎之舞:俄罗斯文化史》,第542页。

② 尤金·扎米亚京(1884—1937)。长篇小说《我们》写于1921年,文稿在当年俄国不能出版,秘密带到纽约翻成英文出版于1924年。俄文版迟至1988年才在苏联出版。扎米亚京也是赫伯特·乔治·威尔斯作品的俄文译者。

可能产生的困惑是,像他这样骄傲(他自杀原因的一种解释是"骄傲摧毁了他")、这样为爱情寻死觅活(自杀原因的另一解释是与莉丽·布里克,以及与波隆斯卡雅的爱情)、这样以自杀结束生命(确实是自杀,于1930年4月14日)的,渴望标新立异的个人主义艺术家,会向往一个没有骄傲,没有爱情,也不知道什么是自杀的乏味世界。

事实上,不论是《臭虫》,还是《水库》,对未来社会的想象当年就受到批评①。这里的问题是,缺乏历史的支撑,未来的想象肯定苍白。有学者指出,"'主义'是整体性的计划,是目的性,而不是过程性的,所以很难幻想出具体的过程"②——"整体性计划"难以可信服地回应普利绥坡金的自我辩护:"我过去的斗争是为了美好的生活,现在我伸手就可以得到这种生活,老婆、孩子和真正的享受。在必要的时候,我永远能尽到自己的天职。打过仗的人有权利在小河边上休息一番,享受一下安宁的生活。"被马雅可夫斯基创造出来的普利绥坡金,假如他读过《宗教滑稽剧》,他可能会质问他的创造者,您在1918年那样动人地歌唱了穷困荒漠中劳动者到达"流着奶和蜜"的"应许之地"的欣喜(《宗教滑稽剧》),为什么到了1928年却表现了逃离物质世界,和革命可能被享乐思想摧毁的恐慌?马雅可夫斯基式的这种恐慌、焦虑,也集中地出现在中国60年代的戏剧和电影作品中,它们是《千万不要忘记》《家庭问

---

① 《臭虫》当时演出,就有评论者抱怨对苏联未来的描写,说"我们就此剧得到的结论是,1979年社会主义下的生活将是非常沉闷"。参见奥兰多·费吉斯:《娜塔莎之舞:俄罗斯文化史》,第550页。

② 李静:《改革中国的"赛先生"——1970—1980年代之交中国文学文化中的"科学"》,第241页。这篇论文谈到田汉的话剧《十三陵水库畅想曲》和改编的电影引起的讨论和批评意见,第247—248页。

题》《霓虹灯下的哨兵》《年青的一代》……①

《臭虫》内在矛盾的产生也可以从艺术方面做出解释。这个剧被作者定义为"神奇的喜剧"。从始至终,都可以看到作者神采飞扬;当他洋洋自得地沉湎于恣肆狂放的想象中的时候,是否也会"无意"中将嘲讽对象扩大至原先他所要歌唱的理想世界?当读者(观众)读(听)到新社会为普利绥坡金推荐的是胡佛和墨索里尼的书,以及"恋爱"是一种病症,因为"按道理,一个人的性欲精力,本来应该合理地使用一生,但它忽然迅速地凝结在一周内……就令人干出一些狂妄和意识不到的行动"——很难相信这是对所向往的世界的赞美词。对这里的裂痕,也许可以模仿恩格斯的说法:这是艺术、想象力对于观念和政治命题的"伟大的胜利"②。

2010年孟京辉的《臭虫》,放大并清晰化了这个裂痕。将这两个《臭虫》放在一起比较,能很有意味地呈现时代变迁在思想艺术上烙下的印痕。孟京辉说,他对原作的改动其实不大,许多滑稽、幽默、夸张的台词都是原作里有的。不过这"不很大"的改动却具有根本性质。他们面对的是不同的社会状况。也就是说,第一次被解冻、复活的臭虫面对的是一个干净的新社会,而被孟京辉第二次复活的臭虫,看到的则完

---

① 《千万不要忘记》(又名《祝您健康》),丛深编剧,1963年由哈尔滨话剧院演出;1964年北京电影制片厂改编为电影,谢铁骊导演。《家庭问题》,胡万春小说,1964年由上海电影制片厂改编为电影。1963年话剧《霓虹灯下的哨兵》,沈西蒙、漠雁、吕兴臣集体创作,沈西蒙执笔,1964年上海天马电影制片厂改编为电影。1963年的《年青的一代》,陈耘、徐景贤编剧,1965年由上海电影制片厂改编为电影。

② 恩格斯1888年致玛·哈克奈斯的信中说,"巴尔扎克就不得不违反自己的阶级同情心和政治偏见;他看到了他心爱的贵族们灭亡的必然性,从而把他们描写成不配有更好命运的人;……这一切我认为是现实主义的最伟大胜利之一"。《马克思恩格斯选集》第4卷,人民出版社,1972年,第463页。

全不是清洁、整齐划一、集体主义的世界。相反，这个世界真是物欲横流，普利绥坡金原先那些被批判的欲望，在这里根本不算什么，他反而显得过于"落后"了。

可以这样说，它们的"根本性"不同，是视点、观察角度的重要转换。在马雅可夫斯基那里，整体社会是他的观看角度，是落脚点，个体的欲望、追求、情感只能在与社会集体的关系中来确定其地位。在孟京辉这里，个体生活、情感的价值地位上升，人的生活欲望、追求的合理性得到确认。这正如剧中《臭虫小调》唱出的：

> 吃胡萝卜治疗眼睛，
> 找女人能解闷消愁，
> 穿皮大衣保证温暖，
> 弹吉他逍遥自在。
> 无论是今年还是明年，
> 啤酒和青鱼都不能断。
> 无论是革命还是建设，
> 人人都伸着手要幸福。
> 无论是晴天还是雨天，
> 孩子们总得起床上学。
> ……
> 我要的并不比你多，
> 我只是像你一样更关心生活，
> 我要的并不比你多，
> 我只是像你一样更关心生活。
> 事情就是如此简单，
> 这是臭虫的道理。

"臭虫"在1928年是没有它的"道理"的，或它的"道理"是不被承认的。到2010年它有了自己的"道理"，而且表现得理直气壮。因此，1928年的臭虫被社会当作怪物，被整体社会所抛弃，不被容纳，作为已逝的世界的残留物陈列；而2010年的它反而成为主动的观察者，难以理解的、变成"怪物的"社会成为它审视的对象。它无法也不愿融入而选择自我隔离。当然，被关进动物园的归宿却是一样的。

孟京辉在剧中有发言，有尖锐的评论。但他没有将问题推向极端，而是努力呈现问题的复杂性。他避免，也无意在不同视点和价值观上选边站。他的改编的主要动机和激情，是以眼花缭乱的舞台艺术创新来提出时代性思考的问题：如何面对我们身处的复杂现实，如何确立自身的生活基点，以及乌托邦未来想象的资源是否已经耗尽，"现实主义"是否只是我们唯一的选择。

原载《中国现代文学研究丛刊》2019年第8期

# 《反华电影剧本〈德尔苏·乌扎拉〉》[①]

## 电影《德尔苏·乌扎拉》的批判

1975年批判苏联（或苏日合拍）[②]电影《德尔苏·乌扎拉》的事件，近十余年来已有文章做过介绍分析。其中，北京师范大学张建华教授的《〈德尔苏·乌扎拉〉：冲突年代苏联电影中的"中国形象"与中苏关系》[③]，资料翔实、分析深入地对影片制作过程、引发的争议等做了"历史还原"式的梳理，令人印象深刻。

影片为莫斯科电影制片厂1975年出品。日本的黑泽明和苏联的尤

---

① 这篇文章的写作，在资料搜索查找上得到日本早稻田大学商学部兼任讲师王俊文的帮助，特此致谢！

② 《德尔苏·乌扎拉》究竟是苏联，还是苏日合拍影片，一开始就成为"政治问题"。《反华电影剧本〈德尔苏·乌扎拉〉》的"编者前言"中说："……这部反华影片是由苏修叛徒集团提供全部经费和演员，黑泽明等几个日本人参加拍摄的，剧本发表时，清楚地写明是由莫斯科电影制片厂摄制的'苏联电影'，后来苏修又出面改称是'日苏合拍电影'。这决不是一般的名称变动。苏修拉拢黑泽明等几个日本人合伙，参加反华活动，是它借刀杀人的一种卑劣手法。这部电影的真正导演是苏修头目勃列日涅夫之流。"（《反华电影剧本〈德尔苏·乌扎拉〉》，人民文学出版社，1975年，第4页）

③ 刊于《俄罗斯研究》（华东师范大学俄罗斯研究中心）2015年第2期。

里·纳吉宾①根据俄国作家、地理学家弗·克·阿尔谢尼耶夫②的游记《在乌苏里的莽林中》③改编，该片筹备、制作历时四年，有两年时间在苏联远东地区的森林地带拍摄外景。上映后在苏联和西方电影界好评如潮，先后获第9届莫斯科国家电影节金奖（1975年8月），第48届奥斯卡金像奖最佳外语片奖（1976年3月），以及芬兰、意大利、西班牙等国家的多项专业电影奖。不过，它1975年在中国出现，却是因为"反华"而被列为批判对象。后来，除了文字批判之外，上海电影制片厂拍摄的《傲蕾·一兰》④，可能也包含了反制、批判《德尔苏·乌扎拉》的意图。

对这部影片的批判，当时我是知道的，曾被通知去观看过，时间应该是1975年岁末，记得是在北京王府大街的首都剧场。但当时不知道人民文学出版社还出版了批判集。近年"温习"历史，才知道这本书的存在。

## 批判集的主要内容

书名是《反华电影剧本〈德尔苏·乌扎拉〉》（以下简称"批判集"），1975年3月出版。淡黄色封面，署"供内部参考"，封底署"内

---

① 尤里·纳吉宾（1920—1994），苏联作家，电影剧作家。除《德尔苏·乌扎拉》外，电影编剧作品还有《童年假期的最后一天》《柴可夫斯基》《雅罗斯拉夫》等。

② 弗·克·阿尔谢尼耶夫（1872—1930），苏联作家、远东考察家、地理学家。沙俄时代是沙俄军官，俄国地理学会、俄国东方学会会员，曾担任哈巴罗夫斯克（伯力）博物馆馆长，俄国地理学会阿穆尔（黑龙江）分会会长。

③ 在《反华电影剧本〈德尔苏·乌扎拉〉》中，这部著作名字译为《在乌苏里地区丛林中》，1977年出版中文全译本时，书名翻译为《在乌苏里的莽林中》。

④ 1979年上海电影制片厂出品，汤晓丹执导。讲述17世纪中叶黑龙江兴安岭地区达斡尔族女英雄带领人民抗击沙俄入侵者的斗争。

部发行"，应该是"黄皮书"系列的一种——已经是黄皮书的尾声。内容包括这样几个部分：

一、"编者前言"。指出电影的"反华"性质和开展批判的理由："苏修叛徒集团"最近"勾结日本资产阶级导演黑泽明炮制的影片《德尔苏·乌扎拉》"，"不但描述了老沙皇侵占我国领土的种种活动，而且也暴露了新沙皇今天对我国领土的新野心，可以说是一个很好的反面教材"。

二、黑泽明、纳吉宾改编的《德尔苏·乌扎拉》电影剧本。叶维、文洁若翻译自日本《电影旬报》1974年5月7日增刊"黑泽明专号"。

三、摘译与电影有关的阿尔谢尼耶夫的《在乌苏里地区丛林中》（译自莫斯科国家地理出版社1951年俄文版）部分章节；摘译阿尔谢尼耶夫发表于1912年第6期《俄国皇家地理学会通报》第48卷上的《乌苏里地区的中国人（一九〇〇年至一九〇八年）》。翻译者均为北京大学俄语系苏修文学批判组。

四、黑泽明自述《拍摄〈德尔苏〉是我三十年来的梦想》的摘译，万兰译自日本《电影旬刊》1974年5月7日增刊"黑泽明专号"。

五、1974年9月到1975年2月刊载于日本和香港报刊的批判文章八篇。由于这些文章与下面谈到的问题紧密相关，便不嫌烦冗列出篇名和刊载的报刊名称。日本报刊批判文章都没有列出中译者的名字。它们是：

- [日本]《德尔苏·乌扎拉》研究会：《苏联影片〈德尔苏·乌扎拉〉的丑恶企图——明显的反华，国际性的大阴谋，连黑泽明都拉拢》，刊于日本《日本与中国》周刊1974年9月23日。
- 《德尔苏·乌扎拉》研究会：《再论苏联影片〈德尔苏·乌扎拉〉——所谓"合拍影片"，实际上是苏联影片　它恶毒地制造反华舆论　这部影片对日本来说也不容忽视》，刊于日本《日与中国》周刊 1975 年 2 月 17 日。
- [日本]《德尔苏·乌扎拉》批判组:《批判苏联电影剧本〈德尔苏·乌扎拉〉——黑泽导演将变成丑角吗?》,刊于日本《东风》月刊 1974 年 10 月号。
- 《德尔苏·乌扎拉》批判组:《关于苏联影片〈德尔苏·乌扎拉〉的背景——乌苏里地区》,刊于日本《东风》月刊 1974 年 10 月号。
- [日本]铃木猛:《彻头彻尾诽谤中国——苏联借影片〈德尔苏·乌扎拉〉发动宣传》,刊于日本《国际贸易》1974 年 10 月 19 日(经查对原刊,应是 10 月 29 日),香港《大公报》1974 年 12 月 2 日中译转载。
- 龚念年:《黑泽明·苏联·反华片》,刊于香港《大公报》1974 年 9 月 24 日。
- 《苏联延聘黑泽明拍摄反华影片》,无作者署名,刊于香港《七十年代》杂志 1974 年 10 月号。
- 李华:《〈德尔苏·乌扎拉〉的原著中有不少记述证明乌苏里地区自古就属于中国领土》。这篇文章无原载刊物,推测应该是本书编者组织的文稿。

## 几个不解的疑点

读过这个批判集,对影片制作情况、当年批判的依据等,相信都会清楚明了。但是,解惑的同时也产生新的疑问。首先,它批判的是"电影剧本",而不是电影。自然是因为开展批判时影片尚未制作完成。《德尔苏·乌扎拉》在日本首映是 1975 年 8 月 2 日,在苏联则是 8 月的莫斯科国际电影节。问题是，制作完成的影片应该比剧本提供更有力的"反华"证据，中国的批判在电影出品后却没有如前一年批判同样是"反华"影片的《中国》（意大利，安东尼奥尼）那样大规模开展①。

其次，影片的症结是"反华"，可是，对"反华"的批判却是在异邦的日本和尚未回归的香港地区首先启动。"批判集"的编者前言说，剧本在日本刊物"一出笼"，"就遭到日本人民的强烈谴责。日本人民已经识破了这是'苏修拉拢日本电影工作者反华的花招'"，因此"坚决地把苏修头目及其炮制的这部反华电影剧本作为活靶子"。1975年4月10日，也就是人文社的"批判集"出版后的一个月，新华社将"内部发行"的"批判集"基本内容，以新闻稿的方式发布，也就是将发生在日本的批判介绍到国内，称："日本报刊批判苏修炮制反华影片《德尔苏·乌扎拉》，指出这部影片是为老沙皇吞并中国领土辩护，为新沙皇扩张侵略服务的，并在所谓苏日合拍的幌子下，挑拨和破坏日中两国人民的友好关系。"后来中国报刊刊载的一些批判文章的基调，就是日本报刊发表的批判文章所定下的②。这种情况颇为特殊。可能是涉及国家关系上的考虑，而采用这样的借助境外发言的方式？这不得而知。由于发表于国内的批判文章都没有结集，人文版的收录"境外"文章的"批判集"，成为后来学界对这一事件的回顾、梳理的主要甚至唯一的依据，很少见到对另外的中文批判材料的征引。

---

① 在1975年到1976年，中国报纸、刊物也发表了批判《德尔苏·乌扎拉》电影剧本和电影的文章，但是批判的规模远不及对电影《中国》的批判。这些批判文章也没有像批判《中国》那样，收录出版多种批判集。

② 目前能查到的批判文章数量不多，主要发表在《解放军文艺》《北方论丛》《哈尔滨师范学院学报》和《南开大学学报》。另外，内部发行的1975年《参考资料》刊登过这部影片在日本和莫斯科电影节放映、获奖，苏联报纸对编剧、导演的推介，及日刊对电影进行批判的消息。

疑问三，批判文章的真实性。2007年的《豆瓣影评》上，有胤祥的长篇帖文提出过这个问题。他说，"我考证到的作者，仅有龚念年一人。龚念年，原名赵泽隆，香港《大公报》专栏作家，《七十年代》月刊国际评论作家，他的笔名还有梅之、尤其、龚耀文、施君玉等"，对其他的作者却感到疑惑。从"'[日本]《德尔苏·乌扎拉》研究会'到'《德尔苏·乌扎拉》研究会'，再到'[日本]《德尔苏·乌扎拉》批判组'和'《德尔苏·乌扎拉》批判组'，……究竟是某些人炮制的批判文章呢，还是在日本，果然有那么一个叫做'批判组'的，颇具'文革'特色的组织？"[①] 张建华2015年的论文也谈到作者问题，也说他能够落实的就是龚念年。对龚念年他提供了更准确和丰富的身份信息："香港《大公报》的著名国际时事评论家赵泽隆的笔名，他同时兼香港《七十年代》月刊国际评论作家。他的笔名还有梅之、尤其、龚耀文、施君玉等。此人精通英文、法文和日文，著译甚丰"，是史沫特莱《伟大的道路》、丰田正子《延安精神万岁》、西园寺公一《北京漫笔》以及《西哈努克回忆录》等著作的译者，本人还出版有多部论著。但对于其他的作者，张建华也表示疑惑："'日本《德尔苏·乌扎拉》研究会'和'日本《德尔苏·扎拉》批判组'以及'铃木猛'是来自日本的批判声音，然而其不明的身份给时人和后人留下了些许疑惑。这两个组织的领导人和成员无从查证。"

可疑的还有这些发表在日本刊物上的文章的观点、修辞和论述方式。胤祥的文章摘引批判文章的若干段落，作为他的疑惑的佐证：

> 读了这个剧本，我们了解到这是一部彻头彻尾以反华为目的的政治影片，包藏着想动员世界上包括日本人在内的观

---

[①] https://movie.douban.com/review/1223955/，登录时间：2019年8月20日。

众参加反华行列的丑恶企图。苏修社会帝国主义的反华活动不是今天才开始的，但是我们重视这部影片，因为它暴露出他们想打着与黑泽等人合作的幌子，把日本人民的命运拴在他们的战车上的罪恶阴谋。……[以为这样]日本的政界、财界、新闻界和其他各界的牛鬼蛇神就会跳出来，扛起联苏反华的破旗……

——[日本]《德尔苏·乌扎拉》研究会：《苏联影片〈德尔苏·乌扎拉〉的丑恶企图》

苏联方面是让日本人来充当挨批判的活靶子。……苏联和蒋帮，恐怕是一丘之貉吧。……他们假借"亚洲集体安全体系"之名拉拢日本人，用开发西伯利亚做钓饵，企图迫使日本充当苏修社会帝国主义的跳板和走卒。日本人民绝不上他们的当。

——《德尔苏·乌扎拉》研究会：《再论苏联影片〈德尔苏·乌扎拉〉》

黑泽先生！如果你明知上述事实，竟还摄制这部影片，那么你就已经不是受骗的黑泽导演，而只能说是在某一丑恶阴谋之下的跳梁小丑。

——[日本]《德尔苏·乌扎拉》批判组：《批判苏联电影剧本〈德尔苏·乌扎拉〉》

成立批判组，使用集体笔名，动辄以（日本）"人民"的代表身份自居，摘取一二细节无限发挥的论述方式，经历过"文革"的都不陌生。至于"跳梁小丑""苏修社会帝国主义""蒋帮""彻头彻尾""一丘之貉""丑恶嘴脸""跳板和走卒""贩卖黑货""扛起破旗""命运拴在……战车上""牛鬼蛇神"等,更是那个时期中国报刊流行的词语和修辞方式。让人感到困惑的是,对这一切,日本的作者(批判者)是否也学得那么快,也能如此驾轻就熟地运用?

## 真实性的确认

不过,无端怀疑以严谨、高质量编辑风格著称的人民文学出版社是没有道理的,即便是那个"非常年代"发生的事情。在难以找到让人放心的解答的情况下,我便求助在日本早稻田大学任教的王俊文。他用了两天时间,按照我提供的线索,在早稻田大学图书馆和日本国会图书馆查找核对,结论是人文版的"批判集"收录的刊发于日本报刊的批判文章,它们的题目、署名和内容真实无误。唯一的差错是,"铃木猛"撰写的,被香港《大公报》转载的文章,在日本《国际贸易》上发表的时间不是1974年10月19日,是10月29日。当然,张建华提出的这些作者——"研究会""批判组"的领导者和成员的身份问题,也还是无从查证。另外,批判是这些刊物自主发动,还是与中国当时的某些机构存在关联,也没有办法获得可以追寻的线索。

这些批判文章的真实性得到落实之后,突然浮现的念头是,对那个特定时间流行的观念、语言、情感状态和思维、表达方式具有的国际影响力,和后续的生命力,我们真的是低估了。这是这次重返陈年旧事之后的感慨。

刊登批判《德尔苏·乌扎拉》文章的日本报刊的具体情况是:

《日本与中国》。日本的日本中国友好协会的机关报。日本中国友好协会 1950 年 10 月成立，首任理事长是内山完造，总部设于东京都千代田区神田锦町的日中友好会馆。1966 年因为对中国"文化大革命"的不同态度分裂。《日本与中国》由支持"文革"的"主流派"掌握，日本中国友好协会（正统）中央本部发行。发表对《德尔苏·乌扎拉》批判文章的就是这一派主持的《日本与中国》。另一派的会刊是《日本与中国新闻》，后者严厉批判当时政策和"文化大革命"。这个状况持续到现在。

《国际贸易》。日本国际贸易促进会发行的周报（现在是一个月三期）。日本国际贸易促进会创立于 1954 年，致力于日本与中国大陆之间的贸易往来。中国大陆出版的日文报刊《人民中国》《中国画报》《北京周报》是这个亲中刊物的主要消息来源，并经常转载中国报刊的文章。1974 年 3 月 12 日就转载了《人民日报》1 月 30 日批判意大利导演安东尼奥尼电影《中国》的评论员文章。

《东风》月刊。东风社发行，社址在茨城县。创刊于 1972 年 4 月，持续至 1975 年。主编兼发行人是远坂良一（1912—1980）。刊载批判文章的 1974 年 10 月号的卷首语，便是远坂良一撰写的《苏联"社会主义"的幻想》。由于他又创办了《日中新报》，无法兼顾，1974 年 11 月号更换了主编与发行。远坂良一在战前就领导工人运动，原为日共中央候补委员，50 年代日共分裂时被日共除名。《东风》月刊的立场与当时的日共不同，支持中国共产党和毛泽东的路线。1973 年 5 月，应中日友好协会的邀请，远坂良一夫妇曾以"友好人士"身份访问中国，中日友好协会会长廖承志接见。

了解这些报刊的性质和主持人的具体情况，刊发这些批判文章，使用这样的批判方式，便是合情合理、可以理解的了。

## 《在乌苏里的莽林中》的中译本

《反华电影剧本〈德尔苏·乌扎拉〉》收入的《在乌苏里地区丛林中》("批判集"采用这一书名)是其中部分章节,只有两万字。估计为了提供更充足的批判、研究材料,批判电影剧本时就开始组织对全书的中译,出版的时候"文革"已经结束。两卷本的《在乌苏里的莽林中》由商务印书馆于1977年6月出版,"内部发行",仍属于供内部参考的书籍范围①。译者为黑龙江大学俄语系翻译组。撰写于1976年10月的"出版说明"对阿尔谢尼耶夫及其著作,仍延续1974—1975年批判电影时的说法,称他以"旅行""探险"为名,"在沙皇侵吞的我国领土——乌苏里江以东广大地区搜集军事、地理等项情报,为沙俄侵略者统治和掠夺这一地区提供资料,出谋划策",是"老沙皇殖民扩张政策的忠实鹰犬";这部书"是沙俄殖民主义者侵略扩张的一个可耻罪证","对于研究沙俄侵略乌苏里地区的历史,有一定参考价值"。

然后,大家就逐渐忘记了这件事。直到将近30年后的2005年2月,人民文学出版社新版的《在乌苏里的莽林中》推出,《德尔苏·乌扎拉》、阿尔谢尼耶夫、乌苏里密林、黑泽明等才被再次谈论。人文版的本子包括《在乌苏里的莽林中——乌苏里山区历险记:1902—1906年锡霍特山区考察记》和《在乌苏里的莽林中——德尔苏·乌扎拉》两卷,译者是王士燮、沈曼丽、黄树南。新版与1977年的商务版,面貌发生很大变化——变化确实是在"面貌"上。著者阿尔谢尼耶夫的身份从

---

① 大致到了1978年和1979年,"内部发行"的出版物,与"文革"前夕和"文革"中的"内部发行"性质有了不同。有部分内部发行图书,是借"内部"来处理一些公开发行仍有所顾忌的书刊,销售渠道已经放宽。

"老沙皇殖民扩张政策的忠实鹰犬"，变化为"苏联远东考察家、地理学家、民族学家和作家"。在人文版封面可爱的绿色森林图片上，醒目地印有同样可爱的"广告词"，这本书的性质似乎归类于"生态文学"：

> 黑泽明经典影片　奥斯卡最佳外语片《德尔苏·乌扎拉》原著
> 堪与《瓦尔登湖》相媲美的绿色文学经典
> 一位乌苏里"人猿泰山"的世纪悲歌

前勒口上的说明对"广告词"进一步展开提升：

> 本书是苏联地理学家阿尔谢尼耶夫于二十世纪初在乌苏里地区考察后写出的地理考察报告，也是一部堪与《瓦尔登湖》相媲美的绿色文学经典，全书分为《乌苏里山区历险记》（原名《乌苏里地区之行》）和《德尔苏·乌扎拉》两部分。日本电影大师黑泽明根据该书改编的电影《德尔苏·乌扎拉》引起国际影坛轰动，获得1975年奥斯卡最佳外语片奖。

距人文版问世12年后的2017年8月，哈尔滨出版社再次出版这部著作。译者与2005年人文版相同，应该是人文版的新版。内容简介称："德尔苏·乌扎拉是乌苏里地区的一个猎人，为本书作者担任向导。在俄罗斯，他被视为'森林之子'。他善待生灵万物，与飞禽走兽、草木为友，虽然以狩猎为生，却绝不滥杀滥捕。作者通过德尔苏·乌扎拉的形象，把人与自然的关系问题摆到世人面前，呼吁人们保护自然。"

封面"广告词"以人文版为基础而有所变动：

> 黑泽明经典影片、第48届奥斯卡最佳外语片
> 《德尔苏·乌扎拉》原著

《反华电影剧本〈德尔苏·乌扎拉〉》

让高尔基为之倾倒的文学巨著

一个新奇而陌生的神秘世界

一段辛酸而苍凉的世纪悲歌

事情在转了一圈之后,对这部著作(连同电影)的"主旨"的理解,似乎回到当初触动黑泽明改编电影的那些念头:

德尔苏是赫哲族人……阿尔谢尼耶夫问他:"太阳是什么?"德尔苏手指太阳说:"你,没见过?看看吧。"……像德尔苏那样孤零零地生活在大自然当中,因此极其爱护、尊敬并且畏惧大自然的人,他这种态度正是现今全世界的人最应当学习的地方……①

回过头想想,还是得感谢人民文学出版社。有了1975年的《反华电影剧本〈德尔苏·乌扎拉〉》的存在,患有严重失忆症的我们,才不会让那段诡异、"辛酸而苍凉"的历史完全从记忆中消失、湮灭。

原载《文艺争鸣》2019年第10期

---

① 《反华电影剧本〈德尔苏·乌扎拉〉》,第164页。

# 《恐惧与无畏》的相关资料

## 《恐惧与无畏》的版本

20世纪40年代的根据地和解放区,有几部苏联文学作品产生很大影响,特别是在当时的军队。它们分别是考涅楚克的话剧《前线》,西蒙诺夫的小说《日日夜夜》,别克(1902—1972)的小说《恐惧与无畏》。这一现象,在陈玉刚主编的《中国翻译文学史稿》(中国对外翻译出版公司,1989年)和魏天祥《文艺政策论纲》(中共中央党校出版社,1993年)中,有具体叙述。《恐惧与无畏》原名《沃洛科拉姆斯克大道》,中译名《恐惧与无畏》。小说的主要内容,1946年10月晋冀鲁豫军区政治部版的"编者底话"有说明,原文如下:

  一九四一年秋天,法西斯寇军攻到了莫斯科城下。首都受到了严重的威胁。在此危急关头,有刚从辽远的中亚西亚草原上来的潘菲洛夫将军底师团,到达了前线上。该师团竟成了敌人前进途中的壁堡。其中二十八个战士挡住了五十辆德寇坦克,并在此次搏斗中战胜了敌人。在这些战士中有俄罗斯人和卡查赫人，乌兹别克人和吉尔基兹人……本书就是叙述苏联英雄潘菲洛夫将军之可歌可泣师团建立的情形。

从40年代初到50年代初，《恐惧与无畏》的中译版本大量翻印。译本有两个系列。最早出现，流传最广的是莫斯科的苏联外国文书籍出版局①的版本及其改编本，译者愚卿②。另一是40年代后期铁弦翻译的版本及其改编本。根据相关资料和北京大学图书馆库本室所藏，将我查到的版本开列如下，大约有二十几种。肯定还有一些版本遗漏，版本信息也可能有不准确的地方。

愚卿译本系列：

1. 《恐惧与无畏：潘菲洛夫师的战士在第一道火线上》，外国文书籍出版局（莫斯科），1943年。
   《恐惧与无畏：潘菲洛夫师捍卫莫京要冲记》，外国文书籍出版局（莫斯科），1945年。
2. 《恐惧与无畏：潘菲洛夫师的战士在第一道火线上》，东北中苏友好协会印行，1945年11月。
3. 《恐惧与无畏：潘菲洛夫师的战士在第一道火线上》，新华书店晋察冀分店（张家口）印行，1946年4月。

---

① 苏联20世纪40年代成立的，以各种语言出版面向国外读者的外文书籍的机构。40年代到50年代初出版的中文书籍，主要是马、恩、列、斯的著作，《联共（布）党史简明教程》等苏联的政策文件、政治书籍，以及《日日夜夜》《恐惧与无畏》《旅顺口》等苏联文学作品。1949年，外国文书籍出版局的《共产党宣言》百周年纪念版中译本，是《共产党宣言》中译的经典版本之一。

② 苏联的外国文书籍出版局译本的译者愚卿，有说是诗人、翻译家萧三的。萧三是考涅楚克《前线》的译者，是否也翻译《恐惧与无畏》尚未能落实。

《恐惧与无畏：潘菲洛夫师捍卫莫京要冲记》（第二部），新华书店晋察冀分店印行，1947年6月再版，印数2000册。

4. 《恐惧与无畏》，光明书店，1946年6月。《鸭绿江文艺丛书》之四。

5. 《恐惧与无畏》，上、下册，胶东军区政治部前线报社编印，1946年10月。

6. 《恐惧与无畏》，山东新华书店出版，1946年10月。

7. 《恐惧与无畏：潘菲洛夫师的战士在第一道火线上》，晋冀鲁豫军区政治部出版，1946年10月。

《恐惧与无畏：潘菲洛夫师捍卫莫京要冲记》（第二部），晋冀鲁豫军区政治部出版，1946年12月。

8. 《恐惧与无畏》，冀南书店出版，1947年1月。

9. 《恐惧与无畏》，第一、二部，晋绥边区政治部编印，晋绥新华书店出版，1947年2月。

10. 《恐惧与无畏》，上、下册，韬奋书店出版，1947年2月。

11. 《恐惧与无畏》，第一、二部，太岳新华书店出版，1947年3月。

12. 《恐惧与无畏》（通俗本），大众书店出版（大连），1948年。

13. 《恐惧与无畏》，《苏联文学丛书》2，东北书店（哈尔滨），1948年2月初版，1948年4月再版，印数共7000册。

14. 《恐惧与无畏》，东北人民出版社（沈阳），1948年3月初版，1951年9月再版，1952年4月四版，印数共30000册。

15. 《恐惧与无畏》，华东新华书店渤海版，1949年1月，印数8000册。

16. 《恐惧与无畏》（通俗本），新四军山东军区政治部改编，华东新华书店出版，1949年3月渤海版。

17. 《恐惧与无畏》（通俗本），中原新华书店出版，1949年5月，印数8000册。

18. 《恐惧与无畏》（通俗本），华东军区政治部改编，苏南新华书店出版，1949年6月，印数8000册。

19. 《恐惧与无畏》（通俗本），华东军区政治部编，新华书店九分店出版，1949年，印数5000册。

20. 《恐惧与无畏》（通俗本），华中新华书店出版，1949年10月，印数6000册。

21. 《恐惧与无畏》（通俗本），南方大学①印，1951年。

22. 《恐惧与无畏》，中国人民志愿军二十兵团政治部翻印，1952年3月渤海版，印数3000册。

铁弦②译本系列：

1. 《康庄大道》，曹靖华主编，《中苏文化协会文学丛书》，中苏文化协会编辑委员会编辑，中兴出版社印行（上海），1949年3月初版，印数1000册。

2. 《恐惧与无畏（即康庄大道）》，《康庄大道》再版改书名为《恐惧与无畏》，《世界文学译丛》，文化工作社（三联·中华·商务·开明·联营联合组织），1952年2月再版，1952年4月三版，1952年5月四版，印数共7500册。《再版附记》称："本书

---

① 1950年1月在广州成立的培养革命、建设人才的大学。毛泽东提写校名，当时中共中央华南分局第一书记叶剑英任校长，陈唯实、罗明任副校长。1952年10月全国院系调整，与其他院校合并为华南师范学院（现华南师范大学）。共毕业学员两万余名。为教学需要，南方大学自行翻印各种书籍，署"南方大学印"，无版权页。如《论毛泽东》（张如心）、《人民公敌蒋介石》（陈伯达）、《人民领袖毛泽东》（萧三）、《社会发展简史》（解放社编）、《中国共产党的三十年》（胡乔木），以及《恐惧与无畏》等文学作品。

② 张铁弦(1913—1984)，吉林人，30年代曾任汉口《大光报》、西安《解放日报》编辑，1949年后在北京图书馆、人民文学出版社任职。

原稿是由曹靖华先生介绍,戈宝权先生转来的。初版于1949年3月,正当上海面临解放时期,因此仅印一千本,而且在初版书出版未久又被蒋匪帮特务劫去大半,所以流传到读者手里的很少。""本书原名"沃洛科拉木斯克大道"(译者在译稿上所注的),初版时我们向曹靖华先生(当时译者尚未与我们有联系)建议拟改为"大道",结果曹先生决定改名为"康庄大道"。后张铁弦先生来信,要我们再版时在内封上注明'即"恐惧与无畏"'现在我们觉得这一译名既已为国内广大读者所熟知,同时亦更符合本书的内容和意义,因此改为现名。"

3.《恐惧与无畏》(苏联小说通俗本),海天根据文化工作社铁弦译本改写,元昌印书馆(上海),1952年2月初版,1953年3月再版,印数共12000册。

## 作为"教科书"的《恐惧与无畏》

从版本情况可以看出,这本小说在中国的广泛流传有特定时间和特定地理空间。时间上基本是40年代中期到50年代初的战争时期,传播地域主要在根据地和解放区,尤其是革命军队内部,大量本子均为根据地、解放区的书店和军队政治宣传部门根据苏联的外国文书籍出版局的版本翻印或改写。

《恐惧与无畏》在40年代广泛流行,源于这部小说的思想艺术特色,如研究者指出的,它不是一般的战斗故事,而是继续19世纪托尔斯泰《战争与和平》,特别是《塞瓦斯托波尔的故事》的传统,提出诸如如何面对死亡、战胜恐惧,以及战争与人道主义等"人的精神"的问题。

自然，它的广泛流传，也与军事、政治力量的推动直接相关。新四军山东军区政治部改编的通俗本"编者的话"这样说：

> 一、这是《恐惧与无畏》的通俗本，是外国小说中国化，文艺与战术结合的一个尝试，由军政报社全体同志在工作时间抽暇分工缩编而成的，我们改写的目的，主要是供给部队干部一些较活泼的课外读物，使大家在轻松的读书生活中，吸取一些苏联红军优秀的战术思想，练兵方法，战时政工……等宝贵的经验。
>
> 二、书中的军政经验，无疑是正确的，但由于具体情况的出入，特别是国家制度、人民觉悟、军队素质等等的不同，故不能机械的搬运，但其治军精神（如高度的纪律性）和灵活的方法（如调查研究和了解部队情况等），是值得我们学习的。
>
> ……
>
> （摘自中原新华书店1949年5月版）

作为战术思想、练兵方法、战时政工，以及战士素质、意志培养的形象"教科书"，并得到教育、军事、政治力量的宣传推举作用，是这部小说在特定时期的特殊阅读、传播方式。

1946年和1947年，《人民日报》两次刊发文章举荐这部小说。1946年11月20日刊登《介绍一本苏联治军小说〈恐惧与无畏〉》（刘备耕）的文章：

> 《恐惧与无畏》是苏联的一本军事小说。
>
> 当本书的一节——"不是要死，而是要活"在冀鲁豫军区《战友报》上刊出后，受到了热烈的欢迎，读者们有这样的反映："现在我们的动员工作有把握了。""这就是对我们工作的

批评。"所以刘司令员伯承同志、张副政委际春同志十分推崇它，作为一本优秀的干部读物，责成宣传部门使它早日出版。

　　以保卫莫斯科而出名的潘菲洛夫师团，从它的编成、训练、到投入战斗，一共才祗有不到三个月的时间。那么，为什么这一支部队会有这样高度的战斗力呢？这本小说，以潘菲洛夫及其部下的一个营作典型来叙写，清楚地解答了这个问题，说明了苏联红军之不可战胜的原因。

　　……

1947年3月16日《人民日报》再次刊登刘备耕《要用智慧作战 介绍〈恐惧与无畏〉第二部》的文章：

　　苏联别克著的《恐惧与无畏》第一部，着重表现红军怎样建军治军，而它的第二部，则是描写潘菲洛夫部队在保卫莫斯科战争中怎样打仗，明确地生动地说明一个非常重要的思想，这就是"要用智慧作战"。

　　……

　　"恐惧与无畏"，可以看作一本活的"战斗条令"，但从它具有丰满的思想内容和活泼的艺术手法来看，又是一部优秀的写实的军事小说。它对我们前线部队的教育意义极大。我们已经从第一部中学到了如何教育部队，如何训练部队，这些方法并且在实际战斗里已证实了它的力量。它的第二部将要帮助我们指挥艺术的更加提高。

作者刘备耕撰写这些文章的时候，任晋冀鲁豫军区政治部宣传科科长。40年代后期到50年代初一些军中人士，后来的回忆也证实了这本小说在军中的流传情况：

## 《恐惧与无畏》的相关资料

《恐惧与无畏》自从介绍到中国以来,受到了我国人民,特别是我们军队的热烈欢迎。我见过有些指挥员的图囊里装着这本书,在频繁的行军作战中背着它,跟自己珍爱的地图摆在一起。我也见过,他们把它反复地阅读着、思考着,用红蓝铅笔画着记号,并且向他的下级热情地推荐。

——魏巍:《访苏联作家别克》,收入散文集《春天漫笔》,见《魏巍文集》第十卷,广东教育出版社,1999年,第249页。1951年初,魏巍和陈荒煤、胡可访问苏联时,曾在别克的莫斯科寓所访问过他。这是魏巍写于1952年2月的回忆访问的文章。

一九四七年一月,我从军政大学政治部被调整到晋冀鲁豫军区政治部宣传部,仍担任宣传科长,直接在政治部主任张际春和部长任白戈领导下工作,分管新闻台和印刷厂。这一期间,为配合部队教育,在出版方面做了大量工作,遵照刘邓首长指示,除加强《战友报》的编辑出版和普遍上演《前线》外,同时印制了苏联作家别克的《恐惧与无畏》,西蒙诺夫的《日日夜夜》、法捷耶夫的《青年近卫军》、考涅楚克的《前线》,特别值得提出的是,根据首长指示,编辑出版了《毛泽东选集》(晋冀鲁豫版)。

——彭长登:《八十自述》,见《脚迹 彭长登文化工作论集》,巴蜀书社,1993年,第19页。

我当过解放军,下过剿匪作战的连队,深入过把守边疆的实力仅有一个班的哨所,我体验过面对死亡时的心理。我至今还记得,老同志们向我推荐的"必读书"——苏联作家别克的《恐惧与无畏》。同时,我又一直在写诗。因此,我也许还是有资格发言的。

——公刘：《三首不怕死的歌》，见《跨越"代沟"——和青年朋友谈诗》，安徽文艺出版，1988年，第101页。

关于部队建设和政治工作方面，报纸[指晋冀鲁豫军区政治部《战友报》——引者]还根据张际春副政委和野战政治部的指示精神，发表了一些"我必胜，蒋必败"的教育材料，宣传了健全党委制、巩固新战士、改善部队政治教育方法、开展诉苦运动、开展立功运动、重视总结政治工作经验等方面的消息和言论。为改进战前动员工作，我们选载了苏联作家别克所写的《恐惧与无畏》的一节文章："不是要死，而是要活！"发表过一些部队的工作经验。后来，还在一版头条，以"专论"形式转载了六纵一张油印小报《榴弹报》发表的《胜利要在战前准备》的社论。

——王春时：《旧踪百衲：王时春文稿辑录》，军事科学出版社，2002年，第68页。

与特定时代问题、历史事件相关的阅读、传播动力和方式，随着第三次国内革命战争和朝鲜战争的结束已不存在，或大大减弱，这类小说（尤其是《恐惧与无畏》）便逐渐淡出人们视野。蓝英年曾说，"不知怎的，在中国曾同西蒙诺夫小说《日日夜夜》同样流行的《恐惧与无畏》，如今知道的人已不多了"，他认为这是因为别克是个"老刺头儿"，在50年代与苏联作协的矛盾，提出异端的文艺主张而被冷落所致①。可能有这样的因素，但主要不在这个方面，这部作品被冷落的原因要复杂得多。

---

① 蓝英年：《老刺头儿别克》，见《寻墓者说》，文化发展出版社，2018年，第227—235页。

## 苏联文学变革中《恐惧与无畏》的续写

1982年版的《中国大百科全书·外国文学》的别克条目,说他的作品有《恐惧与无畏》及其续集《几天》。《几天》(或译为《几天之间》)至今未出现中译本,中国读者大多不知道有"续集"的存在。1963年12月号的法共刊物《新评论》,在《关于个人迷信的省察》的专号中,刊登该刊编委柏莱伏的长文《相隔十六年的两次莫斯科战役》,文章的中译刊于北京出版的《现代文艺理论译丛》(内部发行)1964年第3期,让中国一些读者了解《恐惧与无畏》"续集"的概貌。《新评论》的"编者按"说:"葛罗特·柏莱伏在文中分析了亚历山大·别克的两部作品(分别发表于一九四四年和一九六○年),力图阐明二十大对作者的艺术有何影响。"①

柏莱伏说,别克发表《恐惧与无畏》之后,"有整整十六年,没有去碰这个题材,直到一九六○年……又回到了《恐惧与无畏》的题材上来"。时隔十六年的这两部作品的故事讲述者是同一个人,而且"按时间顺序看,这部新作,恰好是第一部的续篇;《恐惧与无畏》写到十月二十六日,而《几天之间》则从这天开始写到十月二十九日"。柏莱伏对《恐惧与无畏》评价很高,他也提到卢卡契1947年的长达27页的评论《恐惧与无畏》的长文②。在谈论相隔十六年的作品之间的关系的时候,他用了"续篇"的说法,但在文章的末尾,也使用了"重写"的概

---

① 此处有误,《恐惧与无畏》出版应该是1943年。
② 指《世界文学中的俄罗斯现实主义》。据约翰娜·罗森堡编的《乔治·卢卡契生平年表》,《世界文学中的俄罗斯现实主义》出版于1946年。《卢卡契文学论文集》第2卷,中国社会科学出版社,1981年,第592页。

念。他说,"别克有勇气逐字逐句重写第一部获得巨大成功的小说,向自己挑战;他的榜样证明苏联在反省和重新评价方面所作的努力"。

在比较这两部作品之后,柏莱伏得出别克"向前跨进了一步"的判断,并认为这是苏联文学在1953年斯大林逝世和1956年苏共二十大之后发生的"整个运动的进步"。"进步"在柏莱伏看来,在时间上主要是针对苏联文学40年代到50年代初的僵化的教条主义时期,而在性质上,则是"朝着更加细致地描写复杂的生活,朝着更加丰富的现实主义,更加深刻的人道主义方向发展"。现实复杂性、生活真实和人道主义——是当年苏联文学变革的两个基本方向。显示这一方向的作品,除了别克的《几天之间》,柏莱伏列举了贝可夫(现通译贝科夫)、索尔仁尼琴,和西蒙诺夫(《生者与死者》《军人不是天生的》)、肖洛霍夫(《他们为祖国而战》)等的标志性作品。与《恐惧与无畏》的回避写失败、战争的死亡和悲剧不同,别克的"续作"中,触及了"伟大而悲惨的岁月里发生的可怕现实的全部复杂性"。这指的是1941到1942年战争开始阶段苏军的撤退和溃败。"细节丰富了,公式消失了。现在真的是有血有肉的人在战斗、受苦、死亡。有时他们感到恐惧……'他们由于撤退而深感失望';他们蹒跚而行,象'乌合之群',象'流浪汉';他们被敌人四面包围,饥寒交迫。《恐惧与无畏》中的兵士有时象是一些不要任何给养的天兵天将。这《几天之间》却是一部真正的忍饥挨饿的史诗。"士兵的命运不在幕后决定,由此,"人们再不可能忘记,战争是出悲剧……这个悲剧能够动摇最最坚强的人,使得他们暂时以为,自己将要'失去理智'"。在呈现现实的复杂性方面,柏莱伏认为《几天之间》比《恐惧与无畏》更胜一筹。

需要提出的是,柏莱伏在对《几天之间》所显示的"进步"做了这样的描述、评价之后,有一个重要的补充:

写了真实之后又怎样呢？我们在安东尼奥·马察多[①]创造的"不真实的哲学家"的笔下读到："写了真实之后，"我的大师说，"没有比虚构更美好了。"我们宁可再补上一句，当无疑是别克前辈的托尔斯泰虚构**英雄**的时候，他说："我的故事中的英雄——我全心全意热爱着的，我竭力要描写出他的一切的美丽来的。而且在过去、现在和未来都永远是美丽的，——就是真实。"

## 一个插曲的两种写法

柏莱伏认为，在纪律的被动和主动，战争与个人幸福，胜利和怜悯，观念与情感等问题上，《恐惧与无畏》的作者表现出了某些深刻的"惶惑、彷徨、矛盾"。他举的例子是开头的一个"插曲"[②]：一个名为巴兰巴耶夫的士兵听到机枪的响声，一时失魂落魄，以为受到包围，便慌忙逃跑了。为了以儆效尤，营长莫梅史·乌雷[③]叫最亲近的战友枪毙他。尽管他的部下不同意他这一决定，巴兰巴耶夫也苦苦哀求，而他自己在做出决定之前也经过痛苦的思考和犹豫。

柏莱伏认为这个"插曲"提出许多问题，"是一个时代的标记"。他说，由于问题的尖锐性质，卢卡契在他1947年的长文中避而不谈，只是在讲到艺术性时才有所暗示。这里所谓"时代的标记"的含义，柏莱伏写道：

---

[①] 通译安东尼奥·马查多（1875—1939），西班牙诗人，佛朗哥上台后流亡法国。

[②] 第一部第二节"恐惧"。

[③] 巴武尔章·莫梅史·乌雷，中尉营长，《恐惧与无畏》中的主要人物，也是故事的讲述者。中译本和大部分评论文章都简称他为巴武尔章。引文中的黑体为原文所有，下同。

……取不利于巴兰巴耶夫的解决方法，反映出在动荡时期工作的人们由来已久的心理，即斯大林主义并不反对的那种尝试：当事态尚有怀疑的时候，就不应放过和开脱假定的犯人……可拿布莱希特早期的剧本《措施》来说明问题。剧中一个年轻的共产党人为了不损害他捍卫的事业，甘愿舍身赴死。他下葬时，有四个鼓动员唱道：

所以我们下定决心：
必须剜掉自己的肉，剁掉自己的脚。

受到这种诔词的"年轻同志"，把一切都搞糟了，因为他"引起人的怜悯"，他没有懂得党校校长给年轻的鼓动员讲的课："现在，你们不再是你们自己了，你们不再是柏林的卡尔·斯弥特，你不再是喀山的安娜·克谢斯克，你不再是莫斯科的彼奥特赫·沙维奇：在座各位，没有姓，没有母亲，像白纸一样，上面写的是革命的指令。"……当年不是有人为《措施》的禁欲主义的道德观念喝彩吗？"……好几世纪以来，基督教的真理，从来没有像在这出戏里听得那么清楚、那么简明、那么直接的。把'和睦'、融洽、人生的牺牲……不表现为一种例外的影响行为，而表现为一种传至今日的最简单的惯例，当代是没有人能胜过布莱希特了。"

……

莫梅史·乌雷为了证明自己作得正确，不惜从布莱希特的《措施》里找出一个比喻来……他说："有一天，我父亲在沙漠里，他那时是游牧人，被蝎子咬了一口。大漠茫茫，只他一人……蝎子咬的伤口是致命的。我父亲就拿起短刀，从身上**割去一块肉**……我刚才也像他那样做了，**剜掉自己的肉**。"

《恐惧与无畏》的相关资料

在《几天之间》里，也出现一个与处决巴兰巴耶夫相似的情节，却做了不同的处理——这也可以说是别克对《恐惧与无畏》那个插曲的有意改写。查耶夫和他的机枪手冲破包围圈回到队伍，可是撤退回来太快了，"客观上"他们是逃跑了，查耶夫就要当场被枪决。这个时候，莫梅史·乌雷整个身心都在低语说："饶了他吧！"别的军官也为查耶夫默默恳求。柏莱伏写道：

**这一回**，他听从了他们的意见，同意……把查耶夫送到师的法庭受审。查耶夫得到赦免回来；在潘菲洛夫的指示下，莫梅史·乌雷同意恢复了他的指挥权。这个插曲如今安放在小说的末尾，也可以说由它作了结论，**一九四四年的梦想变成了现实**。伟大的事业不是莫洛克神①……

原载《新文学史料》2020 年第 1 期

---

① 译者（罗新璋、金志平）原注：传说中的牛头人身的神，迷信的人们把儿童烧死祭他。

# 可爱的燕子，或蝙蝠

## ——50年前西方左翼关于现实主义边界的争论[①]

## 几个标志性事件

1963年前后，欧洲左翼文学界和苏联，曾发生关于现实主义边界的争论，它由几个标志性事件组成。这些事件的主题是：是否应该开放现实主义的"边界"，确立现实主义的"新尺度"，让现实主义与"非现实主义"文艺对话。

事件一：《论无边的现实主义》的出版。著者为法国文艺理论家罗杰·加洛蒂[②]，《论无边的现实主义》法文版出版于1963年[③]。这本被作

---

[①] 本文的写作，得到中国社会科学院文学所周瓒、上海大学中文系周展安在资料上的帮助、支持，特此致谢！

[②] 罗杰·加洛蒂（1913—2012），又译加罗蒂、加洛迪、伽罗迪。1960年代《现代文艺理论丛刊》曾译为加罗第。法国文艺理论家、批评家，曾任法共政治局委员。

[③] 1960年代，加洛蒂这本书的中译名开始为《论无边的现实主义》，后改为《无边的现实主义》。1986年出版中译本时又改为《论无边的现实主义》，吴岳添译，胡维望校，上海文艺出版社版；1998年百花文艺出版社再版沿用这一书名。

## 可爱的燕子,或蝙蝠——50年前西方左翼关于现实主义边界的争论

者自称为"小册子"的书,收入谈毕加索、圣琼·佩斯和卡夫卡的3篇论文,提出现实主义应该扩大自身的边界,特别是与被称为"颓废派"的先锋文学对话,向它们开放。路易·阿拉贡为这本书写了序言,称"我把这本书看成一件大事"。这个评价,是将它置于国际马克思主义阵营反对教条主义斗争的背景上做出的判断,认为它"并不涉及对马克思主义进行一种修正,而是相反地恢复它。要结束在历史、科学和文学批评方面的教条主义的实践、专横的论据以及对那些封人嘴巴和使讨论成为不可能的种种圣书的引证"①。

书很快翻译成14种语言,并引发激烈争议②。对它的批评,很大部分来自苏联。据相关资料,1964年苏联的高尔基文学研究所召开会议批评性地讨论这部著作,苏联的《文学问题》《外国文学》等杂志也刊发长篇批评文章。1965年1月9日苏共中央机关报《真理报》社论明确表示:"苏联舆论反对修正社会主义现实主义原则和以各种颓废派理论来代替它的企图。力求以'现代主义'来'丰富'现实主义艺术的意图,只能说是对于现实主义艺术的伟大生命力的无知。"③1965年第1期苏联《外国文学》苏契科夫的《关于现实主义的争论》④,重申《真理报》

---

① 罗杰·加洛蒂:《论无边的现实主义》,百花文艺出版社,1998年,第4页。
② 阿拉贡1965年1月在莫斯科大学接受荣誉博士学位的演说中说到,"在法国和其他许多国家里,人们都在大谈特谈这本书。译文不断增加……而且,甚至在人们认为这部作品没有广大读者的地方,'博士们'也到处对它进行争论"。这次演说的文字以《莫斯科演说》为题,刊于他主编的1965年1月14—22日《法兰西文学报》。由于反驳苏联文学界对加洛蒂的批评,苏联报刊没有公开发表这一演说。中译见《现代文艺理论译丛》1965年第4期。
③ 社论被苏联《文学报》转载,中译见《现代文艺理论译丛》1965年第2期。
④ 苏契科夫文章的中译刊于《现代文艺理论译丛》1965年第5期,也收入1986年上海文艺出版社、1998年百花文艺出版社的中译《论无边的现实主义》书中。

的观点:"颓废派的'成就'不可能'丰富'现实主义,也不可能把现实主义的边界扩大到可以囊括颓废派艺术的领域",说加洛蒂试图对美学理论中的教条主义以毁灭性打击,为现实主义打开门户,但门户不应开在这个方向。这个看法,也是苏联《文学问题》杂志1963年发表的编辑部文章《走向思想斗争的前沿》的判断:"我国理论家和批评家的任务是:揭露颓废派和形式主义者冒充革新的毫无根据的妄想。"[1] 对于这一批评,《外国文学》发表加洛蒂反驳的回应[2],但刊物同时也以长达4千字的"编辑部的话",对这个回应予以批驳。

面对争议和苏联文学界对加洛蒂的批评,路易·阿拉贡伸出援手。1964年12月,他和妻子埃尔莎·特里奥莱访问苏联,第二年的1月7日,莫斯科大学授予他语言文学荣誉博士学位。阿拉贡在致答词中,有点不留情面地用很大篇幅来支持"我国最杰出的马克思主义者之一"的加洛蒂。阿拉贡说,根据已经陈旧的经验对这本书中的大胆的论文进行谴责的评论家们,可能出于对"我"的爱护,竭力使"我"放弃为《论无边的现实主义》写的序文;他们在"震响着批评的雷声"中试图在"我"的头上"撑开一把善意的伞","想让我摆脱这件事,并想证明加罗第说的是一回事,而我想的又是另一回事"。阿拉贡直截了当回答:"我从来不喜欢雨伞","我一点也不怕打雷",声称他不接受这种"慈悲"[3]。

《论无边的现实主义》60年代在中国没有译本,对它持严厉批评的

---

[1] 原载苏联《文学问题》1963年第3期,中译见《现代文艺理论译丛》1963年第5期。

[2] 加罗第:《论现实主义及其边界》,原载苏联《外国文学》1965年第4期,中译见《现代文艺理论译丛》1965年第5期。

[3] 阿拉贡:《莫斯科演说》,《现代文艺理论译丛》1965年第4期。

苏联也没有俄文译本①。当年的中文学界对加洛蒂其实相当关注，1963年到1965年间，以"内部发行"的方式出版了他的《马克思主义的人道主义》，《共产党人哲学家的任务和对斯大林的哲学错误的批判》和《人的远景——存在主义，天主教思想，马克思主义》等论著②。但是关于《论无边的现实主义》，只是在《现代文艺理论译丛》③这个刊物译载相关的文章，有阿拉贡的序言，加洛蒂的"代后记"，批评加洛蒂的文章和他的答辩。中译本迟至1986年才面世，有点时过境迁，在当代中国文学界的冲击力已大为减弱④。

事件二："颓废"概念的讨论。讨论由捷克斯洛伐克主要文学刊物《火焰》于1963年在布拉格举行⑤。参加者有法国作家让-保罗·萨特，捷克斯洛伐克作家、理论家E.戈尔特施图克、A.霍夫梅斯特、P.普依曼、J.哈耶克、M.昆德拉，和奥地利马克思主义文艺理论家E.费歇尔。讨论涉及是否存在颓废文学，是否使用颓废概念，以及对颓废、颓废文

---

① 加洛蒂在答辩文章《论现实主义及其边界》中抱怨说："苏联读者手中没有可以说明自身的文本——无论是我的书或是我的文章都没有翻译过去。"

② 分别由北京的生活·读书·新知三联书店出版于1963年5月、1963年3月和1965年8月，作者名译为加罗蒂。《共产党人哲学家的任务和对斯大林的哲学错误的批判》还收入当年法共副总书记罗歇和总书记多列士的论文和报告。这些书均标明"内部发行"，封面为浅黄色，被称为"黄皮书"。

③《现代文艺理论译丛》由中国科学院文学研究所主办，人民文学出版社出版，内部发行。1962年为不定期刊物，出版4期，1963年到1965年改为双月刊。主要译介苏联、东欧和个别其他国家的文学理论、批评文章和文艺界动态。

④ 中译本除了"译者前言"外，由译者增加了两个附录，一是加洛蒂自传性质的文章《时代的见证》，另一是苏联苏契科夫的批评文章《关于现实主义的争论》；因而它已经不是加洛蒂书的原版本面貌。

⑤ 会议发言记录刊登于法共理论刊物《新评论》1964年第6、7月号，中译《关于"颓废"概念的讨论》刊登于《现代文艺理论译丛》1965年第4期。

学的理解、评价。发言者的看法并不尽相同,而他们的共识是,对以前被认为颓废的作家及其作品,如贝克特、卡夫卡、乔哀斯(乔伊斯)、弗洛伊德等要做具体分析,不能将其笼统归入颓废作家、颓废文学而简单抛弃;认为他们对"颓废"社会的彻底否定蕴含着力量。萨特说:"只能从辩证的观点来认识颓废,这就是说,如果我们称波特莱尔为颓废派,应该承认他同时也是一个未来的高潮的序曲,因为后来的一切诗歌都从他的作品中获得了某些东西。"费歇尔说,像贝克特这样的作家,他的"绝对否定是富于爆炸性的,充满了令人不安的焦虑,它可以转变为有益的反感和行动"。法共《新评论》副主编吉赛尔布莱希特没有参加这次会议,他在另外的地方表达了相似的意见:"对工人运动说来,问题在于如何从统治阶级手中把那些属于'没落'的伟大作家争取过来——'没落'是一个意识形态的现象,却不是一个美学上的鉴定标准。我们不会只接受托马斯·曼或马丁·杜·加尔而抛弃乔哀斯、摩拉维亚或福克纳,我们不会把这份礼物送给资产阶级。"① 米兰·昆德拉讨论中没有直接谈到颓废问题,他清算的是教条主义的思想方法:"在我们这里,人们经常使用这样一些概念,例如:颓废派、现代主义、形式主义,等等,以致使它们变成空洞无物的概念——既可意味一切,又毫无意义,可以无限地伸缩。由于教条主义时期不存在真正的思想演进,所以思想往往可笑地被形形色色毫无意义的辞藻所代替。"当然,他们的这些言论随后也遭遇抵抗的回响:"社会主义文化不需要汇合那些贵族的、有时是好斗的、无人性的颓废派的美学珍品,这种美学珍品将同资产阶级社会一起死亡,其情形有如亚历山大帝国晚期艺术那样,它的微弱的、

---

① 吉赛尔布莱希特:《为马克思主义的批评而提的几点建议》,原载法共《新评论》1964年2、3期,中译见《现代文艺理论译丛》1965年第2期。

垂死的回光照耀着古代世界的弥留状态。"①

事件三：卡夫卡讨论会。1963年5月27、28日，在距离布拉格50公里的里勃利斯宫举行。参加者是东欧社会主义国家的作家和卡夫卡研究者近百人，法国的加洛蒂和奥地利的费歇尔②是仅有的西方国家共产党人代表。苏联没有派出正式代表团，只有"观察员"列席。会后出版发言集《从一九六三年的布拉格角度看弗兰茨·卡夫卡》，由捷克斯洛伐克科学院出版社于1965年出版。加洛蒂对这次讨论会的评述是，它"标志着在反对斯大林的哲学公式化所引起的基础与上层建筑关系的机械论观点的斗争中一个重要阶段……里勃利斯讨论会以及布拉格对卡夫卡所表示的敬意，在我们看来，犹如预示着又一个春天来临的第一批燕子"③。费歇尔也认为，这次会议"是一个重大事件，其影响远远超出了捷克斯洛伐克的国界"④。会议中也出现争论。民主德国代表，也是其文艺政策发言人的库莱拉⑤会后撰写的文章在评价上与加洛蒂相反，说参加会议的民主德国的三位年轻学者在讨论中，"坚定地反对那些同马克思主义精神格格不入的哲学性质的倾向"，他们因此"成了攻击的目标"。库莱拉说，"不要把蝙蝠与可爱的燕子混淆起来：蝙蝠白天

---

① 苏联理论家苏契科夫《关于现实主义的争论》。

② 恩斯特·费歇尔（1899—1972），出生于今捷克波希米亚地区，在奥地利学习哲学并参加革命，曾担任奥共中央委员、政治局委员，文艺理论家、文学批评家。1969年因不能与奥共党中央保持一致被开除党籍。著有《论艺术的必然性》等。

③ 加罗弟：《卡夫卡与布拉格的春天》，原载1963年《法兰西文学报》第981期，中译见《现代文艺理论译丛》1963年第3期。

④ 费歇尔：《卡夫卡学术讨论会》，见叶廷芳编《论卡夫卡》，中国社会科学出版社，1988年，第504页。

⑤ 参见叶廷芳：《论卡夫卡》"前言"，见叶廷芳编《论卡夫卡》，第11页。库莱拉（1895—1975），作家，翻译家，当时德国统一社会党政治局文化委员会主席。

在旧宫殿和法院阴暗的走廊中和顶楼上低垂着头,只有在天色朦胧时才飞出去;而燕子,尽人皆知,则预告夏天的来临"①。对这次会议,中国当时只是在一份内部刊物的角落里有这样的评论:"近年来随着修正主义思潮的泛滥,在某些社会主义国家里,卡夫卡作品逐渐受到欢迎,至一九六三年五月为纪念卡夫卡诞生八十周年而在布拉格举行的学术会议,更掀起了卡夫卡狂热的高潮。与欧美资产阶级文艺界一起,许多修正主义'文艺理论家'对卡夫卡大肆吹捧。从此以后,卡夫卡便成了他们津津乐道的对象。"②

## 地理空间和政治文化身份

争论的当事双方虽然有时措辞激烈,但都认为是属于马克思主义内部的争论。发表批评加洛蒂文章的苏联刊物《外国文学》的"编辑部的话"说,这是"马克思主义者们的同志式的自由讨论","在苏联和外国的马克思主义者就现代艺术的迫切问题的研究中,这种讨论将会得到继续和深入"③。在性质认定上,当时正热烈开展国际和国内"防修反修"斗争的中国看法有所不同,认为这是一次修正主义,与"更露骨""走得更远"的修正主义之间的冲突④。

---

① 阿·库莱拉:《春天、燕子与卡夫卡——评一次文学学术讨论会》,刊于民主德国《星期日周报》1963年第31期,中译见叶廷芳编《论卡夫卡》第363—374页。

② 《卡夫卡真貌》"译者按",《现代文艺理论译丛》1965年第5期。

③ 原载苏联《外国文学》1965年第4期,中译见《现代文艺理论译丛》1965年第5期。

④ 《现代文艺理论译丛》1965年第5期刊发苏联苏契科夫批评加罗第的文章《关于现实主义的争论》所加的"译者按"说,法共中央政治局委员加罗第(转下页)

发起开放现实主义边界讨论的"积极分子",主要是法国、奥地利和捷克斯洛伐克共产党的一些作家、理论家——法共的加洛蒂、阿拉贡、吉赛尔布莱希特,捷克斯洛伐克的雷曼、哈耶克、昆德拉,奥共的费歇尔等。可以看到这些人物在地理空间和文化身份上的特征。与法国、捷克斯洛伐克、奥地利共产党人批评家态度不同,苏联和民主德国主流文学界采取抵制的姿态。《论无边的现实主义》出版和布拉格卡夫卡讨论会之后,德国统一社会党第一书记瓦尔特·乌布利希以党和国家领导人身份做出回应。在1964年的一次演讲中他说:"我们有些作家和艺术家以为,社会主义现实主义的稳固地位可以允许打开它与现代主义之间的边界……这些艺术家陷于一种错误的想法之中。新的东西从来不能这样来获得:放弃已经夺得的地位,或者要社会主义现实主义同现代主义和解。"①德国统一社会党中央委员、文艺批评家A.库莱拉呼应说,被一些人看作"现代小说鼻祖"的乔伊斯、普鲁斯特、卡夫卡笔下的人物,是一些"无血无肉的模糊不清的阴影,漫无边际的胡思乱想的体现者,消极的肉体感觉的说明";我们的文学没有继承这些衣钵,"完全可以心安理得地当作一种荣誉来接受"。②

马克思主义内部在文化问题上的分化,与各自的政治情势、不同文化背景相关,也为不同地理空间的文化构成(如20世纪先锋艺术的不

---

(接上页)《论无边的现实主义》出版后,"在苏联和东欧各国都引起了反应。加罗第的修正主义观点表现得是那么露骨,他在这条路上是走得那么远,以致某些修正主义者也觉得对此不能不持保留态度"。

① 乌布利希:《关于社会主义民族文化的发展》(选译),为1965年德国统一社会党六届九中全会上乌布利希报告第五部分的节选,原文载《新德意志报》1965年4月28日,中译见《现代文艺理论译丛》1965年第4期。

② A.库莱拉:《英雄的民主化》,原载民主德国《星期日》周报1965年第2期,中译见《现代文艺理论译丛》1965年第4期。

同发展状况)所制约。出生于 1905 年的萨特说,"我在象征主义文学和'为艺术而艺术'的思潮统治的世界里生活过……后来,在自我的发展过程中,又吸收了西方哲学";我"慢慢地接受了马克思主义,而同时又保有以前获得的一切";"除了其它事物以外,是由于阅读弗洛伊德、卡夫卡和乔哀斯……我才被引向马克思主义的。"① 加洛蒂更明确谈到他的共产党人信念与文化传统之间的关系,这种关联让他无法忍受将 20 世纪先锋艺术在"颓废"的恶名下打入冷宫:

> 对于法国人来说,重要的是首先衡量一下这样一种立场的后果,即彻底抛弃法国绘画的整整一个世纪,而这个世纪正是"巴黎画派"的探索与发现获得全世界的公认并且对艺术起了深远影响的时期,因为这个画派的最伟大的大师——从马奈到雷诺阿,从高更到凡·高,从塞尚到毕加索、布拉克、列瑞和马蒂斯,如果也算上最近的几代,还有尼科拉·德·斯塔尔、拉毕卡、巴赞、马涅西耶、皮尼翁以及其他数十位有才华的人——能够创造出符合现代的感情结构和开辟未来探索的新途径的作品。……认为必须继承和发扬法兰西文化所创造的一切健康的和伟大的东西的法国共产党人,从来也不允许侮辱伟大的民族传统,其中包括塞尚以来的法国绘画上的发现。②

对于苏联和另外的东欧社会主义国家的作家和批评家来说,他们大多难以有这样的与先锋主义肉身相关的体验和记忆。不错,19 世纪末

---

① 参见《关于"颓废"概念的讨论》中让-保罗·萨特的发言。不过,加洛蒂可能不认为萨特属于马克思主义阵营,他在《论无边的现实主义》中,将萨特的存在主义作为对话的对象。

② 加罗第:《论现实主义及其边界》,《现代文艺理论译丛》1965 年第 5 期。

到20世纪初,俄国曾有一个热闹的先锋探索时期,但它们的地位难以和法国的状况相比拟,更何况在30年代对"形式主义"的整肃中,先锋探索大多被判非法且被抹去痕迹。萨特在"颓废"概念的讨论会上,使用了"东方左派"和"西方左派"的概念,讲到他们之间在文化传统上的差异:"我们,西方左派人士,只能接受教养过我们的几个基本作家,例如普鲁斯特、卡夫卡和乔哀斯,我们不会抛弃他们,即使他们被认为是颓废派;因为指责他们是颓废派,就意味着指责我们的过去……"他说,"而苏联作家具备的是完全不同的一种文化和传统"。1963年8月在列宁格勒举行欧洲作家联盟关于小说问题的讨论会的时候,有关现代先锋艺术和颓废的话题就被提出和引起争论。萨特嘲讽地说,"某些东方知识分子"仅仅因为弗洛伊德、卡夫卡和乔伊斯生活在颓废的社会里便不加区别地指责他们是"颓废派","我不得不向苏联朋友们请罪,因为我读过这三位作家的作品,并且熟悉和热爱他们"。[①]

从地理空间的角度观察,捷克斯洛伐克和布拉格在东、西方文化关系上,处于一个特殊的位置。米兰·昆德拉说:"捷克对先锋派的研究有着见证人的重要作用。一方面,因为先锋派——不管它标榜超现实主义、象征主义,还是不让人给它贴标签——是与共产党密切联系在一起的。另一方面,因为捷克先锋派的最伟大人物证明,把先锋派当作现实主义的绝对对立物是荒唐的。"出版的情况也证实这个论述。与苏联和东欧其他社会主义国家不同,捷克斯洛伐克的共产主义者的出版社在二战前就出版了普鲁斯特的全集,后来又出版了乔伊斯全集;捷克斯洛伐克作家霍夫梅斯特在"颓废"概念讨论会上说:"在我们这里,谈论卡夫卡并非自今日始……很早以前,在二十年代,S. K. 纽曼首先在一家捷克共产党人的杂志上发表了卡夫卡的中篇小说《司机》";"我在

---

[①]《关于"颓废"概念的讨论》中让-保罗·萨特的发言。

一九三四年以捷克作家代表的身份在莫斯科出席第一次苏联作家会议的时候,卡列尔·拉杰克已经恶狠狠地攻击乔哀斯了。如果同我们这儿比较的话,苏联'反乔哀斯'的传统是很久了。"

捷克斯洛伐克1918年才建国,此前这个地区属于奥匈帝国。在社会制度上,奥匈帝国既保存了数百年中世纪的,同时又添上资本主义晚期的特征。苏联的扎东斯基这样描述卡夫卡的生存境况:虽然一生大部分时间生活在布拉格,但在这个城市卡夫卡是"无家可归"的"陌生人"。他引用了联邦德国的龚·安德斯的评论:

> 作为犹太人,他在基督教徒当中不是自己人。作为不结帮的犹太人(卡夫卡最初的确是这样),他在犹太人当中也不是自己人。作为说德语的人,他在捷克人当中不是自己人。作为说德语的犹太人,他在德国人当中也不是自己人。作为波希米亚人,他不完全是奥地利人。作为替工人保险的雇员,他不完全是资产阶级。作为中产阶级的儿子,他又不完全是工人。但是在职务上他也不是全心全意的,因为他觉得自己是作家。但是就作家来说,他也不是,因为他全部精力都是用在家庭方面。而"在自己的家庭里,我比最陌生的人还要陌生"。①

这个有关卡夫卡身份、处境的描述,也可以转移来观察捷克斯洛伐克和布拉格的多种文化构成的历史状况;这里是德语文化、犹太文化和本土文化(包括波希米亚文化)的汇合——混杂、冲突和交汇。二战之后的

---

① 扎东斯基:《卡夫卡真貌》,原载苏联《文学问题》1964年第5期,中译见《现代文艺理论译丛》1965年第5期。

社会主义制度又让它进入"东欧"的行列。布拉格被"选择"作为这种倡导文化开放的地点,并非偶然。加洛蒂在一篇文章的开头,引用法国诗人阿波利奈尔1902年逗留布拉格写的诗,隐约透露了这种文化交汇、混杂的信息:

> 栖身在布拉格近郊一家客寓的花园,
> 傍晚时,登上赫拉德钦这块高地,
> 倾听酒馆里传来的捷克歌曲,
> 你便这样在生活中缓缓地后退,
> 像那犹太区钟楼上的指针向后回转。①

因此,捷克作家克里玛②曾说,布拉格是一个神秘的、令人兴奋的城市,有着数十年甚至几个世纪生活在一起的三种文化优异的和富有刺激性的混合,从而创造了一种激发人们创造的空气。萨特在关于"颓废"的讨论会上也说,"捷克斯洛伐克是各种优秀文化传统与马克思主义的交会点"。这样的文化特征,或许能较易挣脱教条的束缚和禁锢:迷人的"不纯"、混杂,打破关于不尽追求"纯粹"的幻梦,也孕育、催生了偏离"正统"的创造活力。

---

① 加罗第:《卡夫卡与布拉格的春天》,《现代文艺理论译丛》1963年第3期。"犹太区钟楼上的指针向后回转",指布拉格犹太区约瑟夫城如同约瑟夫城市政厅的时钟,位置高的采用罗马数字,而位置低的是希伯来数字,指针按逆时针方向转动。

② 伊凡·克里玛,1931年出生于布拉格一个犹太人家庭,童年随父母关进纳粹集中营,1960年开始发表作品,主要作品有《布拉格精神》《一日情人》《没有圣人,没有天使》等,曾获得捷克共和国杰出贡献奖章与"卡夫卡文学奖"。

## 开向不同方向的窗户

现实主义边界问题的提出，在社会主义文化系统中并非始自60年代的加洛蒂；在苏联和中国至少50年代初就已经出现。胡风1954年在《意见书》(《关于解放以来的文艺实践情况的报告》)中，针对"社会主义现实主义"这一创作方法，就认为不应在"现实主义"之外再另加要求和限制："在科学的意义上说，犹如没有'无论怎样的'或'各种不同的'反映论一样，不能有'无论怎样的'或'各种不同的'现实主义。"1954年12月，西蒙诺夫在第二次苏联作家代表大会的补充报告中，主张删去社会主义现实主义"定义"中的这段话："同时，艺术描写的真实性和历史具体性必须与用社会主义精神从思想上改造和教育劳动人民的任务结合起来。"在1956年的"百花时代"，秦兆阳(《现实主义——广阔的道路》)、周勃(《论现实主义及其在社会主义时代的发展》)等也发表了与胡风、西蒙诺夫类似的意见。周勃认为，"想从现实主义文学的内容特点上将新旧两个时代的文学划分出一条绝对的不同的界线来，是有困难的"。在他们心目中，现实主义有了"追求生活的真实和艺术的真实"这一"根本性质的前提"就已足够，无须再画蛇添足。

胡风说，"作为一个范畴，现实主义就是文艺上的唯物主义认识论(方法论)"，"真实性"的要求也就是文学的"客观规律"的要求。加洛蒂也说，在马克思主义者看来，"艺术中的现实主义，就是把辩证唯物主义的根本原理移置到美学领域中来"①。不过，胡风、西蒙诺夫和加洛蒂在边界向何处开放上，区别也十分明显。与"现代派"势不两立的胡

---

① 加罗第:《论现实主义及其边界》。

风要开放的对象,主要指向"旧"的、"批判"的现实主义,也就是"前社会主义时代的现实主义与社会主义时代的现实主义在创作方法上,是没有、也不可能有什么区别的"(周勃)。加洛蒂、费歇尔他们要与之对话、试图接纳的主要不是"旧"现实主义,而是传统马克思主义美学拒斥(可以上溯至普列汉诺夫)的现代主义、"颓废派"。这种主张的一个说法是:"在卢卡契叫做'先锋派'的这种没落倾向和另一种先锋派——社会主义现实主义——之间,与其说是势不两立的,不如说存在着种种辩证关系。"他们用来支持这一论述的"文学史事实"是:"那些立即热情地欢迎社会主义革命的作家和艺术家……差不多总是一些'先锋派'的代表:在德国是表现主义者,在俄国是未来主义者,在法国是(某些)超现实主义者。而且这些流派的某些艺术家的转变过程并不只是剥掉一层旧皮而已,这种转变给他们带来了某种超越的而不是否定的丰富内容。"①

加洛蒂等要做到这一点,就需要重新解释"现实",重新解释文学与现实的关系。他提出了他的关于现实主义的三个基本前提:世界在我之前和之后的客观存在;世界和我对它的观念处于经常变化之中;我们对这一变革负有责任②。这个解释,是为内心观念、心理现实的"现实性"争取空间,而且也为艺术不仅反映现实,也"创造"现实、创造人及其生活提出依据。因此,加洛蒂将毕加索称为"在绘画方面创造第八天的人":用六天时间创造了天地万物的上帝心满意足宣布歇息,而毕加索"向众神过早满足的创造提出了起诉"③——这也是加洛蒂等对传统现实主义的"过早满足"的起诉。

---

① 吉赛尔布莱希特:《为马克思主义的批评而提的几点建议》。
② 加罗第:《论现实主义及其边界》。
③ 罗杰·加洛蒂:《论无边的现实主义》,第74页。

批评家往往会提出某一、某类作家"有什么用"的问题,来检验某些"遗产"的当代性。1957年,苏联的爱伦堡提问的对象是19世纪的司汤达和他的《红与黑》,1963年,加洛蒂以及法国共产党刊物《新评论》副主编安德烈·吉赛尔布莱希特提问"有什么用"的作家是卡夫卡①。爱伦堡说,我们今天谈到《红与黑》,"要比谈到我们同代人的作品觉得更有信心";它"是一篇关于我们今天的故事。司汤达是古典作家,也是我们的同时代人"。吉赛尔布莱希特说,为什么要说卡夫卡是一个没落世界的最后呼声,而"不可以更恰当地说,他是道道地地属于普遍性的文学呢"。事实上,在斯大林去世和苏共二十大之后,苏联文学界的社会主义现实主义向"旧"现实主义开放的努力,到60年代已经取得明白无误的进展,这可以从苏契科夫反驳加洛蒂的文章中得到证实:"把社会主义现实主义和批判现实主义结合在一起,以高尔基、肖洛霍夫、罗曼·罗兰、萧伯纳、高尔斯华绥、托马斯·曼、罗歇、马丁·杜·加尔、阿拉贡、海明威、马丁·安德逊·尼克索等人的名字为标志的伟大的现实主义传统在今天还在发展……现实主义艺术家的探索和成就有效地对抗着现代艺术中无数先锋派……"②

但加洛蒂他们的问题是另一方面。对"卡夫卡作什么用",吉赛尔布莱希特引述费歇尔的话并做了这样的回答:

"如果靠卡夫卡的作品培养起来的年轻人在大街上跟工人一起对秘密军组织进行斗争的话",他们当时脑子里想的肯定不是卡夫卡。但是,我们同样可以公正地跟他们一起这样

---

① 吉赛尔布莱希特《卡夫卡作什么用》,原载法共《新评论》1963年第143期,中译刊《现代文艺理论译丛》1963年第3期。

② 苏契科夫:《关于现实主义的争论》,见罗杰·加洛蒂:《论无边的现实主义》,第261—262页。

说,"当卡夫卡主义的根源消灭的时候,卡夫卡主义本身就会消灭,但卡夫卡将永存"。他是一个震荡人心的、并且在美学上极其杰出的见证者,他的痛苦和他的才能迫使人们倾听他,尊重他。①

制约现实主义打开哪扇窗户的因素有多个方面。前面说到的文化传统是其中重要一项,另外也与马克思主义作家面对的不同紧迫问题紧密相关。长期流亡、旅居巴黎,因而获得"法国视野"参照的俄国思想家别尔嘉耶夫说,俄国知识分子对"现实"的敏感和多情是"罕见的","西方很难理解"这一点;"俄罗斯的主旋律……不是现代文化的创造,而是更好的生活的创造";"19世纪伟大的俄罗斯作家进行创作不是由于令人喜悦的创造力的过剩,而是由于渴望拯救人民、人类和全世界,由于对不公正与人的奴隶地位的忧伤与痛苦"。②事实上,中国现代作家对"现实"也同样"敏感而多情"。可是,在苏联和当代中国,"社会主义现实主义"在成为律令之后,对现实的探索遭到重重阻碍,"无冲突论"等迫使作家在现实真相前面止步,为此"忧伤而痛苦"的作家就盼望着"旧"现实主义的回归。这也就是韩国批评家白乐晴指出的,在韩国,托尔斯泰的《复活》这样揭露土地、司法、监狱、贵族、农民等现实问题的小说,"比卡夫卡、乔伊斯、普鲁斯特,还有福楼拜或左拉的任何小说都能给现今的韩国多数读者提供更加饱满和新鲜的食粮";这就是他说的阅读、评鉴上的"主体姿态"③。

---

① 吉赛尔布莱希特:《卡夫卡作什么用》。
② 尼·别尔嘉耶夫:《俄罗斯思想:十九世纪末至二十世纪初俄罗斯思想的主要问题》,雷永生、邱守娟译,生活·读书·新知三联书店,1995年,第27、28、24页。
③ 白乐晴:《以主体姿态理解西方经典小说》,见《全球化时代的文学与人:分裂体制下的韩国视角》,金正浩、郑仁甲译,中国文学出版社,1998年,第441页。

尽管在窗户开向何方上有这样的差别，但他们面对的问题相近，也可以说有着相同的指向。因此，加洛蒂在强调接纳"颓废"的现代派的同时，也强调"社会主义现实主义不能不同时又是批判现实主义"："由于根本拥护社会主义世界观并参加走向社会主义的历史运动，社会主义现实主义不能回避艺术的基本职能：即不是安慰人，而是引起人的不安；不是试图为我们描绘既定的、不依靠我们而运动的现实的影像，而是提醒我们……我们每个人都要应对现实的缺陷，总而言之，艺术唤起人们的责任感。布莱希特写道：'如果向今天的人类描绘今天的世界，这世界在人们看来应该是可以改造的。'"①

由于争论的重心是关于"颓废"和现代派的评价，不可避免地，在对待表现主义问题上持对立态度的卢卡契和布莱希特，也被争论者牵扯进来。现实主义边界开放的主要论者，都一再援引布莱希特来阐述自己的观点，而把卢卡契作为马克思主义美学中的机械决定论的教条主义代表，甚至不恰当地将他与日丹诺夫相提并论。说卢卡契的美学是一种演绎的美学，说他将19世纪德国古典主义、法国和俄国现实主义简单化后，演绎为一套形式上的、先验的现实主义标准——这在某个方面可能有道理，但对卢卡契的美学做这样的全局性概括，显然也是一种简单化后的演绎。

---

① 加罗第：《费歇尔和关于马克思主义美学的辩论》，《法兰西文学报》1964年7月23—29日，中译见《现代文艺理论译丛》1965年第3期。

## 异化，卡夫卡的"超越性"

在这场扩大现实主义边界的争论中，经常提到的"颓废派"先锋作家、艺术家，有乔伊斯、普鲁斯特、弗洛伊德、贝克特等多位，而讲得最多、被作为论述中心的作家则是卡夫卡。卡夫卡这次被马克思主义批评家重点关注可能有这样几个原因。一个是在一段时间里，马克思主义者普遍对卡夫卡持否定、无视的态度；到60年代开始觉察到这个处理方式的不当："我们马克思主义者将这位作家交给资产阶级世界的时间太长久了，我们一定要将耽误了的事情弥补过来"，要向社会主义世界呼吁，"将卡夫卡的作品从非自愿的流亡中接回来，发给他一张永久的签证"。①另一原因是认为卡夫卡创作的"颓废"、变形的艺术特征蕴含着强烈社会批判性，应该是倡导扩大现实主义边界至牺牲品文学的最佳个案。就如费歇尔说的，他并不只属于过去，而是有"最大现实性"的作家；至于他是否属于"现实主义"，这并不重要："我不赞成将一些伟大的作家硬归入于某一类别。我要用唯名主义的术语说：上帝造物，魔鬼创造类别，分类只适用于平庸的人，出类拔萃的人则要冲破它。"②

更为具体充分的理由则是卡夫卡作品揭示的"异化"现象，这成为马克思主义批评家回应现实社会政治和文学问题的核心。到了60年代，苏联和东欧社会主义国家文学界关切的问题发生转移，无视、轻忽卡夫卡的情况已经不占主流地位。对现代主义一直坚持否定态度的卢卡契，在1957年的著作《批判现实主义的当代意义》中立场也出现明

---

① 费歇尔：《卡夫卡学术讨论会》，见叶廷芳编《论卡夫卡》，第504、516页。
② 同上书，第505页。

显松动。虽然他指出卡夫卡"对帝国主义时代资本主义的赤裸裸的恐惧、惊慌(对它的各种法西斯变种怀有预感)从主观幻象突然变成了实体",因而"世界的真正统一破碎了";但也认为,"叔本华当年俏皮地说:'一个真正一贯的唯我论者只有在疯人院里才能找到。'这话也适用于关于'一贯反现实主义'的说法","卡夫卡的作品整体上突变为佯谬和荒诞是以细节描写的现实主义基础为前提的,这绝不是一种反现实主义的直线型的自我贯彻,而是——字面上的——细节的现实主义骤然间变为对这个世界现实的一种否定"。①

在马克思主义阵营那里,重视卡夫卡价值并做出认真研究的,是50年代捷克斯洛伐克的理论家保罗·雷曼,而奥地利的费歇尔在这个时间给予卡夫卡最高的评价。不过,在重视他作为一个杰出作家的价值的同时,马克思主义批评家内部仍存在重要的分歧。争论主要在两个方面,一个是卢卡契提出的"整体性"问题,另一个就是卡夫卡揭示的"异化"现象的现实指向。一种意见认为,虽然卡夫卡意识到并揭示了生活的荒谬,但对未来却绝望、毫无信心;这是19世纪末20世纪初奥地利局势产生的"阴暗的、病态的、神秘主义的文学",他是"奥地利的不幸的子嗣,他既是它的亲子,也是它的继子"。②另一种看法则是,"卡夫卡不是一个绝望者,是一个见证者":虽然他"不是一个革命者",但他"是一个启发者";"他暗示世界的缺陷并呼吁超越这个世界"。③

马克思主义批评家一个普遍性的观点是,卡夫卡的作品的中心主题是对"异化"的揭示和反对,他没有能预示摆脱异化的出路。但对

---

① 卢卡契:《弗兰茨·卡夫卡抑或托马斯·曼?》,见叶廷芳编《论卡夫卡》,第338、336页。

② 扎东斯基:《卡夫卡真貌》。

③ 罗杰·加洛蒂:《论无边的现实主义》,第109页。

这种揭示是否具有对所描述的特定世界的"超越性",不同评论家的观点存在尖锐的对立。在加洛蒂等看来,卡夫卡的描述远远超越具体的历史处境,而直指某种普遍性境遇,"人到处沉没在这个不人道的世界里,在一个一切都合理化和可计算的体系的齿轮机构里受着物化"①;说他"今天还在对我们发言,就是认识到,反对异化的斗争,并不随着政权的夺取而终结,但由此出发,它具有了一种新形式,并获得了一种真正的功效"②。而民主德国的库莱拉、苏联的扎东斯基等都坚决反对这一观点,指出"异化"是"一个历史的、具体的概念,不但这样,它还是一个政治的、阶级的概念,它是跟特定的生产方式,即资本主义生产方式联系着的",而"社会主义(哪怕单就经济而言!)是跟资本主义完全对立的",因而"异化""同社会主义社会没有、也不可能有任何关系。在建设社会主义的过程中,会产生(或者可能产生)一些困难,一些错误,一些破坏。但是把这些现象称为'异化'是毫无根据的"。而且,卡夫卡也并没有将"异化"的本质指出来;与布莱希特相比,布莱希特指出这个"异化"世界是不公正的、不合理的,它的历史命运是注定的,而卡夫卡却认为"异化"的世界不受人控制,"合乎规律";因而,卡夫卡是"异化"世界的牺牲品,而不是善于剖析这一现象的艺术家。③

这些争议,在80年代前期中国的人性、人道主义和异化问题争论中,在著名的周扬等与胡乔木等发生的激烈冲突中再次重演;而且这一争论也同样的不知所终。与苏联和西方面临苏共二十大之后社会主义的问题的背景相似,中国也面临走出"文革"后进行的"反思"。因此,

---

① 罗杰·加洛蒂:《论无边的现实主义》,第108页。
② 加罗第:《卡夫卡与布拉格的春天》。
③ 扎东斯基:《卡夫卡真貌》。

争论不仅涉及理论,涉及如何看待早期马克思的异化论,更主要由现实迫切处境与情势激发和推动,也就是一些研究者指出的,"异化"问题在这些不同背景下的争论,与其说是理论阐释、表述上的争议,不如说主要是一种紧迫的、通过这一范畴展开的"批判性的历史宣判"[①]。"异化"问题的提出者可能有某种无法为历史证实的玄想和脱离历史分析的激情,但无法面对伤痕累累的创伤和社会情绪的严密理论和历史分析,也可能暴露了它的孱弱和苍白的一面。

原载《现代中文学刊》2019 年第 5 期

---

[①] 参见贺桂梅:《"新启蒙"知识档案:80 年代中国文化研究》第一章,北京大学出版社,2010 年。

# 内部的反思:"完整的人"的问题①

近年来,当代文学挖掘当代社会主义文学经验成为热点,涉及文学与现实、与大众、与传统文学的关系等重要问题,出现不少令人瞩目的成果。不过,当代社会主义文学的成绩、经验,与它存在的严重问题,以至困境纠缠在一起,难以分离;并且在它行进的当时,就不断有从"内部"进行反思、检讨的情况发生。回到社会主义文学展开的历史情境,设若回避、剥离这些已经一再被反思、检讨的问题,不是一种值得肯定的做法。

下面,借助法国作家罗杰·加洛蒂(1913—2012)的《论无边的现实主义》来谈这个问题。这本书的法文版1963年面世,收入谈毕加索、圣琼·佩斯和卡夫卡的三篇论文,路易·阿拉贡为它写了序言。据加洛蒂本人说,很快就翻译成14种语言,并在苏联、东欧以及西方国家思想文学界引发激烈争议。在60年代前期,加洛蒂的多部著作都有中译本,包括写于1957年的《马克思主义的人道主义》,写于1962年(实际上是他在6月法共中央召开的党员哲学家会议上的报告)的《共产党人哲

---

① 2019年6月29日在上海大学举办的"当代文学70年研讨会"上的发言,有修改补充。

学家的任务和对斯大林的哲学错误的批判》,和写于1959年的《人的远景——存在主义,天主教思想,马克思主义》①,但《论无边的现实主义》当时却没有中文译本,只是在"内部发行"的刊物《现代文艺理论译丛》(中国科学院文学研究所现代文艺理论译丛编辑委员会编)上,译介了一组对这本书的批评和加洛蒂回应的文章②;在中国并未产生在西方、苏联和东欧国家那样的足够影响。虽然如此,它的出现和引起的反应,论及的课题,与中国当代文学面临的问题具有某种"同质性",值得放在回顾中国当代文学历史的视域里来谈论。

加洛蒂出生工人家庭,家境贫寒。1933年参加法国共产党,40年代抵抗运动中被捕,在阿尔及利亚集中营里关押近三年。二战胜利后参与组织工人罢工运动,担任过法国参议员和法共中央政治局委员。这个经历,从性质上说和中国革命文学第一代作家的丁玲、胡风、冯雪峰以至周扬等有相似的地方,是社会主义现实主义最初一代的信仰者和参与者。在加洛蒂的类乎自传性质的《时代的见证》一文中,他说:"一九一四年八月二日拂晓,我们的父辈在'出征'之前来到摇篮旁边亲吻我们。二十五年之后我们做着同样的动作。"③战争、革命、社会主

---

① 分别由生活·读书·新知三联书店以"内部发行"的方式出版于1963年(前两本)和1965年,作者名译为加罗蒂。

② 参见《现代文艺理论译丛》1963年第1期,1964年第1、第6期,1965年第1、第4、第5期。分别刊发阿拉贡的《布拉格演说》《〈论无边的现实主义〉序》《莫斯科演说》,加罗第的《〈无边的现实主义〉代后记》《关于现实主义及其边界的感想》《论现实主义及其边界》,和苏联批评家苏契科夫的《关于现实主义的争论》等文章。丛刊中加洛蒂译为加罗第,《论无边的现实主义》有时译为《无边的现实主义》。

③ 罗杰·加洛蒂:《时代的见证》,见《论无边的现实主义》,吴岳添译,天津,百花文艺出版社,1998年,第181页。

义在他们的生命中有一种"内在性"。有时候，我们可能会觉得像胡风、丁玲他们在经历那样的磨难挫折之后，晚年仍矢志不移，这是将信仰抽象化，"异化"为自身的压迫力量。不过换一个角度，这种坚持似乎也合乎情理，就如加洛蒂说的，"社会主义对于我不是一种选择，而是象一种愈来愈强制的必然性一样不可缺少"。加洛蒂1982年改宗伊斯兰教，但在他写作《时代的见证》的1968年，他对共产主义信仰毫无疑问："我最大的快乐则是在五十五岁时仍然忠于我在二十岁时的选择。"1949年9月到11月，他和保罗·艾吕雅一起去美洲参加泛美和平大会，第一站是墨西哥，看到"贫困的现实在这里比任何想象都更为残酷"，看到墨西哥乡镇的令人窒息的情景而心神不宁。艾吕雅为此写下了题为《当代人类的要求》的诗，其中有这样几行：

> 我对你们说一个时代，它没有欢乐没有光彩，
> 它是一段并不神圣的往事，却是我的时代。
> …………
> 未来的人们，想象一下这个黑暗的时代，
> 要在明天理解我，你们应该看看昨天。①

不过，时代更易和这一代人的离世，也意味社会主义文化史一个时期的终结。在这些人那里，生活和文学几乎是同一的，都内在于生命："人对现实的一种把握：不是凝视的，而是被经历和支配的现实。"加洛蒂在论述圣琼·佩斯的时候用了"双重人"的说法，说他的"悲剧"是"作为从事社会活动的人，他不能把他的行动变成诗歌，也不能使他的诗歌变成一种行动"；"歌声在行动结束的地方开始"。无产阶

---

① 罗杰·加洛蒂：《时代的见证》，见《论无边的现实主义》，第212页。

级、社会主义文学对自身特征的给定,都有一种"回到"中古,或更早期时代艺术和人的生活那种"同一"的理想。这就是 20 年代苏联的谢尔盖·特列季亚科夫①提出,为本雅明 1934 年重申和论述的"作为生产者的""行动的"作家的概念。这也是加洛蒂说到毕加索的那层意思,通过画,"现实成了参与——不是就这个词的巫术意义——尽管它曾保留现实的魔力——而是就劳动和战斗的意义而言"。这一诗歌和行动、生活的关系,在加洛蒂那里得到进一步的解释。他在分析毕加索的时候说,"不是为了把政治观点并列在他的艺术作品里,而是因为他创作的必然发展导致"他对共产主义的加入。依社会主义文学的理念,对诗歌和行动分裂的克服,正是对资产阶级文学的超越的重要指标。不过在今天许多人心目中,这只不过是一个时期,或坚持某一政治、文学理想的作家所做的选择。

犹如加洛蒂在回应对他的批评时说的,"这个世界和我对它的观念不是一成不变的,而是处于经常变革的过程中"②。这里提出的问题是,在"后革命"时代,这种处理现实与文学的方式在某些作家那里仍可能承接,但作为整体要求的延续是否可能和有效?当我们试图将社会主义文学经验加以延续的时候,语境的变化无法被忽略不计。现在说到"大众""现实""工人作家""工人写作""深入生活""人民性"等概念和命题,其语义内涵和实践意义,其实已经发生重大改变。而且,在某些时候,这些词确实如加洛蒂担心的那样,缩减为只具有"学术"的意义。

---

① 谢尔盖·特列季亚科夫(1892—1939),曾用中文名铁捷克,俄国未来主义诗人、理论家、剧作家。左翼文艺阵线成员,梅耶荷德的合作者,最早将布莱希特的作品翻译为俄文,提出"行动的作家"的概念。20 年代曾在北京大学任教。

② 加罗第:《论现实主义及其边界》,《现代文艺理论译丛》1965 年第 5 期。

## 内部的反思:"完整的人"的问题

《论无边的现实主义》是借作家论来讨论文学的紧迫问题,它是加洛蒂面对社会主义文学理论和实践出现的错误和危机做出的反应,是一种发生于"内部"的自我修正。它回应的是 50 年代之后世界局势发生的激烈变化,也面对 1956 年苏共二十大发生的震撼性事件;后者如阿拉贡说的,这一事件对一切相信马克思主义的人是"带有根本性"的,让他们不能不"仔细检查他们的信仰"。加洛蒂对"固定不变的一切都在它内部动摇了"(黑格尔《精神现象学》)的这一事件,使用了"晕头转向"这个词,说这种晕头转向是他从未在监狱和集中营里体验到的。"我们曾自豪地把自己关闭在里面的水晶球被砸碎了。神奇的戒指断裂了。"[①] 但这并不意味着转而选择怀疑主义,"而是决心只相信睁开的眼睛","去重新获得我们的确信";其中重要的一项是,重新思考社会主义文化实践主体的性质和位置。加洛蒂的表述是,"自我"不应消失于社会主义文化要求之中,对社会主义文化的要求,既要"作为一种强制的必然来经受",但也需要"由一种自由而孤独的选择的责任来承担";这样,就能为实践个体的独立思考打开空间,他将不以某种综合的抽象来停止探索,而始终与"必然经受"之间形成具有张力的紧张关系。这意味着为实践主体的创造争取必需的空间——而这一空间在过去被极大地挤压。

在《无边的现实主义》中,"无边"是个关键词,也是最引起争议的一点。它挑战的是那种教条主义的禁令,提出在社会主义现实主义遭遇危机的时候,不是选择继续自我封闭,而是需要开放和对话。对话和开放不仅是一种方法,而且是一种原则,"必须通过批判性吸收和补充别人所掌握的真理才能进步"。"对话的原则"显然"触犯了以往的一切坚

---

① 罗杰·加洛蒂:《时代的见证》,见《论无边的现实主义》,第 227 页。

持使绝对的'善'和'恶'对立,奉行善恶二元论的势力"①,因此围绕它的纷争当时相当激烈。加洛蒂提出的马克思主义开放、对话的对象,主要是从他所把握的法国思想、哲学和欧洲文学传统脉络里提取。"如果说和存在主义的辩论迫使我们更充分地发展马克思主义不仅在历史和社会方面,而且在人的主观性方面所包含的丰富内容,那么和基督教徒的对话则迫使我们进一步探索另一个方面:即基督教徒所称的超验性";对于"非现实主义艺术"(当时社会主义文学阵营使用了"颓废派"概念)——如他着重论述的毕加索的绘画和卡夫卡的小说,则感受语言、色彩、线条、变形所蕴含的对人的存在的关切。他有争议地从马克思早期论著中引入"异化"的概念,认为艺术的创造就是对抗人的异化,真正实现黑格尔、歌德、费尔巴哈所提出的完整的、全面发展的人的理想。在加洛蒂看来,工人阶级的斗争,和它的艺术创造,都是为了"赢得""正在形成的人,即正在千百万男女的头脑和心灵中升起的、要求愈来愈高的人的形象"。正是在这样的意义上,他将毕加索称为"在绘画方面创造第八天的人"——神用了六天创造天地万物,大功告成很满意,便宣布第七天歇工为"安息日",加洛蒂说,毕加索"他向众神过早满足的创造提出了起诉",他是"向一种预示未来的神话的超越",毕加索的这个起诉,也是针对社会主义实践自身的。②对话和开放的激动,让加洛蒂做出这样的描画:

  高尔基喜欢说"美学是未来的伦理学"。是的:当道德不再是奉行戒律而是创造人类的时候。
  为了创造自身,为了向这种直觉的创造前进,人类运用了

---

① 罗杰·加洛蒂:《时代的见证》,见《论无边的现实主义》,第232页。
② 同上书,第74页。

各种手段；在当代，共产主义或许就是这一切手段的实施。书籍、战斗、旅行、人们——通过这一切，我看到这种遥远的探索正在进行——教给我的东西，归根结蒂都是相同的。从卡尔·巴尔特到莫里斯·多列士，从那么多教士到阿拉贡或佩斯，对于政治、诗歌和信仰的思索都不是一种浪费，而是为寻求本质进行的自我集结。①

加洛蒂1963年提出的问题，在当代中国社会主义文学实践过程中，也程度、方式不同地提出过。如胡风与冯雪峰关于"新""旧"现实主义的关系和边界、秦兆阳的现实主义"广阔的道路"、钱谷融的"文学是人学"、周扬60年代初的"新个性"及"最有人性的，最接近未来的完全的人性"——他们的这些主张与论述和加洛蒂之间并非直接影响地关联，而是源自在世界范围内社会主义文化实践中各自遭遇的相似难题。当然，由于政治体制和文学体制、作家的具体处境的差异，也由于文化传统的不同，中国当代文学在提出这些问题的时候，要温和、含混、谨慎得多，开放和对话的对象也并不相同。另一点差别是这些问题的提出，很快就被取消，或转化为批判对象而从未得到有效展开和争辩。

但加洛蒂确实"走得太远"，正如《现代文艺理论译丛》在刊发苏契科夫批评加洛蒂的文章所加的"译者按"说的，他的"修正主义观点表现得那么露骨，他在这条路上是走得那么远，以致某些修正主义者也觉得对此不能不持保留态度"②——后者指的是当时苏联文艺理论家对加洛蒂的批评；苏联文学界当时在中国眼里，也属于"修正主义"的行列。

---

① 罗杰·加洛蒂：《时代的见证》，见《论无边的现实主义》，第244页。
② 《关于现实主义的争论》"译者按"，《现代文艺理论译丛》1965年第5期。

大约在 20 年前，我在《问题与方法》这本书里说，"'革命文学'在当代的困境的形成，它的过程是一种在特定的社会环境中的'自我损害'"。这种"自我损害"，一方面是体制化而逐渐失去它的批判的活力，另一方面是排除它认为不纯的文化传统而对"纯粹""绝对"的不断的追求。这种设定越来越严格的"边界"和不断的排除运动，有可能让自身成为没有血肉的空壳，但是如果不做这种排除和隔离，又有可能被强大的"异质"文化因素所侵蚀，所吞没，而失去它的边界。"这大概是一种悲剧性的命运。"① 当年的这个问题，仍然还是我的问题。

原载《读书》2019 年第 12 期

---

① 洪子诚：《问题与方法——中国当代文学史讲稿》，生活·读书·新知三联书店，2002 年，第 282 页。

# "修正主义"遇上"教条主义"
## ——1963年的苏联电影批判

### "他们故步自封"

1963年对一组苏联电影的批判，是60年代前期中国的一个重要文化事件。它从文艺的层面折射了中苏分裂公开化的事实，也体现了苏联经由苏共二十大、中国经由反右运动之后，社会主义阵营内部思想意识、文艺观念、创作取向上出现的分歧。可以说，这一事件寓意了"社会主义文艺"在遭遇"危机"的情况下的不同选择。与苏联的对遗产和西方文艺采取较有弹性、包容的路线不同，中国当年在国内外形势的挤压下，坚持一种更狭隘和激进的方向。从这一角度看，这一批判事件的意义不仅局限于电影本身。

1963年7月14日，苏共发表《给苏联各级党组织和全体共产党员的公开信》指责中共，中共中央则在1963年9月到1964年7月间，以《人民日报》和《红旗》编辑部的名义，相继发表了九篇长文（它们后来简称"九评"）予以回击，从多个方面批判、声讨"赫鲁晓夫修正主集团"。在这样的大背景下，作为政治构成的文艺如何配合这一斗争，是摆在当时思想、文艺界高层面前的问题。据黎之在《文坛风云录》中的记述，经由周扬、林默涵等的商定，决定成立文艺"反修"小组，由林默涵、张光年、袁水拍负责。小组成员有李希凡、冯其庸、陈默、黎之、谢永旺等，除了收集、翻译相关资料之外，重要任务是撰写批判文章。①

"反修"小组成立前，《文艺报》主编张光年就已着手撰写评苏联导演丘赫莱依的文章。中国报刊上刊发的第一篇批判文章，是1963年第9期《文艺报》（9月出版）上黎之②的《"垮掉的一代，何止美国有！"》——针对的是卡扎柯娃、叶夫图申科（文中写为叶甫杜申科）、沃兹涅先斯基、阿赫玛杜林娜等青年诗人的创作。随后，《文艺报》第11期张光年题为《现代修正主义的艺术标本——评格·丘赫莱依的影片及其言论》的文章经中央领导人审核后刊出，并翻译成多种文字推向国外③，国内不少省市的文艺刊物转载④——由于当代不少个人署名的文章均代表某一层面的"集体意志"，难以单纯作为个人创作看待，因此，本文提到张光年文章均加引号（"张光年文章"）来标示其超越个人作品的涵义——接着，陈默的《银幕上的毒草——评格·丘赫莱依的三部影

---

① 参见黎之：《文坛风云录》，河南人民出版社，1998年，第312—314页。

② 黎之，李曙光笔名，1928年生于山东省龙口市。曾在中共中央宣传部文艺处、人民文学出版社任职，担任过人民文学出版社总编辑，著有《文坛风云录》等。

③ 据黎之回忆，这篇文章写好后，"经中央领导同志审阅，除在国内发表外并用多种文字向世界播发"（《文坛风云录》第314页）。这篇文章发表三年后，江青主持的《部队文艺工作座谈会纪要》中说："文艺上反对外国修正主义的斗争，不能只捉丘赫拉依之类小人物。要捉大的，捉肖洛霍夫，要敢于碰他。他是修正主义文艺的鼻祖。他的《静静的顿河》、《被开垦的处女地》、《一个人的遭遇》对中国的部分作者和读者影响很大。"《人民日报》1967年5月29日。

④ 如《边疆文艺》1963年第12期，《火花》1964年第1期，《延河》1964年第1期，《广西文艺》1963年12期，《电影文学》1964年第1期，《草原》1964年第2期，《山东文学》1964年第2期，《河北文学》1964年第6期等。

片》刊登在中国电影工作者协会(后改名中国电影家协会)主办的《电影艺术》1963年第6期(12月出版)。文艺"反修"小组还集体撰写三万多字的批判"赫鲁晓夫修正主义文艺路线"的文章交《人民日报》,但1964年起政治形势发生重大变化,国内政治矛盾尖锐,文艺界被推上风口浪尖自顾不暇,文章没有发表且下落不明。①

对苏联的"修正主义文艺"展开批判选择以电影为"突破口",一方面是五六十年代苏联电影在中国影响巨大,远超小说诗歌等文艺形式。另一重要原因是50年代中期之后,苏联电影的革新潮流引人瞩目,不仅在本国和社会主义国家,也引发包括西方国家的世界性关注。中国电影界虽然没有公开表示,暗地里对苏联这一情况也很重视。几部重要作品都有译制。1963年1月到8月,中国电影工作者协会陆续编辑出版共四辑的《苏联电影文集》(内部出版发行,内封署"内部资料,望勿外传"),收入苏共二十大后有关的电影政策文件,以及文艺界领导、著名导演、评论家的讲话、文章。几部被中国列入批判对象的影片,电影工作者协会也都翻译、内部出版了资料专集;它们有《雁南飞》(两册)、《士兵之歌》(两册)、《晴朗的天空》《一个人的遭遇》(两册)、《一年中的九天》(两册)等。收入材料包括电影文学剧本,镜头记录本,苏联和其他国家的评论文章。

不过,"张光年文章"撰写的最直接原因,来自50年代中期崭露头角的青年导演格·丘赫莱依对中国当代电影的批评。格里高利·丘赫莱依(1921—2001)是这一电影"新浪潮"的标志性人物。他生于乌克兰

---

① "张光年文章"发表后到"文革"发生前,对苏联"修正主义文艺"的批判文章不多;只有个别刊发于内部刊物上,如中共北京市委宣传部主办的《〈前线〉未定稿》1965年第3期上有《叶夫杜申科和所谓"第四代作家"》(徐时广、孙坤荣),1964年第2期有《当代苏联文艺作品中的"英雄人物":市侩和叛徒》(冀北文)。

的梅利托波尔。1941年刚要进入苏联电影学院学习时,应征入伍,在空军的伞兵部队服役到战争结束。1953年毕业于罗姆、尤特凯维奇主持的苏联电影学院,处女作是毕业三年后完成的《第四十一》("张光年文章"中译为《第四十一个》)。此后陆续推出《士兵之歌》《晴朗的天空》等引起轰动的作品。他的创作观念来自苏联当代的思想艺术问题,用他自己的话说,就是要突破"由于斯大林个人迷信"造成的艺术的教条主义。1962年,他在英国《电影与电影制作》杂志发表了《他们故步自封》[①]的文章,讲述他的经历和创作理念,并尖锐批评当时的中国电影是"教条主义"的"标本";文章题目"他们故步自封"也直接指向中国的同行:

> 曾经有人问我苏联新浪潮是否会影响其他社会主义国家。这是一个复杂的问题。例如,中国电影和捷克斯洛伐克电影之间就有很大的差别。
> 中国电影是教条主义和反艺术的思想方法的标本。相反地,捷克人正在探求真正的电影艺术。……中国人民自己也不是没有感情的……可是,他们的影片就不表现这个。教条主义和推理过程不是艺术的要素,中国艺术家光靠教条主义和推理是不可能拍出好片子来的。

这些直言不讳的批评,在中苏关系恶化的情势下,肯定惹恼了当

---

[①] 刊于英国《电影与电影制作》1962年10月号,李庄藩译,中译收入《苏联电影文集》第一辑和第三辑,第三辑为"丘赫莱依言论专辑",中国电影工作者协会1963年内部出版。该文并作为"张光年文章"的附录,刊于《文艺报》1963年第11期。另见于中共中央高级党校语言文学教研室1963年12月编印的内部资料集《文艺上的反对现代修正主义和党的文艺方针政策学习参考资料2》)。

时自认为坚持无产阶级文艺路线的中国文艺界人士。"张光年文章"接过丘赫莱依的"艺术标本"这项帽子，在将"教条主义"替换为"现代修正主义"之后，回赠给丘赫莱依。对立双方对这两个词汇的不同理解，和它们之间的置换，提示了当年文艺思想观念和实践分歧的意识形态症结。

## 苏联电影"新浪潮"

苏联电影革新浪潮始自50年代中期，也就是斯大林死后和苏共二十大召开之后。它们的代表性作品有丘赫莱依执导的《第四十一》《士兵之歌》《晴朗的天空》，米哈依尔·卡拉托佐夫的《雁南飞》，谢尔盖·邦达尔丘克的《一个人的遭遇》，安德烈·塔可夫斯基的处女作《伊凡的童年》（后通译《伊万的童年》）等——这些影片，在"张光年文章"中都被列为批判对象。《一个人的遭遇》根据肖洛霍夫同名小说改编，小说和影片的命运有点特别：小说在中国开始得到赞赏，影片也曾公演，随后它们又都被"回收"到批判对象中。这些片子均由著名的莫斯科电影厂摄制于1956年到60年代初这段时间。对它们开始并没有使用"新浪潮"的概念，直到50年代末法国的《广岛之恋》（玛格丽特·杜拉斯编剧，阿仑·雷乃导演）等影片面世，评论界使用了"新浪潮"的名称之后，它才被移用到对苏联作品的描述上面。不过，不论是邦达尔丘克，还是丘赫莱依，都不止一次谈到他们与法国等的"新浪潮"之间的区别。丘赫莱依在回答记者提问时说："'新浪潮'更多是一个广告宣传运动，而不是一个美学方向……但人们试图……到其中去寻找某种艺术信条时，他们却发现只有一个决裂的企图而已"，"新浪潮人物是直言不讳地表示,他们是来攫走那些制造垃圾——请原谅我这样说,但他们是这样说的——的老导演的。但我们是作为苏联伟大电影的继承人来搞电影的。我们认为自己很富有;因为我们珍视我们的前辈所搞的东西,并试图继续加以发展。……我们的和法国的浪潮之间的根本区别就在于此。"①

放在社会主义文艺和苏联的电影史上看,说是"新浪潮"也名副其实。不仅是电影语言发生的变革,而且就它们与当代历史的关联而言也是如此。可以说,50年代中期,"社会主义文艺"内部普遍意识到它的内在危机;"典型"问题的讨论,"社会主义现实主义"定义的重释,"写真实",反概念化、公式化,"反无冲突论"的提出,人道主义、人性问题的讨论,都是在理论和创作实践层面对这一危机做出的反应。在电影上,苏联的革新显然走在前面。正如保加利亚的评论家指出的:"《第四十一》是对麻痹艺术的刻板公式,对于冷漠的大场面和虚假的纪念碑的第一个,同时也是尖锐的一个反拒。这些毛病是个人迷信在电影中鲜明而具有表征意义的表现";"《士兵之歌》以难以形容的感情力量解释出人性的崇高和温暖——苏联和苏联艺术中出现的新繁荣的主要特征。在生活和艺术中恢复人道主义是苏联青年电影工作者创作中的主要的哲学观念。"②

"张光年文章"点名批判的影片,除丘赫莱依执导的三部外,还有《雁南飞》《伊凡的童年》《一个人的遭遇》。与当时中国文艺界对这些影片的激烈拒绝相反,它们整体上得到热烈欢迎。苏联以及其他国家的

---

① 丘赫莱依:《我们的道路》,见《苏联电影文集》第三辑,中国电影工作者协会(内部出版),1963年,第61页。

② H. 米列夫:《〈晴朗的天空〉》,见《〈晴朗的天空〉专集》,中国电影工作者协会(内部出版),1963年,第171—178页。

## "修正主义"遇上"教条主义"——1963年的苏联电影批判

评论中,对它们的思想艺术也存在不同意见。如对《晴朗的天空》,不少评论指出它的"不均衡性",批评丘赫莱依试图表现"历史"而离开他擅长的细腻的细节刻画产生的失误;特别是采用冰河解冻、天空放晴的"幼稚的"、老一套的象征性手法来表现一个时代开端为许多人所诟病。但是,整体的赞赏有加却是事实,包括罗姆、尤特凯维奇、柯静采夫等老一辈导演。格·柯静采夫说:"整整一代的青年导演、剧作家和演员"的出现,改变了苏联电影的面貌,他们"从现实生活本身,而不是从……抽象概念中为自己的艺术找到了对象,而从抽象概念中寻找艺术对象,则是个人迷信的气氛造成的。一味追求专搞纪念碑式影片的倾向,使我国电影事业在战后年代蒙受了不小的损失。……赛璐珞的纪念碑是不坚固的,这些纪念碑本想流芳百世,可是只存在了几个星期。"[①]西方电影界对这些影片的反响更为热烈——"张光年文章"描述了这一状况:

> 描写红军女战士和白匪军官的恋爱悲剧的影片《第四十一个》,曾经由于"电影剧本的独创性,人道主义和高度的诗意"(导演丘赫莱依同时是这部影片的编剧顾问),在法国戛纳国际电影节上获得特别奖(一九五七年)。谴责反法西斯卫国战争破坏了苏联人民的个人幸福的影片《士兵之歌》,曾经获得全苏电影节最高奖——一等奖(一九六〇年)。作为这部影片的创作者,丘赫莱依获得了列宁奖金(一九六一年)。这部影片还曾经在捷克斯洛伐克劳动人民电影节上获

---

[①] 《苏联电影的人道主义》,原载《共产党人》1961年第18期,中译见《苏联电影文集》第一辑,中国电影工作者协会(内部出版),1963年。赛璐珞(celluloid),一种热塑性塑料的旧有名称,可用于制作电影胶片。格·柯静采夫(1905—1973),苏联电影导演,主要作品有《马克辛三部曲》《李尔王》《堂吉诃德》《哈姆雷特》等。

大奖,在戛纳电影节上获最佳选片奖和青年导演奖;在美国旧金山电影节上获大奖和最佳导演奖(以上均一九六〇年);并且获得了美国制片商赛尔兹尼设立的金桂奖(一九六二年)。谴责卫国战争和"个人迷信"破坏了个人幸福的影片《晴朗的天空》,曾经在莫斯科国际电影节上获大奖;在旧金山电影节上获最佳导演奖;在墨西哥电影节上获金像奖(以上均一九六一年)。①

由于只谈及丘赫莱依的作品,而没有谈到其他影片的获奖记录:《雁南飞》获 1958 年戛纳金棕榈奖;《伊凡的童年》获 1962 年威尼斯电影节金狮奖,1962 年旧金山电影节最佳导演奖。批判文章不厌其烦列举奖项,目的当然不是表彰,而是说明被敌对阵营青睐以坐实它们的"修正主义"本质。

在中国电影工作者协会编的资料中,收入波兰《电影消息》1960 年 11 月 6 日辑录的西方报刊对《士兵之歌》的短评,它们体现了西方影坛的普遍性反应:

> 法国《快报》:十分钟的欢呼和眼泪,这就是观众的反应。《士兵之歌》是苏联电影的又一个奇迹,这部作品的力量在于,其中的抒情味与质朴甚至抓住了最冷漠的人的心。
>
> 法国《晨报》:……[与《雁南飞》]具有同样的崇高而质朴的诗的语言。这仿佛是歌颂青春和爱情的赞歌……
>
> 意大利《国家报》:影片创作者丘赫莱依,无论是从观众意见或评委的意见中都得到了电影大师的称号。可以大胆地

---

① 下面引述"张光年文章"文字出处不再一一加注,均见于《文艺报》1963 年第 11 期。

## "修正主义"遇上"教条主义"——1963年的苏联电影批判

估计,这部影片是最高奖的主要竞争者。

西德《法兰克福评论报》:老实说,电影节正是在今天,在放映影片《士兵之歌》的时候,才真正开始的。①

上引评论提到的电影节,指1960年5月第13届戛纳国际电影节。与许多人的预期不符,金棕榈奖授予意大利费里尼的《甜蜜的生活》而不是《士兵之歌》;这也引发一些人的不满。②但丘赫莱依本人对此并不介意,他对费里尼的这部作品有很高评价。对于这届电影节,《人民日报》1960年5月21日刊发新华社发自戛纳的电讯,称这是"有史以来最污秽的一次电影节"③,列举的影片是美国的《宾赫传》《孽债》,英国的《儿子和情人》、法国的《和缓热情》,但没有提及费里尼的片子,也没有提及《士兵之歌》。

"新浪潮"的这组影片题材均涉及战争。《第四十一》据鲍里斯·拉

---

① 《〈士兵之歌〉专集之二》,中国电影工作者协会(内部出版),1963年,第233—234页。

② 关于《士兵之歌》在戛纳获奖,民主德国的电影评论家霍·尼克特兹施说:"几个星期之前,它曾在戛纳电影节上放映,《士兵之歌》受到一致的欢迎,虽然它得到舆论异口同声的称赞,但是只获得最佳青年片奖。我们不想与评选委员会争吵,也不愿意听从它;它的多数人由于政治原因不想作出另外的决定。然而我们不能不指出,这次电影节对这部影片的处理是不公正的。"(《"士兵之歌"——导演丘赫莱依的优秀影片》,原载《新德意志报》1960年6月12日,中译见《〈士兵之歌〉专集之二》,第167页)。越南L.发《电影与我们时代的人》也谈到这一情况,说"在卡罗维·发利,我曾听到许多西方代表的谈话,他们猛烈地攻击费里尼的影片。人们仍然感到惊讶,为什么评委会把理应属于《士兵之歌》的最高奖授给费里尼的《甜蜜的生活》。"(原载越南《电影》杂志1961年第1期,中译见《〈士兵之歌〉专集之二》,第177页)。

③ 《人民日报》1960年5月21日讯:《有史以来最污秽的一次电影节——丑态百出的第十三届戛纳电影节在法国举行》。

夫列尼约夫（1891—1959）1924年的同名小说改编，以苏联20年代初的国内战争为背景，20年代末苏联曾拍摄过无声黑白片。曹靖华早就将小说翻成中文，但似乎没有引起过有关阶级界限问题的争论。其他几部影片都和苏联卫国战争有关；《晴朗的天空》的故事也延伸到50年代。影片的创作动机，来源于那个时期苏联政治、观念发生的变革，但除了《晴朗的天空》外，没有直接触及、处理这些政治历史事件。这一情况发生的原因，或许是当时苏联的环境还不具备表达的宽松度，但也或许是艺术家更愿意遵循艺术个性的指引，寻找能有力驾驭的题材，以"个人"的角度来试图连结"历史"，赋予一般的历史活动以"个人的色调"。对于丘赫莱依而言，他的艺术表达"焦点"是通过人的心灵、情感的深处来与"时代"取得联系——这承接的也是俄国、苏联文学／电影中那个更有价值的传统。

## 不是孤立的现象

60年代初苏联和西方影坛对这些电影的评价，无疑受到冷战格局，受到苏联当局与资本主义世界和平共处、和平竞赛路线的影响和制约。不过，全部从这一角度来阐释这一现象并不妥当，这既不符合当年评论家角度各不相同的观点，也无法说明它们中一些影片超越"时代"的强旺生命力。前面提到的由中国电影工作者协会编印的这几部影片资料专集，收录当年苏联、其他社会主义国家和美、英、法、意大利、联邦德国、日本、印度等国的几十篇评论文章，除了越南的署名鸿章的文章持与"张光年文章"相似的批判性论点外，几乎都持正面的评价。

"张光年文章"指出，这些影片涉及范围广泛的政治、哲学、艺术的重大问题,批判将集中在"艺术作品如何反映战争与和平的问题上"。文章指出,影片热衷于表现卫国战争中的"阴暗面",后方的混乱,群众的"厌战"情绪;另外,高大、英雄主义人物从这些影片中消失了,这是对革命英雄主义的否定;最重要的是,它们模糊战争的性质,渲染个人利益与革命集体利益的"悲剧性冲突"。在这些作品中,"没有人格化的敌人,敌人就是战争",表现的是"人和战争的'伟大对立'"。文章引用了丘赫莱依 1962 年答记者问时评论塔可夫斯基(文中译为塔尔柯夫斯基)的话,"塔尔柯夫斯基仿佛告诉观众:瞧,这些年轻人……如果没有战争,他们本该彼此相爱,一切都会非常美好……"

文章对影片某些特征的描述没有错,这也是众多苏联和西方影评家指出的:"战争"(战场的场景,指挥部的决策……)在这些影片中没有正面展开,有时候只不过是故事背景或故事展开的契机;活动着的也确实是一些淳朴、善良、有各种弱点的普通人、普通士兵;过去苏联战争片中回避的个人幸福与战争的冲突,在这里得到一定程度的展现,战争中个体的苦难、悲剧性命运也在人道主义视野中获得关照……"张光年文章"也确切指出,这几部影片"不是一个偶然的、孤立的现象",在苏联这个时期的电影制作中带有普遍性。而且除电影外,小说等叙事文类也有相似的表现。肖洛霍夫的《一个人的遭遇》《他们为祖国而战》,西蒙诺夫的《生者与死者》《军人不是天生的》,巴克拉诺夫的《一寸土》等小说,以及写作理论上"战壕真实"概念的提出,都是这一潮流的组成部分。一个体现这种观念和方法演变轨迹的典型实例是,亚历山大·别克 1944 年写了表现莫斯科保卫战的小说《恐惧与无畏》(它在 40 年代中国根据地和解放区革命军队中,曾作为战术范例和战士品质培养"教科书"流传),相隔十六年之后的 1960 年,他又"续写"(或"重写")了这一战役。与当年回避失败、战争的死亡和悲剧不同,别克的"续作"《几天之间》触及"伟大而悲惨的岁月里发生的可怕现实的全部复杂性",而《恐惧与无畏》中的人道主义也在《几天之间》得到加强和放大。①

这一现象,也就是丘赫莱依说的"艺术的新概念"。"新概念"显示的是苏共二十大之后苏联文艺观念和创作上自我反省、自我调整的力量:让文艺朝着更加细致地描写复杂的生活,朝着更加丰富的现实主义,更加深刻的人道主义方向发展。

## 影片读法举例

今天回头阅读这些评论材料,让人感兴趣的可能是那种分裂的评价所依据的理念和解读方法。前面说到,"张光年文章"与当年大多数批评家的看法有很大的差异,解读方法也不同。基于为历史留痕的动机,下面选取几个重要问题来看它们的具体情况。

**问题1,责任与爱情**。《第四十一》中玛柳特卡和白卫军军官的爱情显然最受争议。"张光年文章"认为:游击队员玛柳特卡和被她押解的俘虏白卫军军官,遇到风暴漂流到没有人烟的荒岛。"于是,'人性'战胜了阶级性,他俩由敌人变成情人。蓝眼睛中尉'本应是玛柳特卡的死亡簿上的第四十一名,可是他却成为她的处女欢乐簿上的第一名了'……这就是说,如果没有十月革命和国内战争,这两个'人'本来是可以相亲相爱,可以得到幸福的。这样,影片不但严重地歪曲了生活,而且实际上诅咒了革命和革命战争的'不人道'。"

这个问题,1956年丘赫莱依向莫斯科电影厂提交拍摄申请时,艺

---

① 参见本书中的《〈恐惧与无畏〉的相关资料》。

术委员会就有过争论。反对者认为他们之间的爱情很难处理，模糊阶级界限，况且这样的题材"没有教育意义"。米哈伊尔·罗姆（30年代电影《列宁在十月》导演）回应说："好极了。要是每个人都爱上一个敌人，然后把他毙了，那该多好。"罗姆的话引起"一场哄堂大笑"。这种戏谑口吻，表示在他看来，这并非值得讨论和忧虑的。其实这是社会主义文艺经常遭遇的难题，丘赫莱依的回答有些含糊其词："在法国，许多新闻记者一定要我回答下面这个问题：义务和爱情。何者更为重要？这使我感到很惊奇，因为在这部影片里，我并没有存心提出这样的一个问题。人是由无数的思想和感情构成的，因此，他们寻找幸福的劲头是非常足的，爱情和义务就是这许多感情之一。"①

法国批评家则认为这个问题属于"幼稚的心理学"："责任和爱情的冲突在这里不是通过简单的政治判断、意志最后轻易地战胜热情那样来解决的。如果说革命的责任感终于在玛柳特卡身上占了上风，那也是以极为惨重的内心痛苦的代价换取来的。""有胆量的就是不要以义务的名义来否定幸福，应给予两者以适当的地位，必须战胜四十多年来否定个人的想法……是否真是需要苏联电影反映那么幼稚的心理学，才能使我们感到这个普通的共处包含着如此丰富的内容呢？"②

**问题 2，反英雄化。**"张光年文章"认为，在《士兵之歌》中，"同马特洛索夫式的英雄、青年近卫军式的英雄相对立"，创造了"阿廖沙式的英雄"。"这位英雄被敌人的坦克吓昏了。他在战场上抱头号啕起来。只是在缩头待毙的当儿，他恰好发现了别人丢弃在地上的反坦克枪……他从胆小鬼一变而成为'英雄'"，"这就使'英雄'的美名成为一个讽

---

① 丘赫莱依：《我们的道路》，见《苏联电影文集》第三辑，第36—37页。
② 克劳德·摩里亚克：《走向幸福》，原载法国《费加罗报》，中译见《〈第四十一〉专集》，第193页。

刺",是"同革命英雄主义唱反调"。

著名演员卓别林对这些镜头的感受完全不同:"这是一部动人的影片,充满人情味。特别是最初几个镜头——青年士兵因害怕而逃跑,坦克紧紧跟随——特别好,虽然这是绝对的不真实,但却是绝对的艺术。"①

苏联批评家达吉亚娜·巴切利斯认为,丘赫莱依表达了对"英雄"新的理解。坦克追赶、对峙,以及进入掩蔽部受到表彰的这些场面中,导演"有意去掉了功勋的一切矫揉造作、傲慢和庄严的外貌。英雄好像故意挤进了低矮的掩蔽部,他那困窘负疚的脸逗人又可笑地藏在一个大钢盔下面……导演温柔地轻轻地使这个英雄不能'像英雄那样站得笔直',不能站到与他建立的功勋相称的'地位'上"②。这里体现的哲学理念,类似于加缪在《鼠疫》中写的,假如一定要在这篇故事中树立一个英雄形象的话,他推荐那个有"一点好心""有点可笑的理想"的公务员格朗,这个义务参加防疫组织,一辈子真诚地为一篇浪漫故事的遣词造句呕心沥血,但写作始终处在开头位置的"无足轻重和甘居人后的人物"。加缪说,这个推荐"将使真理恢复其本来面目,使二加二等于四,把英雄主义正好置于追求幸福的高尚要求之后而绝不是之前的次要地位"。

安东尼奥·特兰巴多利(意大利《现代人》杂志主编)与加缪的意见相仿:诚实的普通人的行为也体现了重要的历史价值:"《士兵之歌》中的主人公这样的普通人,如果落在他们肩上的考验愈具有个人的、独特的性质,那么他们之间的互相关系的故事就愈具有政治意义"——他暗示,丘赫莱依可能是在衔接契诃夫的思考,《万尼亚舅舅》最后一幕索尼娅说"应该活下去!"

---

① 转引自苏联《电影艺术》1960年第1期,中译见《〈士兵之歌〉专集之二》,第236页。
② 达吉亚娜·巴切利斯:《幸福的现实性》,见《〈士兵之歌〉专集之二》,第106页。

……这些话既包含对于生活的充满忧伤的爱,又包含了对于毁坏生活的社会的充满痛苦的服从。丘赫莱依的几位主人公,似乎也在宣布:"应该活下去!"在他们的话中可以感受到对于生活的更强烈的爱,但是这里没有服从,我们看到的是一种新的感情,新的道德品质:克服困难的决心——不仅为了使人可以更好地满足个人生活上的需求,而且为了使他的创造力和才能有可能贡献给他生活于其中的新社会。①

**问题3,"革命战争忏悔录"。** "张光年文章"认为这些影片的"反战"是指向革命战争,是"革命战争的忏悔录":它们写到战争对个人生活、幸福、爱情的破坏,流露了伤痛的情感,是在"反复宣传了这样一种思想:无产阶级和革命人民被迫进行的革命战争,是同人民群众的个人幸福不相容的,革命的集体利益是同个人利益不相容的"。

不容许对因战争失去的亲人、朋友表达哀伤痛苦之情,严格审查哪怕最低程度的写到战争对个人幸福的破坏——这一批评逻辑当代文学亲历者不会陌生,在对路翎《洼地上的"战役"》(1954,侯金镜;1955,周扬)、宗璞《红豆》(1957,李希凡、姚文元)、刘真《英雄的乐章》(1960,王子野)的批判中已展开过。《英雄的乐章》的作者在庆祝"建国十周年"的胜利之日,撰文怀念她在解放战争牺牲的恋人,只因里面流露某些哀痛、惋惜情绪,出现这样的文字:"像咱们小的时候在一起,怎么会想到人世间会有那么深重的苦难?日本法西斯,用活埋、狗咬、刀砍,使多少个亲爱的笑容永远消失了,那些同志临死,有多少话要对这个星空世界诉说呀!但是,他们紧闭着嘴唇,一个字也没有吐露";

---

① 安东尼奥·特朗巴多利:《〈晴朗的天空〉》,原载《苏联银幕》1961年第17期,中译见《〈晴朗的天空〉专集》,第205页。

"你知道,'打仗'二字是用血写成的"——就被认为是"悲观绝望的哀歌",是"配合修正主义思潮对无产阶级文艺事业进攻的一支毒箭"。①

丘赫莱依创作动机其实与刘真相似,从战场上走过的人对逝去的同龄战友的怀念,"是关于活着的人在追忆牺牲者的时候的责任的思想;是关于胜利的代价的思想;以及关于我们应当如何战战兢兢地、神圣地保卫我们的事业、我们的土地的思想"②。况且,这些作品中的哀痛,丝毫没有淹没乐观主义的基调。

在影片的"反战"性质问题上,日本批评家佐佐木基一③的分析值得重视。《士兵之歌》等将士兵作为平凡的人来处理,写到战争的日常生活和悲惨的方面,"的确是具有反斯大林的要素,这是不容讳言的",但是它们仍然和"资本主义国家"的反战片"大大不同","和一般的反战思想是没联系的"。它们"把战争当作一个过程,在这里,基本上热烈地赞颂了以身殉国的人类优美情操和崇高的道德观念……可以说是以描写苏维埃类型、苏联人的性格为基础的"。五六十年代西方观众观看这些影片的感动,正是基于对"苏维埃型"的"精神未解体"的人的情操品质的动人展现:

---

① 批判文章及刘真的小说参见《蜜蜂》(河北文联文学刊物)1959年第24期,另有《文艺报》1960年第1期王子野《评刘真〈英雄的乐章〉》。

② A.卡拉干诺夫:《为了和平》,见《〈士兵之歌〉专集之二》,第97页。

③ 佐佐木基一(1914—1993),本名永井善次郎,日本文艺批评家。广岛县人,1938年毕业于东京帝国大学美学科,二战结束后,与荒正人、埴谷雄高、野间宏等创办《近代文学》杂志,从事文学、影像文化、前卫艺术等领域的批评,1965年后在大学任教。主要著作有《现实主义的探索》《昭和文学论》《现代作家论》《映像论》等。对于五六十年代电影新浪潮,他在《世界电影中的"解冻"》《怎样理解在广岛的爱情》《〈士兵之歌〉和新的苏联影片——战争与革命》等文中,阐述他对《第四十一》《广岛之恋》《士兵之歌》《雁南飞》等影片的看法。

## "修正主义"遇上"教条主义"——1963年的苏联电影批判

西欧的社会也罢,日本的社会也罢,充满了错综复杂的矛盾。青年们精神的支柱,丧失了道德的基础。我们究竟应该对什么表示忠诚呢?是对公共社会?对国家?对阶级?总之我们有义务对它竭尽忠诚的对象失掉了,解体了。然而看一看《士兵之歌》,影片主人公对于国家、市民的人道主义的忠诚,却很好地结合在一起了。认识了现代的矛盾,免于解体的人间形象,在这里有了强烈的显现。精神解体的人被精神未解体的人所吸引——诱惑,提供了对《士兵之歌》给以高度评价的着眼点。①

**问题4,"新浪潮"电影的阶级属性。**冷战时期,世界划分为两大对立阵营,文艺被分别指认它们的阶级属性。"张光年文章"(包括陈默的《银幕上的毒草——评格·丘赫莱依的三部影片》②)认为,苏联电影"新浪潮"作品已"蜕化"为资产阶级文艺,贯穿的思想意识是资产阶级思想意识,如果与西方的资产阶级文艺有什么不同的话,只是披上"马克思列宁主义"外衣。

但上述的佐佐木基一看法不同,虽然他不使用"阶级分析"的方法。按照他的理解,这些影片在战争、在个人命运等问题的处理上,在对"斯大林体制"造成的文艺教条主义的批判上,"是站在框框之内批判框框的东西",并没有越出"社会主义文艺"的构造逻辑。他在赞赏《士兵之歌》等的同时,也质疑它们描写"精神未解体的人"的"当代性"。他说,如果把世界当作各种纠缠在一起的矛盾来掌握,那么,"现

---

① 佐佐木基一:《〈士兵之歌〉和新的苏联影片——战争与革命》,原载1960年10月下旬日本《电影旬报》,中译见《〈士兵之歌〉专集之二》,第203—204页。

② 刊于《电影艺术》1963年第6期(12月出版)。

代艺术"必然促进样式、体裁上的解体,以探索从这种解体的综合中产生的"普遍人性"。而《士兵之歌》等表现的朴素的人道主义,"人物形象好像是解体以前的19世纪的人物"。创造"未解体的人物"和对"整体性"的追求,正是社会主义文艺性质的核心;从这个方面看,《士兵之歌》等确实是"框框之内"的优秀制作。

苏联评论家在这一点有更清楚的表述。在和意大利四五十年代新现实主义电影和美国60年代反叛的"垮掉派"写作比较之后说:"优秀的意大利影片保护遭受社会蹂躏,受到社会制度迫害、追逐的人……在罗西里尼的《罗马——不设防的城市》一片中,神父的基督徒式的慈善,非常合乎逻辑地,无可改变地会导致到枪决神父那样残酷的悲惨场面。……社会——这就是影片《偷自行车的人》,《罗马11时》的主人公们的明显的(尽管是不自觉的)敌人。……去年夏天,在巴黎,费里尼的《甜蜜的生活》和丘赫莱依的《士兵之歌》同时上映,也获得了同样的成就——要排长队,花高价才能买到票。这两部片子好像是用两个世界的名义在讲话:一个是痛苦又冷静地说——幸福是不可及的,另一个在说——幸福存在着,这并不是幻想,而是普通的现实。"这位批评家还说,"克鲁阿克〔凯鲁亚克〕和塞林格作品中年轻的主人公,没有快乐,有钱也买不到哪怕一秒钟的幸福"[①]——这个分析,显然和中国批评家的"垮掉的一代,何止美国有!"无法吻合[②]。

在60年代,西方和社会主义阵营(法国、奥地利,捷克斯洛伐克等)的部分左翼、共产党人艺术家,曾讨论社会主义艺术与"晚期资产阶级艺术"之间的沟通问题,他们试图拆掉社会主义艺术与一种"固然是资产阶级的、但实质是反资本主义的艺术"之间的栅栏。奥地利美学

---

① 达吉亚娜·巴切利斯:《幸福的现实性》,见《士兵之歌》专集之二,第109—110页。
② 黎之:《"垮掉的一代,何止美国有!"》,《文艺报》1963年第9期。

## "修正主义"遇上"教条主义"——1963年的苏联电影批判

家恩斯特·费歇尔①写道:

> ……栅栏开始打开了。这并不是说,社会主义艺术放弃它的社会主义内容,而是说,它正在谙通一切现代流派。故步自封、闭关自守是与它[指社会主义艺术——引者]的本质相违背的。社会主义艺术不怕竞赛……我们属于不同的社会制度,信仰着不同的理想和目标,但我们都生活在**一个世界**。这个世界既不能放弃苏联文学也不能放弃美国文学,既不能放弃俄罗斯音乐也不能放弃法兰西或奥地利音乐,既不能放弃日本电影也不能放弃意大利或英国或苏联电影,既不能放弃墨西哥画家也不能放弃亨利·摩尔,既不能放弃布莱希特也不能放弃奥凯西,既不能放弃夏伽尔也不能放弃毕加索。

他认为,社会制度斗争,政治的阶级斗争将继续下去,然而,"这方和那方的人们彼此不是进行无谓的空谈,而是通过他们的问题、他们的愿望和他们的目标进行互相了解——这已经成了艺术和文学的伟大职能之一了"②;"教条的马克思主义者"把人的思维、思想、感情、梦想、道德和美学观点简单化,把文学和艺术看成蜗牛的甲壳,每个社会阶级、每种社会制度背上都有自身的,属于这只蜗牛的甲壳。在他看来,

---

① 恩斯特·费歇尔(1899—1972),出生于今捷克波希米亚地区,在奥地利学习哲学并参加革命,曾担任奥地利共产党中央委员、政治局委员,文艺理论家、文学批评家。1969年因不能与奥共保持一致被开除党籍。著有《论艺术的必然性》等。

② 恩斯特·费歇尔:《上升与没落之间》,原载联邦德国《另一种报》,选自《时代精神和文学——艺术的束缚和自由》,中译见《现代文艺理论译丛》1964年第6期。黑体字为原文所有。

应该剥去这样的甲壳。①

但是，在 60 年代，苏联文艺界整体是拒绝诸如费歇尔（以及法国的加洛蒂）的这些主张的，官方和理论家都曾发表社论和撰写文章予以批驳。在这个时期的苏联艺术家看来，费歇尔们那才是真正的"修正主义"呢！

## 一再推延的自省

《第四十一》等影片在当代中国，也不是一开始就放在被批判的位置上，观众和批评家肯定也有多样的感受和评价，只是各种意见难以充分表达；批评家也不都在任何时候，任何情况下遇到人情、人性、个人幸福就那样惊恐，就杯弓蛇影般地神经质，做出这样简单的反应。当代优秀批评家不缺乏才情和艺术感受力。他们的逐渐走向僵化，与"艺术"逐渐脱离，一半是自觉，另一半（更大的一半）是时势的逼迫。

1957 年，中国文化代表团赴莫斯科商谈文化合作："在苏联文化部长同中方团长的谈话中，双方因对影片《第四十一个》的见解发生了争执。中方的批评家认为，这部影片鼓励了与阶级敌人之间的爱情，从而给青年人带来不好的影响……苏联文化部长米哈伊洛夫（Mikhailov）对中方人士解释说，女主人玛柳特卡（Maryuika）在政治上表现出含混不清的动摇妥协，原因在于普通劳动者还未接受过足够的马克思主义的

---

① 恩斯特·费歇尔：《艺术与思想的上层建筑》，原载英共理论刊物《今日的马克思主义》1964 年 2 月号，选自《艺术与共处》一书，中译见《现代文艺理论译丛》1964 年第 3 期。

教育和训练……"①这位部长的回应显然带有前面写到的罗姆式的调侃戏谑成分。尽管中方有这样的疑虑，影片还是引进了，并交上海电影译制片厂②配音译制。另外，《雁南飞》《一个人的遭遇》也都由上影厂译制配音，《士兵之歌》由长春电影制片厂翻译。《一个人的遭遇》还一度公演。在这些影片中，只有《晴朗的天空》中国没有正式译制。

很多年之后，为玛柳特卡配音的演员苏秀③回忆："这部影片的摄影非常富有感染力，荒漠中夕阳映衬下骆驼队的剪影，使人感到荒凉、凄惨，又有一种悲怆的美。在中尉讲故事那场戏里，旋律优美的音乐代替了台词，篝火的红光照耀着中尉……中间插进玛柳特卡一个个表情生动的大特写，令人心醉神迷。"她说："可惜这部影片虽已张贴了海报却终于未能上映。我们在译制过程中就听说，有人认为玛柳特卡爱上了一名白军，有损红军战士形象，尽管最后她打死了他，她也还是不可原谅的。"④

在50年代末到60年代初政治情势比较和缓的短暂时间，中国艺术家也拍了当时看来让人耳目一新的片子，例如《林家铺子》《早春二月》《舞台姐妹》……而就在写作《现代修正主义的艺术标本》一文的前两年，张光年还执笔撰写《文艺报》专论《题材问题》⑤——检讨的对象指向当代文艺教条主义的"题材决定论"。

---

① 白思鼎、李华珏编：《中国学习苏联（1949年至今）》，香港中文大学出版社，2019年，第503—504页。

② 在上海电影制片厂外译片组的基础上，1957年4月成立独立的上海电影译制片厂，有专门的译制片导演和配音演员。

③ 苏秀（1926— ），上海电影译制片厂导演，配音演员。主要配音作品有《第四十一》《孤星血泪》《印度之行》《警察与小偷》《望乡》《尼罗河上的惨案》等。

④ 参见苏秀：《我的配音生涯（增订版）》，上海译文出版社，2014年。

⑤ 刊于《文艺报》1961年第3期，以《文艺报》专论形式，未署作者名字。

1960年7月，周扬在第三次文代会上做了《我国社会主义文学艺术的道路》①的报告，其中重要部分是"驳资产阶级人性论"。报告不指名地批判把正义的战争描写得"阴森恐怖"，批判提倡"战壕里的真实"，表现战争与个人幸福的矛盾，说"这样的作品只能使人民对自己的力量和祖国的前途丧失信心，只能瓦解人民保卫祖国、保卫和平、反对帝国主义的斗志"。报告指出，"修正主义是世界工人运动的主要危险"，开展对修正主义思想的斗争，是中国文艺界的重要任务。

但是，一年之后，在1961年6月23日全国故事片创作会议上的发言，周扬的态度就不是那么决绝，立场发生了"后撤"。他说：

> 《达吉和她的父亲》②……应该说是好片子了，但是有缺点没有呢？有缺点。导演自己也说了，就是怕搞成人性论。关汉卿③革命化，达吉和她父亲不敢讲父女之情，这都是我在文代会上的报告产生了副作用，反对人性论的后果之一。……
>
> 人家批评我们的电影很保守，有许多新手法，中国电影界置若罔闻，我们是"古典派！""古典派"当然也可以，但也应了解人家什么新浪潮、现代主义……究竟有什么地方吸引人。④

随后，他在北京文艺工作座谈会的总结报告中，继续谈到这个问题：

---

① 刊于《文艺报》1960年第13、14期合刊，7月出版。
② 根据高缨小说改编的电影，王家乙导演，峨嵋电影制片厂1961年出品。
③ 指1960年拍摄的电影《关汉卿》，徐韬导演，马师曾、红线女等主演，上海海燕电影制片厂、广东珠江电影制片厂联合摄制。
④ 《周扬文集》第3集，人民文学出版社，1990年，第382—383页。

> 我们对修正主义、资产阶级文艺遗产和学术思想的批判问题，有讲得不全面的地方。批判"人性论"是对的，但发展到什么都是人性论、人道主义，就同我们讲得不清楚有关。……在批判修正主义和资产阶级遗产中出现的缺点和错误，我们有责任……特别是我个人有重大责任。①

自然，这个"后撤"也没有坚持多长时间，从1963年开始，自我反省、调整的微小火焰在"千万不要忘记阶级斗争"的全国整体战略下也熄灭了。从当代文学史看，从50年代开始到70年代，所有期望撬动"教条主义"坚固壁垒的大小不同的试探和努力，时间都持续不长就被挫败。文艺界展现的自我反省和调整的力量，在"内部框架"里进行的革新，要延迟到那个被称为"新时期"的时间（70年代末到80年代初），才得以有较大规模的开展。

原载《中国当代文学研究》2020年第3期

---

① 《周扬文集》第4集，人民文学出版社，1991年，第39—41页。

# 当代诗坛的两个"斯基"①

20世纪五六十年代,俄苏文艺在中国有很大影响,包括电影、戏剧、绘画、音乐,也包括小说、诗歌、报告文学等文学样式。就诗歌来说,"十七年"中翻译出版了不少普希金、莱蒙托夫、涅克拉索夫、舍甫琴科的作品,特别是普希金的各种诗集中译有二十余种之多。苏联时期的诗人,苏尔科夫、特瓦尔多夫斯基、施企巴乔夫、武尔贡等也有不少译介;而最为读者和诗人熟知的则是两个"斯基":马雅可夫斯基(1893—1930)和伊萨科夫斯基(1900—1973,也译为伊萨柯夫斯基)。后者的名声、文学史地位虽远不如前者,但读过他的诗、听过他的诗谱写的歌曲的也不少。他们对这个时期中国当代诗歌的观念和诗体形式,都曾经产生重要的影响。

## 伊萨科夫斯基诗的传播

米哈伊尔·伊萨科夫斯基生于俄国的斯摩棱斯克。1921年出版第一本诗集《沿着时代的阶梯》,此后陆续有《麦秸中的电线》《外省》

---

① 为吴思敬教授主持的《百年新诗学案》撰写的条目。

《离去之诗》《种田能手》等诗集出版。对中国读者而言，恐怕大多数都不知道这些诗集，记住的只是他的个别诗作的名字：《红莓花儿开》《喀秋莎》《有谁知道他》《灯光》……中国对他的诗的译介，可以追索到 40 年代：1944 年《新华日报》在刊登的戈宝权译的《伊萨科夫斯基诗抄》的同时，还刊登有苏联诗人苏尔科夫的《伊萨科夫斯基小论》（石怀池译）[①]。《诗创造》1948 年的"诗论专号"（第 12 辑）上，也有戈宝权译的伊萨科夫斯基自传和高尔基论这位诗人的文章[②]。

新中国成立后的 1949 年 12 月，《人民日报》刊登苏联评论家巴甫洛维支的文章推荐这位诗人的创作。文章中说，"在苏联国土上，诗人的歌无远弗届，甚至随红军，胜利地跨越了国境"；"诗人的诗，有许多都变成民歌，同时它们的基础和灵感的来源也就是民间歌谣"。文章拿他和叶赛宁比较，认为伊萨科夫斯基早期的诗具有叶赛宁的风韵："穿过牧场和沟壑 / 流着琥珀色的恬静的溪流，/ 斑驳的阳光在那里闪烁，/ 杨柳也投影在里头"（伊萨科夫斯基）；"琥珀色的云织成的锦带，/ 在森林上空飘起；/ 睡意朦胧的日午的静寂里，/ 松树在窃窃私语"（叶赛宁）。但巴甫洛维支认为它们其实是不同的："在叶诗中，修道院和教堂的尖塔是景色中必备的风物，还有'草樱把它们的香气送过草原'……而在伊诗中：一片微笑的光，/ 点亮了乡村学校的窗；/ 一只乌鸦昂然地走过池塘，/ 仿照着拖拉机司机的模样。"[③]

50 年代初，丁玲主持的文学讲习所是中国作协培养青年作家，提高他们的文化素养和写作能力的机构。在为学员编印的教学资料中，伊

---

[①] 《新华日报》（重庆）1944 年 8 月 28 日。

[②] 1948 年 6 月出版的《诗创造》第 12 辑"诗论专号"，这两部分的总标题为"关于伊萨柯夫斯基"。

[③] 巴甫洛维支：《论伊萨柯夫斯基底诗》，荒芜译，《人民日报》1949 年 12 月 11 日。

萨科夫斯基的有两种，一是《伊萨柯夫斯基的作品选》，黄药眠、蓝曼译，手刻油印本，文学讲习所自印于 1952 年，收入诗《谁知道他》（后译《有谁知道他》）、《卡秋莎》（后译《喀秋莎》）、《候鸟飞走了》《在故乡》等 30 余首。另一也是手刻油印的《关于伊萨柯夫斯基的生平及其著作的资料》，自印于 1954 年，有他的自传和苏联诗人苏尔科夫等的评论文章。可以看到讲习所对伊萨科夫斯基的重视，将他列入青年作家创作的学习、参照对象。

1952 年，中译的《伊萨柯夫斯基诗选》由人民文学出版社出版，这是中国第一本正式出版的他的诗选，文学理论家黄药眠翻译。《光明日报》《文汇报》等报刊，也陆续刊载文章介绍他的创作。诗之外，50 年代初还出版了他谈论诗歌创作的理论书籍。《论诗的"秘密"》是《文艺理论学习小译丛》的一种（第一辑之十），出版于 1952 年[①]，收入《论诗的"秘密"——答复来信》和《谈民间歌谣——致李季信》两文。李季是解放区运用民间诗歌资源取得成就的诗人，他以"怎样利用和提炼传统的民间形式"的问题求教于同样从民间诗歌获取营养的伊萨科夫斯基，伊氏的回复写于 1951 年 12 月 2 日。第二本是《谈诗的技巧》，孙玮译[②]，收入《谈苏联的歌曲》《怎样写歌》《谈诗的"秘密"》《谈诗的构思、诗的思想性》《给初学写诗的人的信》等多篇文章。这两本书都有很大的印数，《论诗的"秘密"》1952 到 1954 年累计印刷 2.9 万册，而《谈诗的技巧》1955 年 4 月到 1959 年 5 月 8 次印刷达 14 万册，可见它们在诗歌爱好者中的受欢迎程度。

1955 年，诗人袁水拍在《人民日报》撰文《怎样写诗——介绍伊萨

---

[①] 磊然译，新文艺出版社，1952 年。
[②] 作家出版社，1955 年；1959 年改为人民文学出版社，作者名由伊萨科夫斯基改为伊萨柯夫斯基。孙玮（1917—2014），本名孙绳武，河南省偃师人，出版家、文学翻译家，曾任人民文学出版社副总编辑。

柯夫斯基著〈谈诗的技巧〉》[①] 推荐这本书。袁水拍认为，它对于诗歌习作者有类乎"教科书"的价值。他说，许多向报刊投寄诗稿的作者，都对编辑部空洞、一般化的退稿信不满，在这个情况下，他推荐读《谈诗的技巧》这本书，说"作者是中国读者所熟悉和喜爱的苏联诗人"，从他那里我们能"学习一些关于诗歌创作的必要知识"。

伊萨科夫斯基的诗在50年代的中国流行，除了诗本身的特质外，重要原因还在于他的不少诗被谱写成歌曲（有的诗就是当歌词写的），而且还是电影的插曲。将他的许多诗谱为歌曲的有苏联著名作曲家玛·布朗介尔（1903—1990，《喀秋莎》谱曲）、米·杜纳耶夫斯基（1900—1955，《红莓花儿开》《从前你这样》谱曲）、弗·查哈罗夫（1901—1956，《有谁知道他》《雾啊，我的雾》《空旷的田野》《送别》谱曲）等。这些歌曲，有的是《库班的哥萨克》（《幸福的生活》）等影片的插曲——影片大多不再被记忆，但歌曲似乎还活在经历那个时代的一些人心中。

## "生活抒情诗"

伊萨科夫斯基的诗，与当代一种被称为"生活诗"（或"生活抒情诗"）的体式的确立有一定关系，至少是为这一体式的流行起到重要的支持作用。

自50年代初开始，诗歌界在规划未来的诗歌写作方向的时候，就要求诗和其他叙事形式一样，要表现、歌颂新的生活，新的世界，这推

---

[①] 刊于《人民日报》1955年5月14日。

动了"叙事"因素在抒情诗中的地位。1950年,袁水拍在一次笔谈中说到:"我们赞成诗歌主要是抒情的这种说法。此外,所谓诗歌中要有人、有事,也是重要的见解。民歌虽则短到只有两句,也还是大多数有人、有事的。"① 这是当时诗歌界许多人认可的观点。1956年,他在《诗选(1953.9—1955.12)》②的"序言"中再次提出,要重视诗歌中传来"城市、农村、工厂、矿山、边疆、海滨各个建设和战斗岗位上发出来的声音"。因重视表现生活情景,在当代不仅出现叙事诗写作的热潮,而且催生、繁荣了后来被诗论家称为"生活诗"的短诗体式③。抒情诗中有着某些叙事因素,写了具体的人、事件,或生活场景。

这个时期被推荐的伊萨科夫斯基(还有苏尔科夫)的创作和理论,正为这一诗歌主张提供可供实际运作的实例。上面提到的苏联评论家巴甫洛维支的文章中,引述了伊萨科夫斯基1931年的诗集序言的话,说"我努力提高并传播革命带给乡村的新的一切,而不牺牲我的艺术",这种目标要求新的艺术方法:除了诗的音乐性、歌唱性之外,"要使一首诗能够被人理解,被人把握得住,它就必须说出一个故事来。也许那是最简单的,最明显的故事,但一定得有一个"。袁水拍在推荐伊萨科夫斯基《谈诗的技巧》的文章中,也将这一点特别予以强调:

> 伊萨柯夫斯基认为一首诗或歌基本上应该有一定的、那怕是最简单的普通的情节,这情节有关于某一个人或某一群

---

① 《诗歌与传统的关系》,《文艺报》第1卷第12期,1950年3月10日。

② 人民文学出版社,1956年,为中国作协主持的诗歌年度选本。此后出版的有1956、1957、1958年度版。

③ 最早提出当代诗的"政治抒情诗"和"生活抒情诗"类型概念的是诗评家谢冕,参见他的论文《和新中国一起歌唱——建国三十年诗歌创作的简单回顾》(《文学评论》1979年第4期)和专著《共和国的星光》(春风文艺出版社,1983年)。

人的命运，这情节包含着一个重心，也就是作者所要传达给读者的"消息"或主题思想。让我们想一想那些即使每首只有二十来个字的抒情诗吧，例如"床前明月光……"，又如"六盘山上高峰……"，其中也有人物、情节、一定的环境、时间，丝毫也不含糊。它们所刻画的人物的精神状态是深刻有力的，主题思想是鲜明突出的。

一种带有"人物""情节"的抒情短诗，将事象提炼使之单纯化，具有明朗、歌唱性风格，这种伊萨科夫斯基式的体式在当代前三十年的诗歌创作中蔚为壮观。只要浏览这个时期闻捷、李季、公刘、白桦、李瑛、顾工、雁翼、未央、沙白等的诗，就能了解这一点。对于这一诗体的确立，伊萨科夫斯基的确助了一臂之力。无怪乎何其芳在评论闻捷的《天山牧歌》的时候，在肯定他的成就的同时，也说《吐鲁番情歌》在写法上，"和伊萨可夫斯基写苏联青年男女们的爱情的短诗有些相似"了①。

## 马雅可夫斯基译介热潮

比起伊萨科夫斯基来，马雅可夫斯基在中国诗坛的地位当然重要得多。中国报刊最早介绍这位诗人，是1921年《东方杂志》第十八卷第十一号上化鲁（胡愈之）的《俄国的自由诗》，从30年代起，就被中国左翼文学界奉为革命诗歌／诗人的榜样。郭沫若1945年应邀访苏期间，

---

① 何其芳：《诗歌欣赏》，作家出版社，1962年，第103页。收入《何其芳文集》时，这一段去掉伊萨科夫斯基名字，改为"外国诗人"，见《何其芳文集》第5卷，人民文学出版社，1983年，第464页。

特地参观马雅可夫斯基纪念馆,题诗说中国人"早知道你的名字",赞美他是"进攻阶级的伟大的儿子","你的声音/好像风暴/飞过了中央亚细亚,/任何的/山岳、沙漠、海洋/都阻挡不了你!"① 不过,虽然名声显赫,但"现代"时期他的作品中译专集,其实只有《呐喊》②和《我自己》③两部。他的诗的中译出版热潮,是在五六十年代。

从 1949 年到 60 年代初,《人民日报》《光明日报》《文汇报》《大公报》《人民文学》《译文》(《世界文学》)、《文艺学习》等报刊,刊登了大量马雅可夫斯基的诗,和评论这位诗人的文章。1953 年 7 月纪念马雅可夫斯基诞生 60 周年,各地除召开纪念会、讨论会之外,撰写纪念文章的作家、诗人多达 20 余位,连《新体育》杂志也刊发《马雅柯夫斯基关于体育的诗篇》。何其芳在纪念文章里说,马雅可夫斯基的诗"早就对中国的年轻的革命诗歌发生了显著的影响。我们爱好过多种多样的诗歌;但在现代的诗人中,最能激动我们的不是别人,正是马雅可夫斯基"④。他被中国当代诗人称为"热爱的同志和导师",他的诗是"插在路上的箭头和旗帜"。⑤ 50 年代初到 60 年代前半期,以及"文革"后的 70 年代末,报刊发表的中国作家、学者评论这位诗人的文章总数有近 300

---

① 据 1982 年版《中国大百科全书·外国文学 I》第 670 页的手稿复印件。此诗收入《沫若文集》第九卷(人民文学出版社,1959 年)中的《洪波曲·苏联日记》时,文字和分行均有改动。

② 万湜思(姚思铨)译,书名取自马雅可夫斯基长诗名字(该诗后来通译为《放开喉咙歌唱》)。Motor 出版社(上海),1937 年。

③ 庄寿慈(1913—1971)译,时代出版社(上海),1949 年。

④ 何其芳:《马雅可夫斯基和我们——纪念马雅可夫斯基诞生六十周年》,《人民日报》1953 年 7 月 19 日。

⑤ 田间:《新时代的主人——纪念马雅柯夫斯基诞生六十周年》,《文艺报》1953 年 7 月 15 日。

篇，翻译的外国作家、学者（主要是苏联）的评论近百篇。文章之外，不少中国诗人还写了"献诗"；撰文作诗者几乎涵盖当年的著名诗人、翻译家——郭沫若、戈宝权、胡风、萧三、艾青、巴人、曹靖华、刘白羽、严辰、徐迟、田间、张铁弦、赵瑞蕻、鲁藜、夏衍、林林、蔡其矫、何其芳、袁水拍、力扬、孙犁、余振、刘绶松、方纪、臧克家、靳以、安旗、李季、李瑛、程光锐、陈守成、岳凤麟、赵朴初、林陵、金近、圣野、陈山、邹荻帆、汪飞白、戈壁舟、李学鳌、韩笑、王亚平……此外，没有任何一位外国诗人能获得如此殊荣，这真的可以使用"蔚为奇观"这个成语了。

就作品的中译出版而言，从1950年到1966年，中译马雅可夫斯基诗集不下三十五六种。除选集外，还有《一亿五千万》《好！》《列宁》等长诗单行本，和《给青年》《给孩子的诗》等专题诗集。其中，出版频率最高的是《好！》和《列宁》两部长诗的单行本，《好！》有余振、飞白译的5种，《列宁》有赵瑞蕻、余振、黎新、飞白等译的10种①。《列宁》（余振译）1953年7月由人民文学出版社出版，到1955年4月不到两年间，印刷7次达7.6万册②。在这期间，人文社开始筹划多卷本的选集的出版。据当年参加者说，"这一计划的规模之宏大，除苏联本国以外，是任何其他国家所没有的"③。从1957年出版第一卷到1961年出

---

① 这里的余振译本和黎新译本其实是同一译本。因为余振在反右运动中受到批判，余振一本重版时译者名字改为黎新。人民文学出版社的《马雅可夫斯基选集》五卷本，第一卷因出版时间较早，余振翻译作品仍署这个笔名。到了出版第三卷，其中收入他翻译的《一亿五千万》《好！》《列宁》，译者都改为黎新。第五卷收入理论、散文作品时，因为他的右派"帽子"已摘掉，他翻译的部分又改为余振。另外，选集中译者"孟星"也是余振。

② 《马雅可夫斯基长诗〈好！〉出版》，《人民日报》1955年4月20日。

③ 魏荒弩：《读新版〈马雅可夫斯基选集〉》，《翻译通讯》1985年第6卷第4期。

第五卷。五卷本的选集是当年的一项重要"工程"[1]，采取集体合作的方式，参加的译者多达二三十人，包括萧三、戈宝权、余振、张铁弦、丘琴、朱维之、庄寿慈、王智量、乌兰汗、任溶溶、卢永、岳凤麟、魏荒弩等，也有当年北京大学俄语系学生参加。这个多达2500余页的五卷选本，"虽然已经初具规模，但就整体而言则略嫌粗糙"，1980年决定修订再版，改出四卷集，"并请余振领衔主编。这次的修改校订，所根据的俄文全集是1959年版，这是苏联过去出版的全集中版本最完善的一种。这次除对其中选题有所删汰外，并对所有译文重新详加校订"。[2]

## 当代的马雅可夫斯基形象

马雅可夫斯基生前在苏联就声名大噪，在文学界和公众中都有很大影响。但对他的评价也存在许多争议，而他的性格、作品，也有多面的复杂、丰富性。[3] 列宁在世的时候，对马雅可夫斯基的诗并无好感，而1934年全苏第一次作家代表大会布哈林的报告中，并未特别重视马雅可夫斯基，他推举的是帕斯捷尔纳克，称他为"文学巨匠"。

1931年，也就是诗人自杀后的第二年，担任过苏维埃教育人民委

---

[1] 第1卷为《我自己》和1912—1925年的短诗，第2卷1925—1930年的短诗，第3卷长诗，第4卷剧本，第5卷是论文、讲演、特写。80年代，这个选本经重新修订，人民文学出版社出版新的4卷本。

[2] 魏荒弩：《读新版〈马雅可夫斯基选集〉》。文中提到的13卷俄文全集实际上是1955—1961年出齐。

[3] 参见本书《死亡与重生？——当代中国的马雅可夫斯基》。

员的卢那察尔斯基做了《革新家马雅可夫斯基》①的演讲，谈到他性格和创作的复杂性，他结束自己生命的原因。他说，金属的马雅可夫斯基之外还存在一个他的影子，他的"同貌人"；他的"反照出整个世界的金属铠甲里面跳动着的那颗心不仅热烈，不仅温柔，而且也脆弱容易受伤"；而金属的马雅可夫斯基其实"很害怕这个同貌人"，"害怕这个柔和的、极其亲切的、非常富于同情心以至近乎病态的马雅可夫斯基"②：他极力设法摒弃他，但是没能做到；这个"同貌人"是他的"加害者"：他"咬掉了他身上的肉，咬成一个个大窟窿"，而金属的马雅可夫斯基"不愿满身窟窿地在海洋上航行，——倒不如趁年富力强的时候结束生命"。同时代人的茨维塔耶娃也讨论过这一性格、处境的冲突：作为"人"和作为"诗人"之间的"分裂"。"作为人的马雅可夫斯基，连续十二年一直在扼杀潜在于自身、作为诗人的马雅可夫斯基，第十三个年头诗人站起身来杀死了那个人。他的自杀延续了十二年，仿佛发生了两次自杀，在这种情况下，两次——都不是自杀，因为，头一次——是功勋，第二次——是节日。"马雅可夫斯基"像人一样活着，像诗人一样死去"③。

不过，这个复杂、多个相貌的马雅可夫斯基，显然不适合充当无产

---

① 中译见卢那察尔斯基：《论文学》，蒋路译，人民文学出版社，1978年，第389—411页。《论文学》中此篇开头有这样的注释："本篇是一九三一年四月十四日作者在共产主义学院马雅可夫斯基纪念晚会上的发言的速记记录，初次发表于同年第五、六期《文学和艺术》杂志。"

② 为了说明这个观点，卢那察尔斯基举了马雅可夫斯基1918年的诗《对马的好态度》：他走过去，"看见／大颗大颗的眼泪／从马脸上滚下／隐没在毛里……／一种动物／所共有的悲郁／从我心中潺潺流泻出来，／溶化成喃喃的细语"（这里的引诗据《论文学》的译文）。

③ 茨维塔耶娃：《良心关照下的艺术》，转引自谷羽《茨维塔耶娃心目中的马雅可夫斯基》，《诗选刊》2016年第4期。

阶级革命诗人的精神领袖，作为一个榜样、典范，需要进行某些改造、净化。这一过程发生于1935年，斯大林做出"马雅可夫斯基过去是，现在仍然是我们苏维埃时代最优秀、最有才华的诗人"的批示之后，《真理报》《文学报》就掀起了宣扬也规范马雅可夫斯基形象的热潮。苏联中央执行委员会（1922年到1938年苏联苏维埃代表大会的常设机构）立刻决议出版马雅可夫斯基12卷全集[①]，随后，在原先诗人寓所建立纪念馆，将莫斯科凯旋广场更名马雅可夫斯基广场。在苏联，围绕马雅可夫斯基的不同声音消失了。他获得了生前意想不到的荣耀——这荣耀部分是他应得的，但也给他带来损害和悲哀（假如他还能够感知）。埃尔莎·特里奥莱认为，马雅可夫斯基是个有着异乎寻常的生命的弹力的人，他不会"固定在一个'运动'之中"[②]。但"榜样"就意味着被简化、修剪，按照秩序重新排列，将他固定在一个位置上。他因此失去"生命的弹力"。帕斯捷尔纳克说这是"第二次死亡"。

中国文学界，尤其是当代文学界和读者，了解、接受的是经由苏联"固定"、作为"样板"的马雅可夫斯基。"无论是诗，还是歌，都是炸弹和旗帜"是他唯一的诗学观念，也成为中国当代诗人对他的全部认识。出现在我们面前的是一个配合政治运动，及时回应国内外重大事件，歌颂新的社会制度和领袖，没有被任何"个人主义"沾染的马雅可夫斯基，一个将一切献给无产阶级事业，进击的、处理宏大题材、热衷于历史概括、"如同燃烧的火焰"的公民诗人的马雅可夫斯基。

---

① 全集12卷1939—1947年由莫斯科国家文学出版社出版，1955—1961年该出版社又出版13卷的全集。

② 霭尔莎·特丽沃蕾：《马雅可夫斯基小传》，罗大冈译，上海文艺联合出版社，1954年，第30页。霭尔莎·特丽沃蕾，现在的标准译法是埃尔莎·特里奥莱。

当代诗坛的两个"斯基"

## "政治抒情诗"的文化资源

从题材、视角、诗歌语言等方面看,50—70年代大部分大陆诗歌都可以称为"政治诗"。但是,作为一种诗歌"体式"(或特定诗型)的"政治抒情诗"[①],却是在50年代末得以确立,并在60年代达到全盛的状态。作为体式的"政治抒情诗"的涌现,与当代主导性的诗歌观念,与社会、文化生活的泛政治化趋向相关。它的艺术渊源,来自新诗中具有浪漫风格的,崇尚力、宏伟一脉的自由诗,包括30年代的"左联"诗歌,和抗战时期的鼓动性作品,而西方浪漫派诗歌的影响也是重要因素。除此之外,当代"政治抒情诗"的确立,应该与马雅可夫斯基的艺术遗产的接受有最直接的关联。只要看50年代前期的那些具有典型形态的作品,如石方禹的《和平的最强音》(1950)[②],这首长达近千行的长诗,在体式上完全是对马雅可夫斯基的模仿。此后,1955—1956年郭小川以《致青年公民》为总题的组诗(包括《把家乡建设成天堂》《闪耀吧,青春的火光》《投入火热的斗争》《向困难进军》等7首),贺敬

---

[①] 徐迟在《〈祖国颂〉序》中,似乎最早使用这一概念。他说,"热情澎湃的政治抒情诗,可以说是我们的诗歌中一个崭新的形式",它"最鲜明、最充分地抒发了人民之情"(见《祖国颂》,诗刊社编,中国青年出版社,1959年,第3页)。50年代中期,他在评论郭小川的《致青年公民》时,就对这种诗体的基本形态有过粗略的勾勒,说这些诗"实际上是抽象的思维,抽象的概念,但用了形象化的语言来传达"(《谈郭小川的几首诗》,见《诗与生活》,北京出版社,1959年,第89页)。

[②] 石方禹,祖籍福建,1925年生于印度尼西亚爪哇三宝垄。1946年就读北平燕京大学新闻系。50年代起历任报社记者、电影制片厂编辑、编剧、副厂长,广播电影电视部电影局局长等。著有抒情长诗《和平的最强音》,电影剧本《天罗地网》《小足球队》(合作)等。《和平的最强音》刊于《人民文学》1950年第11期。

之的 1600 多行的《放声歌唱》(1956)，和他 1959 年的《十月颂歌》等，都明显看到马雅可夫斯基的思想艺术"痕迹"。到 60 年代，大部分知名诗人都参与到"政治抒情诗"的写作之中，如闻捷、李瑛、严阵、阮章竞、张志民、韩笑、沙白等，马雅可夫斯基是他们借鉴的重要对象。"文革"期间的"红卫兵战歌"[①]，郭小川、张永枚等这个时期的作品，集体写作的《理想之歌》[②]……以及"新时期"贺敬之、张学梦、叶文福、骆耕野、曲有源、熊召政等的创作——所有这些艺术成就高低互见的作品，都不同程度享用着马雅可夫斯基的诗歌"遗产"。

这一诗歌"遗产"的要点是：

写作主体的"阶级代言人"身份意识，"直接参加到事变斗争中去"，贴近"时代"的主题，"和自己的阶级在一切战线上一齐行动"的姿态；

"社会订货"的取材方式，与政治事件和现实问题关联的直接性；

"像炸弹、像火焰、像洪水、像钢铁般的"诗歌音调；

观念演绎、展开的结构方式，和支持观念的"公共性"象征意象"体系"；

……

马雅可夫斯基在中国的热潮是在"当代"的五六十年代。"文革"结束之后，诗歌界试图召唤他的重临，1980 年 4 月，全国苏联文学研究会等在武汉召开马雅可夫斯基讨论会，有作家、诗人和苏联诗歌研究者、翻译家徐迟、曾卓、骆文、刘湛秋、戈宝权、陈冰夷、余振、高莽（乌兰汗）、汪飞白、丘琴、汤毓强、岳凤麟、王智量、熊召政等近 70 人参加。会议重申马雅可夫斯基的诗歌意义，试图在新的历史时期激活这

---

[①] 参见首都大专院校红代会《红卫兵文艺》编辑部编印：《写在火红的战旗上——红卫兵诗选》，1968 年；刘福春、岩佐昌暲编《红卫兵诗选》，日本福冈，中国书店，2002 年。

[②] 王恩宇、韩明等：《理想之歌》，人民文学出版社，1974 年。

一无产阶级诗歌资源的生命力,继续承接"马雅可夫斯基的革命传统",让他的诗继续"鼓舞我们前进"①。

但是,"召回"的这一热望难以阻挡他在读者和诗歌界的淡出。在一个对"革命"反思,以至"告别"逐渐成为主流思潮的时代,马雅可夫斯基的这一命运几乎是必然的。在苏联,对他的评价已经发生很大变化,在中国也是如此。从诗歌史和读者的角度说,则是禁锢解除之后终于获悉,20世纪的俄罗斯诗歌,马雅可夫斯基并非唯一,而且也不一定就是"最高"的;同时代人还有勃洛克、阿赫玛托娃、帕斯捷尔纳克、曼德尔施塔姆、茨维塔耶娃……当然,评价上的这一变化,也是"偶像化"留下的后遗症。有论者抱怨,1993年马雅可夫斯基百周年诞辰在苏联的纪念活动,规模不大,显得冷清,没有往常纪念会少先队列队鼓乐献花,报刊也没有了大量颂扬文章……"这与前几年马雅可夫斯基的同时代人阿赫玛托娃、帕斯捷尔纳克、曼德尔什塔姆、茨维塔耶娃等的百年诞辰的纪念活动的热闹景象形成强烈的对照"②。这在中国情况也相似。对文学史经常发生的这类现象,有学者引用英国作家卡内蒂的话来解释:"只看见过一次的东西不曾存在,天天看见的东西不再存在。"③马雅可夫斯基在很长一段时间里"天天看见",而阿赫玛托娃们已经被冤枉、埋没了半个多世纪。

但马雅可夫斯基毕竟是20世纪重要甚或是伟大的诗人,他并未真的消失、死亡,大抵是回到比较正常的状态、位置:显赫的地位不再复

---

① 这次讨论会的主要论文收入《马雅可夫斯基研究》一书,武汉大学1980年8月出版,贺敬之题写书名。

② 张捷:《"我希望为我的国家所理解……"——从马雅可夫斯基百岁诞辰纪念活动谈起》,《世界文学》1994年第2期。

③ 参见丁雄飞:《黄子平再谈"二十世纪中国文学"》,《东方早报·上海书评》2012年9月23日。

现,不再不可"侵犯",对他提出异议也不再是"犯罪"。他的诗集在中国仍在出版,已经不是那么频繁①;纪念活动、研讨会也召开,不会有很隆重的规模;不断有评论、研究文章发表,评价显然大不如以前。也有诗人继续从他那里获取关注世界重大事变的力量,从他那里获取诗歌革新的探索的活力。

原载《南方文坛》2020 年第 5 期

---

① 从 70 年代末到 21 世纪,马雅可夫斯基的作品中译本在中国出版的情况是:1977 年、2002 年人民文学出版社《列宁》长诗单行本(飞白译),80 年代人民文学出版社四卷本《马雅可夫斯基选集》,上海译文出版社三卷本《马雅可夫斯基诗选》(飞白译),1998 年人民文学出版社《马雅可夫斯基诗选》(卢永编选),2010 年北岳出版社《马雅可夫斯基诗歌精选》(余振译)。另外,不少诗歌选本选入他的作品,如王智量的《德俄四家诗选》(华东师范大学出版社,2013 年)。

# "透明的还是污浊的?"
## ——当代文学与南斯拉夫文学

20世纪50—70年代,中国与社会主义阵营国家的文学关系中,南斯拉夫的地位自然无法和苏联相比,在文化交流和作品译介上,也远不及其他社会主义国家,如波兰、捷克斯洛伐克、罗马尼亚、匈牙利等。南斯拉夫看起来虽然是很次要的"配角",却有它的特殊性。也就是说,在中、南两国的文学关系中,出现了一些特殊的现象,也提出一些独特的问题。这里将提取几个关键性事件,来观察两国文学的交往过程,并讨论这一过程中提出的文学问题。

## 1957年前后出版的几个译本

1949年到1977年的近30年,中国出版的南斯拉夫文学译本(不包括内部发行供批判的出版物)只有寥寥几种,它们是:

- 《普列舍伦诗选》,人民文学出版社1956年12月版;
- 参卡尔《老管家耶尔奈》(小说),人民文学出版社1957年4月版;

- 《南斯拉夫短篇小说集》，作家出版社 1957 年 5 月版；
- 塞多米尔·敏笛罗维奇《云层笼罩着塔拉》（小说），作家出版社 1957 年 10 月版；
- 伊沃·沃伊诺维奇《暴风雨》（剧本），人民文学出版社 1957 年 8 月版；
- 纽西奇《大臣夫人》（剧本），中国戏剧出版社 1958 年 2 月版。

从这个书单可以看到，相对东欧其他国家，除数量少之外，出版时间也集中在 1957 年前后的一年多里。这并不纯然是文化传统与艺术质量方面的考虑，这一情况还要从中国与南斯拉夫党和国家的关系，从国际共产主义运动的情形去寻找解释。二战后，南斯拉夫在铁托领导下成立了联邦共和国，在冷战格局下虽然也属于社会主义阵营，但铁托不愿受到斯大林的控制，内部实行"自治社会主义"制度，对外逐渐采取不结盟的外交政策，导致 1948 年被开除出共产党和工人党情报局①。1949 年 4 月，情报局机关刊物《争取持久和平，争取人民民主！》宣称，南斯拉夫已经转入"帝国主义阵营"，也就是说，新中国成立的时候，南斯拉夫的党和国家已被宣布为"帝国主义的别动队"（《争取持久和平，争取人民民主！》的用语）。尽管南斯拉夫在 1949 年 10 月 5 日就宣布承

---

① 苏联、南斯拉夫、波兰、罗马尼亚、保加利亚、匈牙利、捷克斯洛伐克、法国、意大利 9 国的共产党和工人党代表 1947 年 9 月 22—27 日在波兰举行情报局成立会议，情报局总部设在南斯拉夫的贝尔格莱德，机关刊物为《争取持久和平，争取人民民主！》。1948 年 6 月 19—29 日，总部迁往罗马尼亚的布加勒斯特，并在布加勒斯特召开的第三次会议上通过《情报局关于南斯拉夫共产党情况的决议》，指责南共"在内政、外交的基本问题上，执行了一种不正确的路线，一种脱离马克思—列宁主义的路线"（《共产党情报局会议文件集》，人民出版社，1954 年，第 40 页），将南斯拉夫统一工人党开除。苏共二十大后，情报局 1956 年 4 月宣布结束活动，《争取持久和平，争取人民民主！》也停止出版。

认刚成立几天的中国政府,并多次提议建立外交关系,鉴于铁托在社会主义阵营中的处境,中国一直没有给予响应。由于两党、两国的这一关系,在文学严格从属于政治的环境下,两国的文化交往自然不可能有正常的开展。

1953年斯大林死后苏南关系发生变化。基于"非斯大林化"策略的需要,1955年赫鲁晓夫访问南斯拉夫,对苏南此前的交恶"表示诚挚的遗憾"。铁托也为了证明走"自己"的"社会主义道路"的正当性,合谋、推动了两党、两国的妥协、和解。在这样的氛围下,1955年中国和南斯拉夫建立了外交关系。1956年苏共二十大后情报局解散,铁托访问苏联,签订的《苏南两党之间的关系的宣言》称,"社会主义发展的多样形式有助于社会主义的加强"[1],承认南斯拉夫选择自己道路的合法性。

但是这个并非蜜月的"蜜月期"十分短暂。1956年6月之后发生了波兰波兹南事件和匈牙利十月事件,苏联出兵匈牙利进行军事干涉。南斯拉夫在这些事件上采取不同的态度,和苏联的关系转趋紧张。1957年11月,苏联邀请64个国家的共产党和工人党齐集莫斯科庆祝十月革命40周年,南斯拉夫拒绝在12个执政党的特别宣言上签字——该宣言宣布修正主义是主要危险,强调苏联在国际共运中的领导地位。1958年4月南共联盟第七次代表大会通过新的《南斯拉夫共产主义者联盟纲领草案》[2],全面阐述了带有"异端"性质的"人道主义社会主义"的理论和政策,南斯拉夫与苏联、与社会主义其他国家的关系再度破裂。

上面说了这么多不关文学的"政治",也是迫不得已。正如曾任南斯拉夫作家协会主席的约西普·维德马尔(下面还要提到他)说的,在

---

[1]《新华社新闻稿》,1956年6月22日第2207期,第36页。
[2]《南斯拉夫共产主义者联盟纲领草案》,世界知识出版社,1958年。

南斯拉夫（同样，在中国、苏联），谈文学无法离开政治。文学就是一种"政治事业"。他说，不论我们的文学工作同政治工作有多么不同，"闭目不见政治事实的重要性就会太局限和舒服了"。他还援引克罗地亚作家，1958年接任他担任南斯拉夫作协主席的米洛斯拉夫·克尔累日的话："人，新时代的人的命运是政治，由于命运在本质上是人的问题，因而政治显然也属于文学所关心的问题。"① 上面这些有关"政治"背景的文字，目的只是简单的一个：解释为什么在当代中国，南斯拉夫文学译本这么少，而甚少的译本又为何集中出版在1957年前后的一年多里。

## 刘白羽的批判和维德马尔的回应

1958年，中苏和其他社会主义国家对南斯拉夫修正主义的批判全面展开。1958年5月中共八大二次会议通过的《关于在莫斯科举行的各国共产党和工人党代表会议的决议》，称莫斯科通过的两个宣言"得到了全世界共产主义政党的欢迎和拥护"，只有南斯拉夫共产主义者联盟不但对宣言表示反对，"而且在它的第七次代表会议上通过了一个反马克思列宁主义的、彻头彻尾的修正主义纲领，来同莫斯科会议的宣言对抗"，指出反对现代修正主义、保卫马克思列宁主义的基本原则，是当前国际共产主义运动的一个重要任务。② 5月到6月的《人民日报》为

---

① 《维德马尔在南斯拉夫第五次作家代表大会上的报告》，原载南斯拉夫《解放报》1958年11月26日，中译见内部刊物《世界文学参考资料》1959年第1期，《世界文学》编辑部编，石继成、郭玉琨译。

② 《批判南斯拉夫修正主义文集》（第一集），人民出版社，1958年，第1页。

此连续刊登两篇社论和两篇评论员文章,《红旗》杂志等报刊也发表了陈伯达、康生、王稼祥等领导人的批判文章。①

文艺方面最早撰写批判文章的是刘白羽,他的《透明的还是污浊的?——评南斯拉夫修正主义的文艺纲领》,刊登于 6 月出版的《文艺报》②。文章除总括性分析外,指名批判的具体对象有南共领导人、理论家卡德尔③,和上面提到的斯洛文尼亚作家维德马尔(刘白羽文中称魏德马尔)。刘白羽当时担任中国作协副主席、书记处书记,维德马尔则是南斯拉夫作家联合会主席,他们之间的争论,其意义就不限于个人的观点。刘白羽引了卡德尔 1954 年一次讲话说到的南共文艺政策,他说,我们共产党人"不断地为争取无剥削的社会,创造社会主义的人而斗争",

---

① 《人民日报》1958 年 5 月到 6 月,发表了《现代修正主义必须批判》《对现代修正主义必须斗争到底》的社论,和两篇署"本报评论员"的批判文章。党和国家领导人的批判文章有:陈伯达《南斯拉夫修正主义是帝国主义政策的产物》(《红旗》1958 年第 1 期)、《美帝国主义在南斯拉夫的赌注》(《红旗》1958 年第 2 期)、康生《南斯拉夫的修正主义恰恰适合美帝国主义者的需要》(《人民日报》1958 年 6 月 14 日)、王稼祥《驳斥现代修正主义反动的国家论》(《红旗》1958 年第 2 期)。

② 刊于《文艺报》1958 年第 12 期。收入《批判南斯拉夫修正主义文集》第一集(人民出版社,1958 年)和《社会主义现实主义论文集》第二集(上海文艺出版社,1959 年)。对《日记片断》和南斯拉夫修正主义文艺思想的批判,中国学者发表的文章还有:罗荪《"把凯撒的还给凯撒"——评南斯拉夫维德马尔的〈日记片断〉》(《文学研究》1958 年第 4 期);吕元明《特洛伊木马计的文学——评南斯拉夫修正主义的文学》(《东北师大学报》1959 年第 4 期)等。苏联学者的批判文章有里夫希茨《谈维德马尔的"日记片断"》(丹青译,《保卫社会主义现实主义》第二辑,作家出版社,1958 年)。

③ 爱德华·卡德尔(1910—1979),南斯拉夫社会主义联邦共和国主要领导人之一,共产主义思想家、经济学家,是南斯拉夫实行工人自治管理经济模式的先行者、铁托主义的主要理论家。

但是这并不是说我们就应该规定文艺创作中的内容、主题或者形式，即或我们想要这样作，也不会得到任何效果的。斯大林曾企图借助于"社会主义现实主义"的原则达到这个目的，事实证明那只能造成现实的颓废。

关于维德马尔，刘白羽的文章称他是"老修正主义者"——这里的"老"，不大清楚是指他的年纪，还是他作为"修正主义者"的资历——当时中国文学界虽然把他作为批判靶子，他的生平资料却罕有认真介绍；他的年龄，发表过什么作品至今也难以查实①。维德马尔被批判的修正主义思想来自他的《日记片断》②，这篇文章通过对列宁托尔斯泰论的重释，来谈他对"党的文学"、文学倾向性等的理解。维德马尔说："文学作品的艺术价值不以主题思想为转移，因为观念的东西按其内容来说在艺术中只居次要的地位"；"世界观对于艺术是不重要的，艺术也不取决于通过它所表现出来的思想意图"；"这个主题思想的正确与否，它是唯物主义的抑或是唯心主义的，它是有益的还是有害的，它是进步的抑或是反动的，作品中所体现出来的艺术价值就不取决于这种主题思想"。

---

① 仅在北京大学内部编印的《南斯拉夫现代修正主义观点选编》（北京大学政治系1962年编印，"讨论稿定期收回"）中有简略介绍："爱德华·维德马尔：1957年5月—1958年12月任南斯拉夫作家联合会主席，斯洛文尼亚科学和艺术院院长。1957年6月来我国签订文化合作协定和1957年执行计划的南斯拉夫文化代表团团长。"黎之在《文坛风云录》中谈及南斯拉夫第五次作家代表大会时，误将他的名字写为"维德·马尔"。[见《文坛风云录》（增订本），人民文学出版社，2015年，第199页。黎之（李曙光）作为当代文艺重要亲历者，提供了当代文艺运动丰富的、第一手有价值资料。但全书大量引文都没有注明出处，准确性和可信度受到影响。]

② 维德马尔《日记片断》的中译见《译文》1958年第1期。后被作为批判材料收入里夫希茨《谈维德马尔的"日记片断"》（作家出版社，1958年）和《保卫社会主义现实主义》第二辑。

维德马尔认为，对于文学来说，重要的是艺术魅力，是作家的禀赋、才智，对生活整体的艺术把握能力。他在说了"艺术家越是伟大，那他所表现出来的该时代的本质特征就越是鲜明"之后，特别强调反对将这句话反过来说。持这一观点的维德马尔，自然要怀疑社会主义现实主义，或者说他的出发点就是要质疑它。《日记片断》和维德马尔在南斯拉夫第五次作家代表大会上的报告认为，社会主义现实主义是"一个模糊的概念"，概念的奠基者高尔基的阐述也不能说服他，而将批判现实主义和革命浪漫主义汇合成新的"综合"，导致了"现实主义失掉了批判方面的概念"，这种"新风格"也就"使人想起赞美诗"。

经历过50年代现实主义辩论和文学界反右派运动，稳固了正统马克思主义文艺思想信念的中国作家、批评家，都会毫不费力地看出维德马尔的荒谬，认可刘白羽对他的观点修正主义本质的指认："在文学艺术这个思想领域内，放弃党的思想领导，放弃马克思主义立场，也就是为资产阶级的文学艺术开辟道路"。对于出现在南斯拉夫的背叛马克思列宁主义的情况，刘白羽在文章中表达了这样的期待：

> ……相信有一天塞尔维亚的每一块石雕和杜布罗尼克的每一个城堡都将站起来愤怒地指斥背叛马克思主义、背叛劳动人民利益的投降美帝国主义的南斯拉夫的领导集团。南斯拉夫劳动人民将不会允许用沾染着血渍的美元、可口可乐、大腿美等美国生活方式和资产阶级堕落的文学艺术来长期地玷污他们自己。

当时，批判维德马尔《日记片断》的，还有苏联和东欧一些国家的文艺理论家，如苏联著名学者里夫希茨和奥泽洛夫。对于这些批判，维德马尔在南斯拉夫第五次作家代表大会的报告中给予回应。报告没有在中国报刊公开披露，中译本只刊于内部发行的《世界文学参考资料》。他的回应集中在两个方面。一是人道主义问题。针对批判者指责南共纲领提倡的人道主义是抽象、超阶级的，实质是资产阶级而不是社会主义人道主义，他并没有从理论上进行反驳，而选择回到现实情境和问题，认为南斯拉夫的人道主义是"有生命力的、独立的、批判性的、并且以文化世界最优秀的传统为依据的人道主义"。

另一问题是有关"创作自由"与社会主义国家的文化政策。他为"创作自由"的口号辩护：有生命力的人道主义"确信科学和艺术创作的充分自由的利益"，实践中"首先摆脱政权机关对文化生活的干涉，摆脱使文学成为日常政治利益的手段的一切要求，同时抛弃那些对各种流派、学派和风格的教条主义的裁判"——

> 显然，就是因为纲领的这些立场，我们被称为修正主义者。东欧国家几乎所有的刊物几个月来都猛烈地攻击我们和它们国内文化方面、文学方面的修正主义。他们之所以攻击我们自然是有道理的。因为我们不懂得对文化方面的命令主义，不懂得党中央委员会对于所有可能的艺术问题的"决议"①，我们没有指令式的和唯一拯救艺术的在他们那里称为社会主义现实主义的风格。任何人也不能说明这种风格到底是怎么一回事……我们既不懂得指令式的官僚主义的乐观主义，也不懂得对悲观主义眼光狭小的迫害；对于我们是没有个人主义责难的威胁，也没有因为形式主义而受到指责，这种形

---

① 这里暗指苏共1946年联共（布）中央关于《星》《列宁格勒》两杂志及影片《灿烂的生活》的决议，和1948年联共（布）中央关于歌剧《伟大的友情》的决议，等等。参见《苏联文学艺术问题》，人民文学出版社，1953年。1957年苏联文学界发生对这些决议的争论。1958年5月，苏联决定取消1948年的一些决议。

式主义的帽子在他们那里是很容易给任何一个艺术家戴上的，只要他是热情奔放的艺术探求者和创造者……

然后他把批判的矛头对准中国的文学政策和文学家：

> 当然我们这里更没有可能像毛泽东发给文学家们的那种指示："为工农兵写作"——这已是一个任何公开的文学讨论会上和不论哪一个文学家的发言中一般称为必然的和不可缺少的一部分了。……我们也就不知道那些对文学家们所采取的令人作呕的肉体上的迫害措施了。这种迫害（指的是我们的劳动锻炼——译者）曾经有过并且现在还是常在议事日程上呢！①

在这个报告中，最让中国作家难以容忍的可能是维德马尔在谈到刘白羽的文章的时候所表现的不加遮掩的轻蔑：

> 当然，这里也只能限于苏联的言论，因为同那些实际上只不过是苏联传声筒的人争辩是毫无意义的，而且我也完全不可能来对属于这一类的中国作家们进行答辩，比如他们作协书记处的书记、文学家刘白羽，他在他们组织的杂志《文艺报》上发表了攻击南斯拉夫共产党人和我们作家，特别是攻击我本人的文章。在那篇文章里他破口谩骂共产主义者联盟和我们——他的同行。

---

① 对维德马尔的这一指责，张光年在《南斯拉夫理论家的破产——驳斥维德马尔最近的反共言论》(《世界文学》1959年第2期)中的反驳是："正因为这样，维德马尔就加入了杜勒斯的合唱，诬蔑我国作家参加劳动锻炼是'对于文学家们采取的令人作呕的肉体迫害的措施'。他以南斯拉夫知识分子不知体力劳动为何物而深自庆幸。"杜勒斯是当年美国国务卿。张光年引用的维德马尔的句子与《译文》上的版本稍有出入。

当时的《文艺报》主编张光年对此的回应是,这显示了"南斯拉夫理论家的破产":刘白羽的文章"正确地批判了铁托集团修正主义文艺纲领的虚伪性和极端反动性,同时揭露了当时作为南斯拉夫作家协会主席的维德马尔的反马列主义、反社会主义的真面目","必定是这篇文章打中了叛徒们的烂处和疼处,因此维德马尔在第五次南斯拉夫作家代表大会的政治报告中,提起了中国文学家刘白羽……流露出深切的仇恨"。①

## 郭小川《望星空》事件

与南斯拉夫发生直接关联的文学事件,还有1959年郭小川诗《望星空》受到的批评。为了庆祝新中国成立十周年,政治诗人郭小川很用心(1959年4月初稿,8月修改,10月完成),也倾注满腔热情写了这首长诗,发表于《人民文学》11月号。它继续了50年代中期郭小川一系列诗作的主题,即以社会集体的视角和伦理尺度,来观察、剖析个体生活道路、精神世界的缺陷。这首歌颂性基调的诗,由于引入"永恒"的、非历史性的参照物(星空)而发现历史性存在的短暂,受到严厉批评。12月出版的第23期《文艺报》迅速刊登了署名华夫的《评郭小川的〈望星空〉》的批评文章,认为诗的前两章表现了"极端陈腐""极端虚无主义"的感情而"令人不能容忍"。② 针对这一批评,

---

① 张光年:《南斯拉夫理论家的破产——驳斥维德马尔最近的反共言论》。
② 批评郭小川《望星空》的文章,还有萧三《谈〈望星空〉》,刊于《人民文学》1960年第1期。

## "透明的还是污浊的?"——当代文学与南斯拉夫文学

1959年12月27日南斯拉夫的《解放报》《消息报》①发表了南通社驻北京记者的专稿,报道了这一情况。因为该报道没有在中国报刊披露,我们无法了解其全貌,仅能从郭小川的回应文章《不值一驳》②中了解到一鳞半爪:

> 在1959年11月号《人民文学》上,我发表了一篇有严重错误的诗——《望星空》。不久,同年12月23期《文艺报》刊载了华夫同志的《评〈望星空〉》③一文,对我这首诗的错误作了正确的批评。这本来是很平常的事情。批评和自我批评,是我们的工作和生活中的正常现象。但是过了不几天,一件可耻的事情发生了。1959年12月27日,南斯拉夫的《解放报》《消息报》发表了南通社驻北京记者的专稿,歪曲地报导了我的诗和华夫同志的批评。他们把这种正常的同志式的批评说成是对于我的"攻击",而且还装腔作势地为我表示"惋惜",说我已"开始遭到不幸"了。

郭小川说,这种"谰言""本来是不值一驳"的,但因为攻击的不是他个人,而是"向着中国文学界、中国的社会主义文学和中国的马克思主义文学家们",必须予以反击。郭小川这一时间受到的批评(对《望星空》的公开批评,对叙事诗《一个和八个》的不公开批评,和对他在中国作协工作中的"个人主义"的同样的内部批评)是否"正

---

① 《解放报》为南斯拉夫波斯尼亚和黑塞哥维那(波黑)劳动人民社会主义联盟机关报,《消息报》为克罗地亚共和国劳动人民社会主义联盟机关报。
② 郭小川:《不值一驳》,《文艺报》1960年第7期。
③ 这里有误,华夫文章的题目应为《评郭小川的〈望星空〉》。

确",是否是"很平常的事情",这里姑且不论,但他拒绝"修正主义者"的"惋惜",他捍卫马克思主义文艺思想和社会主义文学的情感、态度,没有疑问是真诚、发自内心的。《不值一驳》认为南斯拉夫修正主义者提倡的"创作自由",是服从帝国主义和铁托反动集团的利益,"不受现存的任何(革命的)政治集团的限制","'自由'地唱出反苏、反华、反社会主义的谰调,在现代修正主义的悬崖上'自由'地'向前迈进'!"

在中、南两国文学家的争论中,社会主义文化与西方现代文化,与"没落"的"颓废派"文艺的关系,是另一中心问题。50年代,社会主义国家中波兰、南斯拉夫对西方现代文化和"现代派"文艺采取有限开放政策——评论者使用了"温和(或克制)的现代主义"来命名南斯拉夫这一类型的文艺——引发苏联、中国的激烈批判,被看作在意识形态上向资产阶级、帝国主义投降的证据。法国作家阿芒·加斯巴发表在法国《论证》杂志的《南斯拉夫文艺思想》[①]对这一情境有这样的描述:"对于苏联的文化政策来说,贝尔格莱德和华沙一样,乃是一个失守的城池。莫斯科时常把波南两国作家合在一起来咒骂。"由于当时中国作家对南斯拉夫文艺现状缺乏了解,他们的批判经常引用西方记者、作家的实地考察撰写的报道。今天重读双方论争驳诘的文字,理论的分析固然重要,但材料引用呈现的情境似乎更吸引人。阿芒·加斯巴还写道:

> 南斯拉夫文化自由是非常广泛的,尽管受到某些限制。早在"解冻"以前,贝尔格莱德书店中就出售许多被莫斯科集团指为是"萎靡颓废"的书籍。……乔姆斯·乔伊斯、卡

---

[①] 阿芒·加斯巴:《南斯拉夫的文艺思想》,原载法国《论证》杂志1958年6月号,中译见内部刊物《世界文学参考资料》1959年第1期,题名改为《南斯拉夫文艺思想真象》。

夫卡、T. S. 艾略特、萨特、加缪、在南斯拉夫都拥有广泛的读者，并得到南斯拉夫文学界的好评，而所有这些作家都是受莫斯科的指责的。近数月来，先锋派剧院"第212工作室"上演了伊奥内斯戈［现通译为尤内斯库——引者］的《秘密审讯》、《椅子》，亨利·詹姆斯的《继承人》，安努伊尔的《安蒂格尼》［现通译为阿努伊的《安提戈涅》——引者］。进步是显著的，因为在1953年，当局曾下令禁演《窃贼舞会》。海明威和福克纳的小说大受欢迎……

一般说来，批评界在评价苏联作品时是有保留的……苏联的书籍、戏剧和电影很少受读者和观众的欢迎。但是杜金采夫的著名小说《不是单靠面包》却获得了好评。赫鲁晓夫先生贬谪这部作品，南斯拉夫批评界却仍然认为，原作者重新发现了十月革命的人道主义理想。另外，贝尔格莱德一家周刊还摘要登载了鲍里斯·帕斯捷尔纳克的《日瓦戈医生》。

当时常被引用的还有路透社记者撰写的《南斯拉夫报纸是怎样的》[①]，该文的中译刊登于《人民日报》：

> 唐老鸭和笨猫（两种连环画的名字）每天在尽自己的一份力量帮助推销南斯拉夫的共产党报纸。
> ……
> 连环图画、侦探小说、时装页、烹饪法、每天刊登的里普

---

[①]《南斯拉夫报纸是怎样的——路透社记者说它常想搞得同美国小报一样有趣》，路透社记者悉尼·韦兰德1958年5月2日发自贝尔格莱德的电讯，中译刊于《人民日报》1958年6月11日第5版。

利的"信不信由你"以及逐日的关于笨猫历险的记载都帮助了《战斗报》①成为东欧的最生动、最有趣味的共产党报纸。(!)

……

在1948年南斯拉夫人同莫斯科决裂以后,他们的报纸开始抛弃苏联集团(西方眼里的社会主义国家)以内的多数共产党日报仍然赞成的老一套的版面和沉闷的、严肃的内容。现在,贝尔格莱德报纸的独特性有时连南斯拉夫的强调独特性的共产主义者也感到吃惊。

……

报纸是由半官方的出版企业办的,并不受政府的直接控制,但在一切政治问题和外交政策问题上,政府的话就是法律。在大部分其他问题上,编辑是有广泛的选择自由的,只是可能会受到出版委员会的"事后"埋怨。各报社和杂志社是在大约一年前设立这种出版委员会的。

出版委员会有时的确做到了对编辑施加压力,但是这通常是在事后。无论如何,编辑和大部分记者都是忠诚的共产党人,他们大略知道他们究竟可以离开"党的路线"多远。从政治上来说,各报都遵循着共产主义(?!)的笔直的、狭窄的道路。

发生在南斯拉夫的这一切文化现象,并没有随着苏联、中国的批判而销声匿迹,相反,这一"剧本"(当然经过改编)后来在批判这一现象的其他社会主义国家也继续上演。

---

① 南斯拉夫政府的机关报。

## "黄皮书"《娜嘉》

对南斯拉夫修正主义文学的批判 1960 年达到高潮。7 月召开的第三次文代会和中国作协第三次理事会（扩大）会议，周扬、邵荃麟的报告都阐述反对现代修正主义的文艺思想的重要性，并用很大篇幅来揭露资产阶级人性论、人道主义的危害。① 他们批判的理据和逻辑，在 50 年代中后期对秦兆阳、钱谷融、巴人等人的连篇累牍的讨伐中，读者已耳熟能详，但周扬报告中一处"新颖"的地方还需要提及，这就是他将若干有某些共同点、其实差异极大的人物、派别，在修正主义"人性论"的名目下串联在一起，他们是："老牌修正主义理论家卢卡契"，"在我国最早贩卖卢卡契这一套理论"的胡风、冯雪峰和巴人，还有南斯拉夫"修正主义铁托集团"。

南斯拉夫这个"集团"在中国的批判中，几年内"身份"不断发生变化。1958 年到 1959 年，它是社会主义阵营的"叛徒"，受到中国、苏联等的声讨。60 年代初中苏矛盾未公开化的时候，"南斯拉夫修正主义"则暗含对"苏联现代修正主义"的指代。待到 1963 年"苏修"成为中国批判重点时，南斯拉夫地位就边缘化了。而到了 60 年代末，中国和南斯拉夫走到一起，"苏修"成为共同的"敌人"。

尽管变化莫测，在 60 年代南斯拉夫文艺很少再被中国文学界提起却是事实。极少的例外是作家出版社 1964 年内部出版的小说《娜嘉》。作者叫姆拉登·奥利亚查。据这部作品"译后记"② 介绍，奥利亚查生于 1926 年，1941 年参加过南斯拉夫抵抗德国纳粹的战争。《娜嘉》属于

---

① 周扬《我国社会主义文学艺术的道路》，邵荃麟《在战斗中继续跃进》，均刊于《文艺报》1960 年 13、14 期合刊。

② 《娜嘉》译者为杨元恪、巢容芬、金谷。

著名的"黄皮书"系列,但后来众多谈及"黄皮书"的文章中很少提到它。① 和"黄皮书"其他作品 [如爱伦堡的《解冻》、索尔仁尼津(现通译为索尔仁尼琴)的《伊凡·杰尼索维奇的一天》、阿克肖诺夫的《带星星的火车票》等] 不同,《娜嘉》也可以说是"有问题"的、"修正主义"的作品,但出版它有另外的考虑,即它在揭露南斯拉夫修正主义的"社会真相"上的意义。"译后记"对此的说明是:

> 铁托集团经常吹嘘南斯拉夫的"成就",赫鲁晓夫及其追随者们,也硬说那里在建设着社会主义,而且硬把南斯拉夫叫作社会主义国家;而这本书却正好从几个不同的侧面,轻轻地揭了一下南斯拉夫社会的脓疮,在一定程度上暴露了南斯拉夫新型官僚买办资产阶级的骄奢淫逸、腐化堕落、精神空虚的丑相,暴露了南斯拉夫文艺界的混乱和黑暗,以及资本主义文化对南斯拉夫的腐蚀等等。这当然不能不使铁托集团恼怒。因此,本书出版后不久,铁托集团就开动宣传机器,对作者进行攻击。《政治报》(1963年5月6日)、《战斗报》(1963年5月26日)和《共产主义者周报》(1963年6月6日),都先后发表书评,说这本书"不是文学作品",而是一本"诽谤书",是一本"论争性的小册子"……

对《娜嘉》的性质,它的好坏不在这里讨论,值得关注的是"译后记"无意间提供的有关南斯拉夫文化政策的一些细节。显然,《娜嘉》不为南斯拉夫"当局"("译后记"所称的"铁托集团")认可,甚且对其揭露社会现实的"黑暗面""恼怒",展开批判,"开动宣传机器,对作者进行攻击"。但作品好像没有被列为禁书,作者也似乎没有受到迫害。

---

① 1982年到1985年,漓江出版社出版《世界中篇名作选》6集,第4集收入这部小说。

"译后记"说:

> 《战斗报》的记者还特地到出版社去了解出版这本书的意图。当时,出版社经理向记者说明,此书出版前曾经该企业工人委员会审阅,由于审阅结论好,特别是考虑到作者"参加过解放战争",又是一位"名作家",所以就接受出版了。但这位记者不满意,进一步要求拿到工人委员会的审阅材料。结果被该企业经理以"内部参考"为借口予以拒绝了。

这里提到基层(出版社)的"工人委员会"组织,它的职责和权限。这些零星的记述,透露南斯拉夫实行的"自治社会主义"制度的点滴。《南斯拉夫共产主义者联盟纲领草案》第九章关于南斯拉夫文化、教育政策规定,在教育、科学和其他文化机关、研究机构中组织和发展社会自治制度,使教育、科学、艺术等一切文化生活摆脱国家的行政压力和对于文化生活、文化创作的国家极权主义和实用主义的观念。南斯拉夫的约万·乔治耶维奇在《社会主义民主国家南斯拉夫》[①]一书的"社会管理和劳动人民的自由结社"部分,认为在教育和文化机构实行"自治管理"可以消除两种危险:一是"对教育、科学、文化以及其他机构的专断和官僚主义的领导";二是避免"国家对科学思想,一般说来,对社会思想和社会生活的垄断"。[②]

自然,南斯拉夫共产党人也明白,这不意味着是绝对的、抽象的"自由"和"自治"。且不说"自治"只是在基层实行,"创作自由"也不

---

[①] 约万·乔治耶维奇:《社会主义民主国家南斯拉夫》,沈达明等译,法律出版社(内部发行),1963年。约万·乔治耶维奇为贝尔格莱德大学法学院教授,南斯拉夫法律委员会主席。

[②] 同上书,第57页。

可能绝对。维德马尔的南斯拉夫第五次作家代表大会报告，在强调南共联盟"努力使科学和艺术有真正的创作自由"之后，特别补充说："共产主义者联盟同时也反对这样的'理论'：即以抽象的自由观念为名在实际上取消科学艺术创作的真正自由，使它从属于反动的政治倾向。"

但无论如何，南斯拉夫的文化政策在处理作家、艺术家与"当局"之间的矛盾上，与苏联和其他东欧社会主义国家相比，有更大的弹性和更多的妥协的空间。南斯拉夫哲学家米哈伊尔·马尔科维奇[①]针对南斯拉夫"实践派"在六七十年代的遭遇有这样的描述：

> "实践派"的命运并非绝无仅有。大家知道，在堪称本世纪最有创见的那些哲学家中，有许多人受到了自己的党的警告，乃至迫害……党的官僚机构或者迫使不甘驯服的理论家（卢卡奇、沙夫）进行自我批评，或者使他们在党内彻底孤立（柯拉科夫斯基、勒斐伏尔、加罗蒂），或者长期不让他们讲话（科尔施、考西克、依里因科夫）[②]。由于存在一系列有利的因素……类似情况在南斯拉夫没有发生。"实践派"的哲学家们仍在大学任教，尽管当局自1968年以来已多次要求把其中的

---

[①] 米哈伊尔·马尔科维奇（1923—2010），南斯拉夫哲学家，实践派代表人物之一。1941—1945年参加南斯拉夫解放战争，1950—1975年在贝尔格莱德大学讲授哲学。马尔科维奇为《实践》杂志做出开创性贡献，是《实践》杂志的两名主编之一。

[②] 引文中部分译名为旧译。亚当·沙夫，波兰哲学家，曾任波兰统一工人党中央委员，波兰哲学社会科学研究所所长。莱谢克·科拉科夫斯基，波兰哲学家，波兰统一工人党理论家，后移居西方。亨利·列斐伏尔，法国马克思主义理论家。罗杰·加洛蒂，理论家，曾任法共中央政治局委员，1970年被开除出党。卡尔·科尔施，哲学家，曾参加法共，曾任法共理论刊物《国际》主编。卡莱尔·科西克，曾任捷克斯洛伐克共产党中央委员，捷克斯洛伐克作家协会主席，南斯拉夫《实践》杂志国际版编委。伊里因科夫，苏联哲学家，1979年55岁自杀身亡。

某些人开除出去。他们照旧公开发表他们的著作,虽然大多数出版社给他们吃了闭门羹。他们用很少的经费和巨大的热情继续出版《实践》和《哲学》杂志。当局竭力要把他们孤立在知识"界"的狭小天地里,但他们却同国内文化界的一些知名人士保持着密切的联系,并受到整个社会的全力支持。为了切断他们同外国哲学家的联系,当局吊销了他们当中某些人的出国护照。然而,思想的传播和交流不需要通常的运载工具。①

南斯拉夫较为"宽松"的思想、政治环境,由国内国际的诸多原因促成,也就是马尔科维奇所说的"存在一系列有利的因素"。他列举的有利因素是:自1948年以来,民主化、自治(即使只限于企业和大学科系等基层组织)的存在产生的成果;南斯拉夫当局对意识形态平衡的考虑(也需要对保守势力和亲斯大林主义者的抑制);外交、国际关系的不结盟政策,与非社会主义国家保持政治、经济交往的重要性;"实践派"内部的团结和大学学生的支持;等等。这里还有某些"心理"上的因素。马尔科维奇说:

>  和在其他社会主义国家一样,南斯拉夫的一般老百姓也容易相信,他们受到国内外各种敌人的威胁。但是,同其他社会主义国家完全不同的是,南斯拉夫的老百姓不是那么轻易就相信,有些社会主义者会一夜之间变成了敌人,或者实际上从来不是"真正的"社会主义者。……因此,给哲学家加上的诸如"无政府自由主义者"、"反对派"、"极端主义者"、"自治的敌人"等形容词,实际上只是恼怒的表现,而不是事实。

---

① 米·马尔科维奇:《南斯拉夫的马克思主义哲学——"实践派"》,原载1975年法国《人与社会》杂志,中译见《哲学译丛》1981年第1、2期。

在这里,"抽象"的人道主义产生了它的积极的效应,一种重要的心理要素:拒绝被某些"形容词"轻易支配,不会轻易相信有些社会主义者一夜之间变成了敌人。

## 瓦尔特同志来到中国

由于中苏之间的紧张关系加剧,以及苏联 1968 年入侵捷克斯洛伐克,坚持走独立路线的南斯拉夫与中国的关系逐渐缓和,两党、两国自 1958 年到 1968 年的关系得到改善。1969 年恢复互派大使。1977 年铁托首次访问中国,在北京受到十万群众的夹道欢迎。这一变化在文艺上出现的征象,是 1977 年两部南斯拉夫影片在中国的热映:波斯纳电影制片厂 1969 年和 1972 年出品的《桥》和《瓦尔特保卫萨拉热窝》。"这座城市!他就是瓦尔特"的台词,和《啊,朋友再见》的歌曲,仿照当年的流行语是"传遍大江南北"。一时间,英雄主义的,但不再是概念符号、有人情味的瓦尔特同志,为许多中国人所亲近。

曲折、颇有悲剧色彩的故事最终以喜剧作结,终归让人高兴,也切合人们"团圆"的审美期待。十多年互相敌视的一页,也很轻易地就翻过去。不过,如果能透过那些带有时代荒谬印痕的表面,捕捉到一些于今仍有思考价值的问题,也才能挣脱历史的虚无感吧。

举例来说,维德马尔当年在检讨现实主义存在的问题时,认为现实主义遇到危机,"文学艺术似乎被现实生活的真实图画所过分填塞","一直是沉重而不透明的"。他主张引入"一切奇想色彩"的"人格化"的因素;他提到神话、寓言、梦境和幻境,提到尼采说的"超物质化"的

"物质",提到"现代派"文艺①。刘白羽对此责问:

> 这到底是透明的还是污浊的呢?鼓吹走向反动的,崇拜"超人"的,极端个人主义的尼采道路,除了污秽不堪的神秘主义,除了反动的精神堕落之外,难道这里还有什么新鲜的事物吗?②

回过头看,刘白羽的指责显然过于简单化,讨论从尼采、从"现代派"文艺得到启发的可能,在今天似乎不再成为禁忌和罪过。但"现代派"就意味着处于文艺"进步"阶梯的高层吗?就一定会让沉重的、被生活过分填塞的艺术透明起来吗?前面提到的法国作家在他的文章里讲到这样一件事:

> ……萨格勒布一位著名批评家在评论1957年在当地举行的年轻画家的波兰绘画展览时写道:"波兰人的大胆使我们感到震惊。然而,值得惋惜的是波兰人以一种同样可怕的公式主义代替了日丹诺夫式的公式主义,那就是'抽象派'。"③

那么,究竟是透明的还是污浊的?中国、南斯拉夫文学家的这些争论的意义,也许重要的不在于得出明确无误的结论,而是各自从不同处境、立场、视角出发的提问,发出的那种打开有意义问题的力量。

原载《海南大学学报》2021年第39卷第5期

---

① 维德马尔这些主张,体现在他的《日记片断》和《现实主义与奇想》的文章中。《现实主义与奇想》不见有全文的中译,仅在刘白羽的批判文章中得知部分观点。

② 刘白羽:《透明的还是污浊的?——评南斯拉夫修正主义的文艺纲领》,《文艺报》1958年第12期。

③ 阿芒·加斯巴:《南斯拉夫文艺思想真象》。

# 1950年代的现实主义"大辩论"
## ——以两部论文资料集为中心

## "大辩论"的几个特征

用1958年周扬《文艺战线上的一场大辩论》中"大辩论"的说法，来描述发生在同一时间的具有"世界性"规模的现实主义辩论也很恰当。

这里的"世界性"，确切说指的是苏联、中国，以及民主德国、波兰、匈牙利、南斯拉夫等"各人民民主国家"，西方一些国家（如法国）的左翼文学界也有表现。对于这场辩论发生的起因，1956年何直（秦兆阳）的《现实主义——广阔的道路》①有这样的说明："我觉得，教条主义对于文学艺术的束缚，这不光是中国的情况，而且是带世界性的情况，也许正因为它是带世界性的情况，所以才更加难以克服吧。"辩论集中的时间，是1956年到1958年；主题是如何看待、评价已经有20年（或更长时间）的社会主义现实主义②。对于当时的社会主义国家和部分西方左翼

---

① 刊于《人民文学》1956年第9期。
② "社会主义现实主义"是1934年苏联第一次作家代表大会首先提出，并在苏联作家协会章程中加以确认的。但后来的阐释认为，自高尔基发表《母亲》等作品，这一（转下页）

文学界来说，30年代在苏联确立的社会主义现实主义不仅是一种文学观念、创作方法，而且具有思想原则的"纲领性"意义。在斯大林－日丹诺夫时代后期，它的理论阐释和实践加剧了机械论、庸俗社会学的分量，质疑之声和不同意见的交锋也不断浮现。随着斯大林死后苏联政治变革和权力转移，对这一"文艺纲领"的反思提上日程也就不感意外。由于社会主义现实主义实施过程中必然有相应的文艺政策、制度保证，因此，辩论就涵盖了理论、文学史叙述，以及执政党和国家权力的文艺政策、制度等广泛议题。在这场辩论中，对马克思主义文艺理论经典文献的再阐释，是不同观点的作家、批评家用来支持自己的主要手段。被频繁论及的文献，有马克思、恩格斯致斐·拉萨尔、敏娜·考茨基、玛·哈克奈斯等的一组书信，列宁写于1905年的《党的组织和党的文学》，以及毛泽东的《在延安文艺座谈会上的讲话》。对列宁的这篇文章，苏联批评家当时的争论是，它是否"仅仅是针对党员文学家"，还是"既是对没有参加党的文学家，也是对参加了党的文学家"？卢卡契断言的列宁文章仅仅对1905年的时代有意义，仅仅涉及在党的报刊工作中的政论家的职责这一说法能否成立？也就是它是否"仅仅是指党的文学本身，即指党的报刊，党的出版物"？① 对这些问题的争议一直延续到今天。

---

（接上页）"方法"就已确立。在50年代的辩论中，一些苏联文艺家将它叙述为"由高尔基、福克斯、阿拉贡、林赛、亚马多、贝希尔、巴甫洛夫和其他许多作家和批评家制定的"（别尔希坦恩、彼奥特洛夫斯卡娅、萨马林：《在激烈的争论中》，无涯译，原载1956年8月14日苏联《文学报》，见《保卫社会主义现实主义》第二辑，译文社编，作家出版社，1958年，第7页），以体现它的世界性和过程性。而中国的姚文元则将它的起点上溯至1844年德国海涅和之后的乔治·威尔特的诗，以及"巴黎公社"的诗歌（姚文元《社会主义现实主义文学是无产阶级革命时代的新文学——同何直、周勃辩论》，《人民文学》1957年第9期）。

① 参见盖尔什科维奇：《要正确地解释列宁的"党的组织和党的文学"一文》，见《保卫社会主义现实主义》第一辑，译文社编，作家出版社，1958年，第190—202页。

这场辩论提出的中心问题是：社会主义现实主义是否存在？批判现实主义与社会主义现实主义之间是否有实质性的区别？1934年确立的"艺术描写的真实性和历史具体性必须与用社会主义精神从思想上改造和教育劳动人民的任务结合起来"①的"定义"是否导致创作的概念化、公式化？"从现实的历史发展中"描写现实是否是"无冲突论"、粉饰现实的根源？"写真实"是否就能产生社会主义精神，而无需强调思想观念、世界观在创作中的重要地位？执政党、国家权力对文艺的干预、领导是否必要，是否抑制、阻碍了作家的创造性和主动精神？"创作自由"是否是资产阶级、修正主义的虚伪口号？自30年代推行社会主义现实主义以来，苏联（及二战之后的社会主义国家）的文艺是因此取得辉煌的成就，还是走向衰败僵化？……

辩论的另一特征，是与国际和各国的政治局势紧密相关。苏联《共产党人》杂志《关于文学艺术中的典型问题》专论，发表在苏共二十大召开前夕②，它预示了苏共二十大对斯大林个人崇拜、教条主义的揭发批判。而国际局势、共产主义运动发展状况，以及各国的具体政情，也直接导致辩论过程曲折的阶段划分：从1956年开始的质疑、批判文艺的教条主义，到1956年年末和1957年对修正主义批判的转向。导致转向的重要事件，是1956年波兰的波兹南事件，特别是匈牙利的十月事变：它们让社会主义国家的执政党意识到修正主义才是"主要危险"，而迅速调整斗争的指向。比较苏共中央机关刊物《共产党人》③杂志不

---

① 《苏联作家会议章程》，见《苏联文学艺术问题》，人民文学出版社，1953年，第13页。
② 《共产党人》的《关于文学艺术中的典型问题》专论，发表于1955年12月，苏共二十大召开于1956年2月14—25日。
③ 《共产党人》为苏共中央机关刊物。杂志的前身为1924年创刊的《布尔什维克》，1952年10月改名《共产党人》，全年出版18期。苏联解体后，从1991年的第14期起更名为《自由思想》。

同时间的两篇专论——1955年底第18期（12月出版）的《关于文学艺术中的典型问题》，和1957年第3期（2月出版）的《党和苏联文学艺术发展问题》①，可以清晰看到这一转向的轨迹。中国的情况也大体相同，但转折发生的时间稍晚，1957年5月毛泽东在党内发表《事情正在起变化》是决定性的分水岭②。对苏联、中国和其他社会主义国家思想意识形态呈现的阶段性转移，中国的批评家当年有这样的描述：

> 1956年2月苏共二十次代表大会以后，苏联文学界，在大会决议精神指导下，对文学上的教条主义倾向进行了彻底的清算，从而大大的促进文学事业的发展。但是无孔不入的社会主义敌人却就利用这个时机，密切配合当时国际间掀起的反苏反共浪潮，在文艺战线上也发动了一次猖狂的进攻。他们恶毒地诽谤以苏联为首的社会主义国家的文学，肆意攻击马克思列宁主义的文艺思想和社会主义现实主义的创作方法……为了保卫马克思列宁主义的文艺思想和社会主义现实主义文学，苏联和其他社会主义国家的文学界，在各国兄弟党领导下，对敌人进行了坚决的反击，同时也对错误的文艺思想和文学作品展开了讨论和批判，经过一、两年时间大规模的辩论和斗争，马克思列宁主义原则终于在文学战线上取得了又一次伟大的胜利。③

介入辩论的国家，内部基本上分裂为持不同观点的理论"派别"。

---

① 这两篇专论的中译均收入《保卫社会主现实主义》第一辑。
② 毛泽东这篇文章在党内发表是1957年5月，后来编入1977年4月出版的《毛泽东选集》第五卷。
③ 《保卫社会主义现实主义》第一辑"前言"，译文社编，作家出版社，1958年，第1页。

质疑、批评社会主义政治、文学的激烈程度，各国的"异见者"也有很大差异。总体而言，波兰、南斯拉夫等国的一些作家表现得更加激进。波兰的杨·科特、斯洛尼姆斯基、托埃普里茨、费杰茨基等发表的言论①，就引起苏联的不满，指责他们反对个人崇拜、教条主义的过程偏离了正确方向："在清除文学和社会生活中个人崇拜的后果时，发表了充满资产阶级自由主义精神的修正主义声明。"②

## 两部论文资料集

"大辩论"在经过从反教条主义到批判修正主义的转向后，1958年宣称反对修正主义取得"伟大的胜利"。1958年，中国京沪两地的出版社分别出版两部记录这场辩论的论文资料集，从国内和国际两个方面来展现辩论、斗争的主要成果。

一部是《社会主义现实主义论文集》。它按时间先后选收中国国内有关的论文60余篇。第一集由新文艺出版社出版于1958年6月，收入1956年12月至1957年12月张光年、蔡仪、巴人、蒋孔阳、以群、田仲济、端木蕻良、姚文元、李希凡、艾芜等的讨论、批判文章31篇，何直（秦兆阳）副题为"对于现实主义的再认识"的《现实主义——广阔的道路》、周勃的《论现实主义及其在社会主义时代的发展》两文，作为批判材料列入"附录"。据第一集"编者后记"称，钱谷融修正主义的《论

---

① 见《保卫社会主义现实主义》第二辑，第318—400页。
② 别尔希坦恩、彼奥特洛夫斯卡娅、萨马林：《在热烈的争论中》，见《保卫社会主义现实主义》第二辑，第2页。

"文学是人学"》,因为上海"另编了《〈论'文学是人学'〉批判集》"而没有收入①。第二集由上海文艺出版社②出版于1959年10月,收1958年1月到10月的讨论、批判文章27篇,作者有荃麟、王西彦、杜鹏程、吴调公、陈瘦竹、周扬、姚文元、以群、李希凡、罗荪、林默涵、刘白羽、唐弢等。这一集批判的对象除何直、周勃、钱谷融外,还有黄秋耘、冯雪峰、陈涌、吴文慧、鲍昌、王愚、唐挚、杜黎均、徐光耀——但被批判者的文章均没有完整收录。

另一部论文资料集是《保卫社会主义现实主义》,共两辑,译文社编,作家出版社出版于1958年。第一辑收入苏联方面的材料;第二辑除苏联作者的文章外,还涉及东欧各国:南斯拉夫、民主德国、波兰、匈牙利、捷克斯洛伐克、保加利亚。第二辑中置于批判对象"附录"的文章有:南斯拉夫维德马尔《日记片断》,匈牙利卢卡契《近代文化中进步与反动的斗争》《关于文学中的"远景问题"》,以及波兰、民主德国、捷克斯洛伐克的多位批评家的文章和会议发言。与处理中国和东欧国家的材料不同,论文资料集第一辑在处理苏联材料的编排上,并未采取"正文"与"附录"的正反面的划分,尽管西蒙诺夫、爱伦堡、克朗,以及《莫斯科》杂志、《莫斯科文学》集刊等刊物,明显被作为批判对象。中国编者的这一做法,考虑的是苏联自身的处理方式,即苏联并未将当时发表"异端"观点的人和文,如中国那样用"修正主义分子""右派分子"等政治符号,绝对化地推向敌对的"营垒"。在苏联,"修正主义"与"教条主义"之间的较量、冲突延续相当长时间。苏联政治当局当时需要这种既共存又互搏的局面,给两者都留出空间;因此在认定"修正

---

① 《〈论"文学是人学"〉批判集》(第一集)1958年4月由新文艺出版社出版,后来并没有出版续集。

② 1959年新文艺出版社与上海另外几家文艺出版社合并,组建上海文艺出版社。

主义是主要危险"的时候,也未放弃反斯大林个人崇拜、教条主义的成果——这是50年代政治权力转移的合法性依据。

中国没有苏联这样的"政治包袱",转向对"修正主义"的批判便迅捷而决绝。这导致《社会主义现实主义论文集》在收入国内材料时全部呈现的是"一面之词",质疑、批评机械论和文学现状问题的文章,大多被屏蔽。1956年到1957年初关于典型、世界观和创作,关于王蒙小说《组织部新来的青年人》等的讨论的若干重要成果,都得不到反映。在讨论《共产党人》杂志典型问题专论的时候,林默涵说过这样的话:

> 在批判胡风的运动开始时,是准备同时批判文艺思想上的机械论、庸俗社会学的倾向的。但因为我们的力量不够,又恐怕在读者中间引起混乱,才决定把后一工作推后一步。现在是应该把批判庸俗社会学的问题提到日程上来了。①

这些话说在1956年春天。和批判胡风运动时一样,批判庸俗社会学的问题"提到日程上"不久就又被阻断,狂热激进情绪在积累中更加强化。到了1961年,又以为到了批判庸俗社会学的时机,问题应该再次"提到日程上"。周扬在一次讲话中说:

---

① 林默涵:《关于典型问题的初步理解》,《文艺报》1956年第8期,1956年4月出版。林默涵的这个观点与1956年4月5日《人民日报》编辑部文章《关于无产阶级专政的历史经验》(这篇文章表达了毛泽东对当时国际共产主义运动形势的看法)是一致的:"若干年来,我们的哲学、经济学、历史和文艺批评的研究领域中有了一些成绩,但是一般说来,还有许多不健康的状况存在着。我们有不少的研究工作者至今仍然带着教条主义的习气,把自己的思想束缚在一条绳子上面,缺乏独立思考能力和创新精神,也在某些方面接受了对于斯大林个人崇拜的影响。"

[胡风]有两句话是我不能忘记的。一句:"20年的机械论统治"。如果算到现在,就是30年了。他所攻击的"机械论"就是马克思主义。我们是马克思主义领导文艺,而不是"统治"。然而,我们也可以认真考虑一下,在我们这里有没有教条主义……胡风还有一句:反胡风以后中国文坛就要进入中世纪。我们当然不是中世纪。但是,如果我们搞成大大小小的"红衣大主教"、"修女"、"修士",思想僵化……也是够叫人恼火的就是了。①

和以前同出一辙,60年代提上日程的对教条主义的矫正也很快夭折。说是"螺旋式上升",但多的是螺旋式反复,"上升"实属罕见。

回过头检视这场"大辩论",一些文和人仍值得怀念和记取。值得关注的文与人主要来自上面提到的这两部论文集。下面对它们的主要论点和作者的情况,试作简要的介绍。

## 《关于文学艺术中的典型问题》

苏联《共产党人》杂志的专论,原载该杂志1955年第18期(12月出版)。中译刊于《文艺报》1956年第3期(2月出版)②。《共产党人》

---

① 周扬1961年6月在北京召开的文艺工作座谈会上的讲话。转引自《周扬在文化艺术方面的反革命修正主义言论汇编》,首都革命文艺造反总部、文化部机关延安红旗总团、首都出版系统革命造反委员会、北京大学文化革命委员会资料组合编,人民文学出版社上海分社反修战斗班材料组印,1967年5月。

② 刊于《文艺报》1956年第3期的这一专论由周若予译,曹葆华校,收入《保卫社会主义现实主义》第一辑。另外,新文艺出版社1956年9月出版专论单行本,收入《文艺理论译丛》,廷超译。本文根据《文艺报》译本。

为苏共中央机关理论刊物。专论指出：

> 近年来，在文学和艺术工作者中间传播着某些艺术创作中的典型问题的烦琐哲学的、错误的观点。有一些公式风行一时，根据这些公式，典型被归结为一定社会历史现象的本质，被确定为党性在现实主义艺术中表现的基本范围，因而断定，典型性问题任何时候都是政治问题，而且只有对艺术形象作有意识的夸张，才能更充分地展示和强调它的典型性。这些烦琐哲学的公式冒充是马克思主义公式，并且错误地同我们党对文学和艺术问题的观点联系在一起。①

这里讲到的烦琐哲学公式，在当年的苏联有普遍性流行。但专论的具体的文字，则不指名地引自苏共中央领导人马林科夫1952年10月在苏共第十九次代表大会上的工作报告。该报告谈到文艺问题时说："艺术家、文学家和艺术工作者必须时刻记住，典型不仅是最常见的事物，而且是最充分、最尖锐地表现一定社会力量的本质的事物。……典型性是与一定社会历史现象的本质相一致的；它不仅仅是最普遍的、时常发生的和平常的现象。有意识地夸张和突出地刻画一个形象并不排斥典型性，而是更加充分地发掘它和强调它。典型是党性在现实主义艺术中的表现的基本范围。典型问题任何时候都是一个政治性的问题。"②这说明专论不只是指向文艺问题，更关乎政治权力。这篇专论发表之前，马林科夫自斯大林去世后，已先后辞去党中央书记和部长会议主席职务，后来又成为反党集团成员。当然，1956年中国文艺界在学习、讨论这一专论的时候，只是当作文艺问题来理解。文学家一般缺乏政治想象力，

---

① 《关于文学艺术中的典型问题》，见《保卫社会主义现实主义》第一辑，第36页。
② 《苏联文学艺术问题》，曹葆华等译，人民文学出版社，1953年，第138—139页。

犹如1965年面对新编历史剧《海瑞罢官》，大多数人都意识不到这部剧的实质是毛泽东指出的"罢官"。

马林科夫报告的中译，1953年收入人民文学出版社的《苏联文学艺术问题》一书，与1934年的苏联作家协会章程，日丹诺夫的报告，和40年代后期苏共中央关于文艺问题的几个决议一起，是50年代初中国文艺界学习社会主义现实主义的文献。典型等于社会本质的观点，在中国文艺界也产生过普遍性影响。周扬1953年的一次报告，在引了马林科夫的话之后说，"真正能看到本质以后，作家就是一个社会主义现实主义者了。现实主义者都应该把他所看到的东西加以夸张，因此我想夸张也是一种党性问题"①——在典型创造的"夸张"上，在典型的党性、政治性上，这时的周扬比马林科夫走得更远，强调得更绝对。不过周扬有个好处，他不介意、愿意改变自己被证实为谬误的看法（后来他落得"两面派"的恶名）。在《共产党人》专论发表后，他要《文艺报》转载并组织讨论。《文艺报》和其他学术刊物在1956年便先后发表多篇观点虽不同，但都具有批评烦琐哲学公式取向的讨论文章：它们都没有被收入《社会主义现实主义论文集》中。

## 西蒙诺夫《谈谈文学》

文章发表于苏联《新世界》杂志1956年第12期，中译刊于《学习译丛》②1957年第3期。文章的观点，在1957年苏联作家协会理事会书

---

① 周扬1953年3月11日在全国第一届电影剧作会议上的讲话，《周扬文集》第2卷，人民文学出版社，1985年，第198—199页。

② 《学习译丛》1951年创刊，《学习》杂志主办，主旨是"为便利读者阅读苏（转下页）

记处的报告中,被批评为"给那些需要明确地阐明的问题造成混乱"①。西蒙诺夫②是著名小说家、剧作家,他的《日日夜夜》等作品在中国四五十年代有很大影响。卫国战争是他持续写作的题材,并引领了苏联文学"解冻"之后战争文学的变革。《谈谈文学》分析苏联"战后"的文学状况,认为个人崇拜对文学产生严重后果:"粉饰生活,把愿望说成现实,对困难一字不提。战后时期我国文学最糟糕的地方恰好就在这里。"

除此之外,《谈谈文学》还提出关于社会主义现实主义的概念、定义问题——1954年12月在第二次作家代表大会③的报告中他已经提出。他将苏联作家协会章程中对这一方法的"定义"划分为两个部分:前一部分他认为是"完全正确的,经得起时间的考验";而后一部分("同时艺术描写的真实性和历史具体性必须与用社会主义精神从思想上改造和教育劳动人民的任务结合起来")则是"不确切的","好像真实性和

---

(接上页)联重要期刊和报纸上的马列主义理论著作以及有关理论学习的文章,特编印此丛刊,作为《学习》杂志的辅助读物"。《谈谈文学》中译收入《保卫社会主义现实主义》第一辑。

① 《苏共第二十次代表大会以后苏联文学发展的几个问题——苏联作家协会理事会书记处向作家协会理事会第三次全体会议的报告》,见《保卫社会主义现实主义》第一辑,第95页。

② 康斯坦丁·西蒙诺夫(1915—1979),苏联小说家、诗人、剧作家。1938年毕业于高尔基文学院,曾任苏联作家协会理事会书记处书记,《文学报》主编。作品主要以苏联卫国战争为题材,著有长篇小说《日日夜夜》《生者与死者》《军人不是天生的》等。

③ 西蒙诺夫的报告《苏联散文发展的几个问题》,中译见《人民文学》1955年第2期,收入《苏联人民的文学:第二次全苏作家代表大会报告、发言集》上册,人民文学出版社,1955年。1934年第一次全苏作家代表会之后,20年间再没有开过代表大会。第二次大会1954年12月16至26日在莫斯科召开。除苏联作家外,世界各国进步作家也应邀参会并发言,如周扬(中国)、保罗·罗伯逊(美国)、恩斯特·费歇尔(奥地利)、巴勃罗·聂鲁达(智利)、杰克·林赛(英国)、乔治·亚马多(巴西)、阿拉贡(法国)、希克梅特(土耳其)等,显示了苏联在当时社会主义阵营中的"领袖"地位。

历史具体性能够与这个任务结合，也能够不结合"；说"正是对这条定义的这种任意的了解"，与"声名狼藉的'无冲突论'在我们这里得到广泛的传播"有关。① 就在这次作家代表大会上，《章程》删去了"这一公式的后半段的补充部分"②。西蒙诺夫对"定义"所作的批评和《谈谈文学》一文，在中国的同行那里得到广泛关注，被多篇讨论现实主义问题和批评文学现状的文章所征引，或作为问题讨论的起点，如何直的《现实主义——广阔的道路》，周勃的《论现实主义及其在社会主义时代的发展》，钱谷融《论"文学是人学"》，以及刘绍棠、从维熙质疑社会主义现实主义的文章。黄秋耘1957年的《刺在哪里？》，题目就来自《谈谈文学》：

> 西蒙诺夫在谈论苏联文学界的现状时曾说过这样的一段话："不管木刺埋在肉里多么深，为了不致使它溃烂，就必须把它拔出来，虽然这样会触痛许多人的自尊心，但为了我国文学的利益、读者的利益、社会主义的利益，我们必须这样做。"③

《谈谈文学》还论及在当时中国也曾发生反响的《青年近卫军》的修改。法捷耶夫的这部小说写苏联卫国战争初期，德军占领乌克兰地区克拉斯诺顿后，青年自发组织抵抗的英勇故事。1945年出版后，得到很高评价，也受到批评。斯大林授意《真理报》刊发的批评文章，认为小说对布尔什维克党员的描写没有达到"典型的程度"；对战争初期的撤退、混乱的表现是用偶然、个别的现象掩盖了最主要的和典型的事物；也没有深刻表现地下斗争与全体人民、苏军战斗行动的联系。这一按照

---

① 《苏联人民的文学：第二次全苏作家代表大会报告、发言集》上册，第83—84页。黑体为原文所有。
② 西蒙诺夫：《谈谈文学》，见《保卫社会主义现实主义》第一辑。
③ 秋耘：《刺在哪里？》，《文艺学习》1957年第6期。

社会主义现实主义"定义"展开的批评,导致作者用了四年时间进行修改。在1956年的现实主义辩论中,对初版本与修改本的高下评价,与对社会主义现实主义的质疑联系在一起。西蒙诺夫改变了他原先对修改本的高度肯定,转而"偏爱第一版":"如不是因为他浪费了四年时间来改写'青年近卫军'的话",法捷耶夫完全可能写完《最后一个乌兑格人》这部"史诗"。并推测已自杀身亡的法捷耶夫的痛苦①:

> 法捷耶夫化了整整四年的功夫来改写和补充他的小说,这对于他这样一位正直的艺术家来说,是一个很痛苦而困难的工作。他知道,这并不是秘密:这篇文章是斯大林直接授意写的。作家法捷耶夫信任斯大林,他痛苦地力求理解:他,作为一个艺术家,究竟错在哪里?他力求说服自己。……他寻求一种不会使他这个艺术家感到厌恶的改写小说的方法……

## 爱伦堡:《〈玛琳娜·茨维塔耶娃诗集〉序》

在50年代的苏联文学"解冻"潮流和现实主义辩论中,伊利亚·爱伦堡是标志性人物。1962年3月,世界文学编辑部编印的《爱伦

---

① 法捷耶夫1956年5月13日自杀身亡。《人民日报》1956年5月16日《苏联作家法捷耶夫逝世》引述苏联当局发布的公告称,"最近几年来,亚·法捷耶夫被严重的日益发展的病症——酒精中毒所折磨。近年来采取的各种医疗措施都没有带来有益的结果。在由病症发展所引起的照例的严重的精神抑郁状态中,法捷耶夫自杀而死。"自杀原因有多种推测。有的认为,他为自己在斯大林时期长期担任苏联作家协会主要领导人的作为自责,有的则相反,认为是对赫鲁晓夫的反斯大林的不满。

堡论文集》(内部读物)的"附页"①,对他这个时期的情况作了这样的介绍:

> 1956年苏共二十大和匈牙利发生了反革命叛乱以后,国际反动派掀起了反苏反共浪潮,苏联社会主义文学也受到了敌人猛烈的攻击。在这样的气候底下,爱伦堡趁机大肆活动。1956—1957年两年间发表了十几篇各种形式的文艺论文和小说《解冻》第二部,论文中比较重要的有:《必要的解释》、《司汤达的教训》,为俄国颓废派诗人茨维塔耶娃的诗集、有自然主义倾向的苏联作家巴别尔的小说集、意大利新现实主义作家莫拉维亚的《罗马故事》集、法国诗人艾吕雅的诗集写的序文,《关于法国文化的某些特征》(由报告改写成论文)、美术论文《印象派》、《谈毕加索的画》等等。②

这是"世界文学参考资料"的"内部读物"上的文字,在与苏联的交恶尚未公开之前,中国文学界避免在正式、"外部"将他归入"修正主义"的敌对行列。这个时期爱伦堡的文章,最具特色的是《〈玛琳娜·茨

---

① "内部读物"的这部《爱伦堡论文集》采用奇特的编辑方式,收11篇爱伦堡论文之外,还附有未上目录、重编页码的共7页的"附页"《关于爱伦堡及其文艺观点》,"附页"并注明"内部材料·注意保存"字样。1962年的《爱伦堡论文集》,在删去《回答一封信》《关于疯狂的随感》两文和"附页",并增加陈冰夷的《编者前言》《爱伦堡的生平和创作活动》之后,1982年由北京大学出版社以《必要的解释(1948—1959文艺论文选)》书名出版,北京大学俄语系俄罗斯苏联文学研究室编译。对爱伦堡的评价,与60年代相比也发生根本性改变。

② 《爱伦堡论文集》"附页",世界文学编辑部(内部出版),1962年,第4页。

维塔耶娃诗集〉序》(1956)《司汤达的教训》(1957)[①] 等,他以对具体作家作品,即文学经典评述的方式来参与这场现实主义辩论。对于20—40年代在苏联被目为异端的茨维塔耶娃,爱伦堡倾注他怜惜、赞美的情感;这与社会主义现实主义提供的标准尺度(乐观,集体主义,人民和英雄崇拜)大相径庭:

> ……孤独,说得更准确一些,剥夺,好象诅咒似的,在她的头上悬了一生,但她不仅努力把这诅咒交还给别人,而且自己还把它当作最高的幸福。她在任何环境都觉得自己是亡命者,是失去往日荣华的人。
> 
> ……
> 
> 她爱得多,正是因为"不能"。她不在有她的邻人的地方鼓掌,她独自看着放下来的帷幕,在戏正演着的时候从大厅里走出去,在空窦无人的走廊里哭泣。
> 
> ……她生活得纯洁和高尚,由于鄙视生存的表面幸福,差不多经常处于穷困,她在日常生活中很有灵感,她在眷恋和不爱上显得很是激情,她非常敏感。我们能责备她这种敏锐异常的感觉吗?心的甲胄对于一个作家,正如目盲对于画家或者耳聋对于作曲家一样。也许,许许多多作家的悲剧命运,其说明正在于这种心的袒露,这种弱点……

在评论司汤达这位19世纪作家的时候,他不觉得批判现实主义与社会主义现实主义之间有什么区别,坚定认为,伟大作家在基点上,在

---

[①]《〈玛琳娜·茨维塔耶娃诗集〉序》中译收入《保卫社会主义现实主义》第一辑(收入时标题内不含书名号),《司汤达的教训》刊于《译文》1958年第7期。这两篇文章均收入内部出版的《爱伦堡论文集》。

本质上都是一样的——

> 时间上相距如此遥远……我们谈到它们时，要比谈到我们同代人的作品觉得更有信心。同时，我们并未感到那种冷冰冰的博物馆气味，《红与黑》是一篇关于我们今天的故事。司汤达是古典作家，也是我们的同时代人；你不能把他列入这个或那个文学流派；他是现实主义者，因为一切伟大的艺术，不管是《哈姆雷特》、《唐·吉诃德》或者《浮士德》，都是具有现实意义的……

爱伦堡对茨维塔耶娃、司汤达的评论，在苏联自然引发争议，受到保卫社会主义现实主义的作家的批评。他们警惕文学史叙述上这一"翻案"现象对应该予以坚守的"原则"的毁损。当时苏联作家协会领导人苏尔科夫就多次批评这一现象：茨维塔耶娃、帕斯捷尔纳克、皮尔尼亚克（现通译皮利尼亚克）、布尔加科夫、巴别尔、梅耶荷德等的文学史地位被抬高，夸大他们创作经验的意义。在开展对教条主义的批判之后，他不否认"解冻"时期重新出版普宁、安特列耶夫、帕斯捷尔纳克、茨维塔耶娃、阿赫玛托娃作品的必要，但反对走向另一极端："不应该把我们的出版政策混淆为要青年向这些大师学习"；不应"不分皂白地宽恕了他们的确有关的错误和迷惘"。他批评这是"在反对社会主义现实主义的同时，出现了要把早在 20 年代和 30 年代初在创作讨论中受到正确批评的那些东西，当作正确经验加以复活的企图"。[①] 1957 年波兰《意见》季刊创刊号在介绍苏联诗歌的时候，刊登了茨维塔耶娃等的诗，

---

① 苏尔科夫：《为共产主义的理想而斗争是我们崇高的使命》，见《保卫社会主义现实主义》第一辑，第 130 页。

引发苏联作家协会的不满。《文学报》愤怒地评论道：

> 波兰的读者如果要从这些诗歌了解苏联人民今天的生活、意图和事业，却是不可能的。……杂志上所刊登的作品大多是陈旧的，有一些早已被人忘记了。请问，茨维塔耶娃在1913年写的一首诗和1920年写的另一首诗，还有早就在我们读者的记忆中忘得一干二净的曼台尔什塔姆[现通译为曼德尔施塔姆——引者]的作品，难道可以根据这些来判断我国的现代诗歌和作品吗？①

## 卢卡契：《关于文学中的"远景问题"》② 《近代文化中进步与反动的斗争》

这是卢卡契在这个阶段的两篇重要文章，尤其是后者，其意义超越文学问题层面。文章分别刊于1956年东德的《新德意志报》（1956年1月15日）和《建设》月刊（1956年9月号），中译作为批判资料收入《保卫社会主义现实主义》第二辑的第二部分"附录"。卢卡契在当时社会主义阵营的一些国家里，被看作"社会主义现实主义的敌人"；但也有分寸地没有直接将他列入"反革命"的营垒。这一定性，不仅着眼于

---

① 《这是谁的意见？——评波兰〈意见〉季刊创刊号》，原载苏联《文学报》1957年9月26日，中译见《保卫社会主义现实主义》第二辑，第314页。

② 此文标题据《保卫社会主义现实主义》，在《卢卡契文学论文集》中，"远景问题"没有引号。

他的理论,更重要的依据是理论和现实政治的关联,以及他的政治行为本身①。他曾在裴多菲俱乐部发表演讲②,匈牙利十月事件中,短暂担任纳吉政权的文化部长(1956年10月23日至11月1日)。主流批评家的评述是:"对卢卡契理论错误的方向,反革命准备的历史已对此做出了证据确凿的判决,这个方向成为一面资产阶级民主运动的旗帜,这个运动从思想和政治上削弱无产阶级专政,而且不仅在匈牙利。……卢卡契的思想—政治活动和伊姆雷·纳吉—洛松济集团是不一样的,但毫无疑问的是他从1956年春以来的登场就为这个集团和它的方向铺平了道路。卢卡契的名字和他的设想——这是不容反驳的事实——在这个集团的'自由化'运动中最最重要的标语口号上扮演了一个角色"③,在匈牙利事件中"'通过自己的言行间接或直接地为反革命开路'"④。

社会主义国家理论、文学界这次对卢卡契的批判,是1949—1950年批判的延续。批判在1958年达到高潮。这个时期中国在对待卢卡契的态度上,基本依循苏联、东欧的路线,但罕见原创性的批判文章。报

---

① 1957年5月苏联作协理事会书记处向作协理事会第三次全体会议的报告《苏共第二十次代表大会以后苏联文学发展的几个问题》中,将卢卡契和南斯拉夫的维德马尔等称为"社会主义现实主义的敌人",见《保卫社会主义现实主义》第一辑,第113页。

② 1956年6月15日,卢卡契在裴多菲俱乐部的哲学辩论会上做演讲。约翰娜·罗森堡编的《乔治·卢卡契生平年表》说:"这次辩论会是在卢卡契的主持下召开的。卢卡契著作中的修正主义倾向以及他在裴多菲俱乐部的出现和他在这几个月中的文章被修正主义势力所利用,为其反革命活动服务。"见《卢卡契文学论文集》(二),中国社会科学院外国文学研究所外国文学研究资料丛刊编辑委员会编,中国社会科学出版社,1981年,第596页。

③ 安德拉斯·格罗:《当前意识形态上阶级斗争的几个理论问题》,见约翰娜·罗森堡编《乔治·卢卡契生平年表》,收入《卢卡契文学论文集》(二),第596—597页。

④ 参见中国社会科学院外国文学研究所外国文学研究资料丛刊编辑委员会:《卢卡契文学论文集》(一)"前言",中国社会科学出版社,1980年,第3页。

刊（《人民日报》《文艺报》《学习译丛》《读书》《世界文学参考资料》《北京大学学报》）主要是刊登相关信息，少量批判文章也多出自苏联、民主德国和匈牙利批评家的笔下。①

　　这个时间的现实主义辩论中，对卢卡契的批判是将美学与政治理论、实践联系在一起。批判者认为，在决定性的政治、理论问题上，卢卡契脱离无产阶级立场，将决定历史发展的主导因素的阶级矛盾，置换为超阶级的"进步与反动的斗争"，抽象谈论民主，并"把争取民主的斗争跟争取社会主义的斗争分离开来"，没有认识到"民主目的在通向社会主义革命的大道上只是一个不可缺少的步骤"。②批判者指出，卢卡契是在寻找中间道路，而正如列宁所言，"中间道路是没有的"。卢卡契的这一政治理念，体现在文学问题上是反对"倾向文学"，反对文学的"党性"原则，忽视世界观在创作上的主导地位。卢卡契看到社会主义

---

① 1957年到1958年，《文艺报》《人民日报》《译文》（1959年改刊名为《世界文学》）等均有对卢卡契批判的报导。国外批判论文的中译，主要刊于《学习译丛》，和《译文》的内部刊物《外国文学参考资料》（1959年改刊名为《世界文学参考资料》）。《世界文学参考资料》1959年第3期是"卢卡契批判专辑"，收入匈牙利、民主德国学者的批判文章。《世界文学》编辑部还选编了《卢卡契修正主义文艺论文选译》和《有关修正主义者卢卡契资料索引》。1960年编印的"选译"以活页的方式出版14辑，译载卢卡契重要文艺论文14篇。1956年开始，《译文》（《世界文学》）在中国作协邵荃麟等的主持下，组织翻译卢卡契的论文和相关评论文章。60年代计划翻译、出版《卢卡契论文集》，译稿在1965年基本集齐，因"文革"很快发生未能出版。1980、1981年中国社会科学出版社出版的《卢卡契文学论文集》两卷，就是在这个基础上增删、校订、加工的成果（参见中国社会科学院外国文学研究所外国文学研究资料丛刊编辑委员会《卢卡契文学论文集》（一）的"前言"）。1960年复旦大学外文系资料室内部编印《有关修正主义者卢卡契资料索引》（蜡纸手刻油印本），中国作家协会上海分会文学研究室编辑了《卢卡契修正主义资料选辑》。60年代，商务印书馆中译出版了卢卡齐（契）的《存在主义还是马克思主义？》《青年黑格尔》（选译）。

② 考赫：《卢卡契的政治、文艺学和地位》，见《保卫社会主义现实主义》第二辑，第130—131页。

文学"不能立刻拿到巴尔扎克和托尔斯泰的尺度上去衡量",在阶级性含糊的"进步与反动之间的斗争"(法西斯主义/反法西斯主义;战争/和平;现实主义/反现实主义)的命题下贬低社会主义文学的价值,没有认识到社会主义现实主义是现实主义的具有新的历史性质的"飞跃",这表现了他的"精神上的贵族"的视角①:

> 资产阶级的艺术家由于他的阶级地位,没有一个人能够……写出一部关于革命的无产阶级的生活和斗争的真实的现实主义小说。按照他的本质,他不能作为现实主义者写出历史的最进步的现象。而这种可能性对社会主义现实主义者,对工人阶级的文学代表就可能存在,甚至社会主义的艺术家中才能比较小的人也要比资产阶级文学的一个巨匠懂得更真实地描写我们现实的这些最伟大的现象。②

卢卡契当时不可能回应这些责难,推测他也不大可能轻易改变他对这样的观点的批评;这些观点认为,"随着社会主义现实主义的产生,批判现实主义的时期已经过去了"。他批评"把颓废的标准理解得特别教条主义化和形式化",和"以狭隘庸俗的政治观点来判断文学作品及作家们","顽固地反对一切客观性,按照经济学的主观主义的精神固执地、教条主义地来理解党性"。他说,"这些错误的见解助长了我们文学中的公式主义,助长了把远景当作现实来描写的风气"。③在

---

① 阿布施:《他不能克服旧的影响》,见《保卫社会主义现实主义》第二辑,第113页。
② 考赫:《卢卡契的政治、文艺学和地位》,见《保卫社会主义现实主义》第二辑,第141页。
③ 卢卡契:《近代文化中进步与反动的斗争》,见《保卫社会主义现实主义》第二辑,第203—204页。

对"社会主义文学"的信心问题上,他的看法与批判者截然不同:他坚持认为,平庸的作品,不论你贴上哪一阶级的标签也改变不了它平庸的性质:

> 假如我们不加批评地对于平平常常的作品也加以赞扬,就像我们在这几十年中所做的那样……这样,我们就不是在宣传社会主义现实主义,却是在损害它的威望了;现在形成了那末一种公开的意见,认为社会主义现实主义就是那么一些平常的、机械的作品,而这些作品正是为我们的批评家所捧上了天的……创作方面,我们当然就不会以事实上也许在我们自身中存在的力量登上世界舞台。①

所幸的是,1957—1958 年苏联、民主德国、匈牙利对卢卡契的批判,并未像中国对待胡风(他显然受到卢卡契的影响)那样,将他的作品都列为禁书,并进而否定他全部的思想成果。批判者说:"要通过命令把卢卡契的作品从我们的文艺学的历史当中清除出来的看法是些主观的胡思乱想。真正马克思主义地去接触他的作品,只有通过对这些作品的错误进行无情的批判才能做到。只有无情地破除了限制才能把所有的积极的、有价值的东西用来丰富今后的发展。"②

这次对卢卡契的批判虽激烈,但高潮也意味着退潮,这是对他的"最后的一次批判"。此后,卢卡契的形象和对他的评价在西方和苏联、东欧发生很大变化,他成为有国际影响和威望的哲学家、美学家和文学史家。这个变化,间接印证了他对世界政治、共产主义运动局势的变化

---

① 卢卡契:《近代文化中进步与反动的斗争》,见《保卫社会主义现实主义》第二辑,第 204 页。

② 考赫:《卢卡契的理论和政治》,《保卫社会主义现实主义》第二辑,第 178—179 页。

的预感，这在他有关方法论的主张上体现出来：

> 把理论上的最基本的问题跟日常的问题直接联系在一起，乃是宗派主义和教条主义的特征。按照这样的看法，人们对于每一个日常问题，不管它属于哪一种性质，都可以不需经过任何转折直接从马列主义的最高原则出发去推论。①

## 维德马尔《日记片断》；里夫希茨《谈维德马尔的〈日记片断〉》

《日记片断》发表于南斯拉夫《劳动》杂志1956年第5期，程代熙根据俄文打字稿中译，刊于《译文》1958年第1期，作为批判对象收入《保卫社会主义现实主义》第二辑的第一部分"附录"。约西普·维德马尔是斯洛文尼亚作家，1957年5月至1958年12月，担任南斯拉夫作家联合会主席。《日记片断》在苏联和中国受到批判，被看作典型地表达修正主义文艺观点的文字，但中国对这位作家的生平创作情况的介绍只有片言只语。②在我们读到的多篇批判文章中，显示很高理论水准和分析能力、拒绝以简单的庸俗社会学方法对待批判对象的，当属苏联著名美学家里夫希茨的《谈维德马尔的〈日记片断〉》。中国同行也有讨伐的檄文发表③，都无法与里夫希茨相提并论。因此，1958年作家出

---

① 卢卡契：《近代文化中进步与反动的斗争》，见《保卫社会主义现实主义》第二辑，第184页。

② 关于维德马尔的情况，参见本书第228页注释①。

③ 如刘白羽《透明的还是污浊的？——评南斯拉夫修正主义的文艺纲领》(《文艺报》1958年第12期)，罗苏"把凯撒的还给凯撒"——评维德马尔的〈日记片断〉(《文学研究》1958年第4期)。

版社将里夫希茨这篇文章，连同放在"附录"的《日记片断》，放在《外国修正主义文艺思想批判资料》丛书中单独出版。"出版说明"说，"最近两年来，苏联和东欧国家文艺界展开了马克思主义和修正主义的两条道路的斗争。也跟政治上的两条道路的斗争一样，修正主义的文艺思想主要来自南斯拉夫"，维德马尔的这篇文章，"用断章取义的手法大肆歪曲列宁关于托尔斯泰著作的基本论点，并企图以此来证明'思想倾向性'对作家的创作不起什么作用，艺术创作不以作家的世界观为转移。可以说，维德马尔的这篇文章是公开宣扬现代修正主义文艺思想的一株毒草"①。

《日记片断》讨论的是文学作品思想倾向性与艺术价值，作家世界观与创作的关系问题——这个问题在50年代现实主义辩论中争议不休。维德马尔从1908年到1911年列宁论托尔斯泰的一组文章②谈起，认为列宁表达的看法是：

> 对于确定一部作品的艺术价值，思想倾向是根本不起任何作用的。这个思想倾向是正确的还是错误的，是唯物主义的还是唯心主义的，是有益的还是有害的，进步的还是反动的——那体现这个思想倾向的作品的艺术价值并不由它（即这种思想倾向）来决定的，因为艺术的性质、艺术的意义在于如列宁所说的，"画出生活的独一无二的图画"，就是在于这样

---

① 作家出版社编辑部：《谈维德马尔的〈日记片断〉》"出版说明"，作家出版社，1958年，第1页。另见《保卫社会主义现实主义》第二辑。

② 这些文章有《列夫·托尔斯泰是俄国革命的镜子》《列·尼·托尔斯泰》《列·尼·托尔斯泰和现代工人运动》《托尔斯泰和无产阶级斗争》《列·尼·托尔斯泰和他的时代》。中译见《列宁论文学》（人民文学出版社1958年版）、《列宁论文学与艺术》（人民文学出版社1960年版，本条注释所列的篇名据此版本）。

一个任务，对于这个任务的完成，思想倾向是不起什么重大作用的。

维德马尔研读列宁这些文章中得出的结论是，"艺术家越伟大，他那个时代的重大的、本质的特点和现象在他的作品中就反映得越鲜明"。他反对将这个看法倒过来，即艺术家越是鲜明地把时代的重要的本质方面表现出来就越伟大，认为这样的看法"是很危险的"："反映时代不应该是，而且也绝不是确定艺术价值的基本标准之一"。他引证高尔基回忆录写到列宁赞扬《战争与和平》打猎的场面①，说吸引列宁要"再读一遍"的是"如此真实，如此独特，如此新鲜的图画"，是"艺术的魅力"，

> 这种使人精神爽快的魅力就是艺术所以宝贵之处，也就是"人类永恒的感情"之一。人世间的奇事就是这种自然的事实，这种自然的事实，无论是借助于艺术家的看法也好，运用艺术是时代的反映这种观点也好，都不可能解释清楚的。

维德马尔对列宁的观点显然存在曲解。不过，让一个马克思主义者（维德玛尔自己这样认为）做出这样明显偏颇的论述，也是事出有因。维德马尔的批判者也承认，二次大战后，"庸俗地重复着像'思想倾向性'、'反映现实'等等的概念把他惹恼了，这种心理状态是可以理解的。看见我们心里所珍爱的思想变成便宜货物，变成马克思主义的无事生风

---

① 高尔基回忆录《列宁》中写道，"有一次我到他那里去，看见桌上摆着一本《战争与和平》。'是的，托尔斯泰！我想读一读打猎的那个场面……'微笑着，眯起眼睛，他快活地在靠椅上把身体直起来，放低声音，迅速地继续道：'怎样的一块大石头呵，噢？怎样伟大的一个人物呵！……老兄，这才是一个艺术家呢。你知道，还有什么令人惊异的呢？……'"高尔基：《回忆录选》，人民文学出版社，1959年，第42页。

和蛮不讲理的朋友们的生财之道,当然是非常痛心的"①。尽管可以这样为维德马尔开脱,但偏颇、谬误终究是偏颇、谬误。因此,里夫希茨写了长达三万余字的《谈维德马尔的〈日记片断〉》②来指谬、批驳。作为有修养、自信、熟稔马克思主义的理论家,他不必提高音调、剑拔弩张,他通过对《战争与和平》的打猎场面和《克莱采奏鸣曲》的"细读",有说服力地指出,"企图把'人类永恒的感情'带到历史的钳子以外"的,"拥护没有任何'思想倾向性'的艺术的人们",想拿《战争与和平》的天才的作者作为例证根本不可能:"在列宁评论托尔斯泰的文章中,永恒和历史不是被一道万里长城隔开的"——

---

① 里夫希茨:《谈维德马尔的〈日记片断〉》,见《保卫社会主义现实主义》第二辑,第19页。以下来自本篇引文分别见于此书第57、40、57、20—21、43—44、61页。译者程代熙将这篇文章收入《程代熙文集》(长征出版社1999年版)时对译文有修改,如这里的"自然的事实"改译为"天性"。

② 发表于苏联《新世界》杂志1957年第9期,丹青转译自英文《苏联文学》1957年第9、10期,中译见《译文》1958年第2、3期,收入《保卫社会主义现实主义》第二辑。米·亚·里夫希茨(1905—1983),苏联马克思主义文艺理论家,在经典马克思主义美学文献的系统整理、研究上做出重要贡献。他主编的苏联国家艺术出版社1957年版的《马克思恩格斯论艺术》,1960—1966年由人民文学出版社出版四卷本中文版。有关里夫希茨的学术情况及对中国的影响,参见傅其林《里夫希茨马克思主义文艺理论在中国的旅行》(《学术论坛》2018年第1期)。不过,文章个别史实有误。如说里夫希茨"在1950年代的中国形象主要是修正主义者,他的著作《谈维德马尔的〈日记片段〉》研究19世纪的文艺理论家维德马尔的文艺思想,被丹青翻译成中文,1958年由作家出版社出版,被归属为《外国修正主义文艺思想批判资料》,所以作为马克思主义美学家这种中国本土身份的建构主要在1980年代形成"——这里的错误有二,一是维德马尔并非"19世纪"文艺理论家,是当代南斯拉夫作家。二是里夫希茨当时并非是"修正主义者",相反是修正主义文艺思想的批判者。1958年作家出版社出版的《谈维德马尔的〈日记片断〉》的确属《外国修正主义文艺思想批判资料》丛书,不过在这本书中,修正主义指的是维德马尔的文章,里夫希茨是批判者。

[维德马尔] 只肯承认那些否认思想在艺术创作中有重大意义的人们是独创的思想家们,其他一切人都被他列为"教条主义者"和"眼光狭小的人"。可是如果照那样说法,至少从十八世纪以来,一切主要的民主战士们都要列入"眼光狭小"的一类……归根结蒂,是恩格斯,说过阿思契勒斯和亚里斯多芬、但丁和塞万提斯、易卜生和俄国十九世纪的现实主义者,更不必说席勒,都是决然无疑地有倾向的;是恩格斯,说过文艺复兴的巨人们都是立场鲜明地参加了斗争,"有的人口诛笔伐,有的人拔剑持刀,还有许多人二者兼备。"是的,是恩格斯,说过将来的艺术要把两个原则混合在一起:知识的深度和莎士比亚的活泼生动。

　　从里夫希茨的富于穿透力的分析中,我们得知《战争与和平》打猎场面这一"如此真实,如此独特,如此新鲜的图画"蕴含着丰富的社会内容,也从他对托尔斯泰另一作品《克莱采奏鸣曲》的解读中,得知一个固执某种观念的托尔斯泰,如何被另一个面向生活整体的托尔斯泰所战胜;这为恩格斯的"现实主义的胜利"提供了极具说服力的例证。里夫希茨在文章中引了托尔斯泰评契诃夫小说《宝贝儿》的一段话。《圣经》有这样的记载,巴兰三次打算执行摩押王巴勒的命令去咒诅以色列人,但每次说出的话却都是祝福,而不是咒诅。托尔斯泰说:

　　巴兰经历到的那种事,真正的诗人和艺术家也常遇到,诗人受了巴勒的礼物的诱惑,或受了名望的诱惑,或受了笼笼统统的先入之见的诱惑,看不见天使挡住他的路(然而驴子却看见了天使),他原打算咒诅,可是,看呐,他倒在祝福了。①

"托尔斯泰往往是站在……巴兰那个人的立场上的",他不会受到渴望名声和财物的诱惑。他对资产阶级社会秩序和它虚伪的自由的憎恨,使他拥护宗法社会的生活和道德。但这只是一个方面;正如里夫希茨指出的,"另外一个解决的方法是要向托尔斯泰以他这个杰出人物的全部力量出现在我们面前的地方去寻找";"在那里他是一位伟大的艺术家,他所创造的生活的画面驳倒了他自己太局限或者公开反动的理论"。

其实,里夫希茨在他细密的分析过程中,也有点陷入巴兰或托尔斯泰那样的情境:强调"思想倾向"在批评和创作上的决定性意义的他,不知不觉给无法完全用"思想倾向"来规约的艺术创造留出空间,从而缩小了他和维德马尔对立的距离。从这样的角度看,里夫希茨也有点像巴兰:原本打算"咒诅",却不知不觉发出了"祝福"的声响。

## 何直《现实主义——广阔的道路》

这篇文章有一个副标题:"对于现实主义的再认识"。"再认识"缘于作者对文学现实的忧虑。文章刊登于《人民文学》1956年第9期,作为附录收入《社会主义现实主义论文集》第一集。何直是秦兆阳的笔

---

① 巴兰为预言家,摩押国王巴勒聘请他来诅咒离开埃及来到约旦河东岸的以色列人,但巴兰依照神的命令反而祝福以色列人。关于巴兰咒诅和祝福的故事,见《圣经·旧约·民数记》第22—24章。

名①。秦兆阳1938年参加革命,相信当年写作这篇文章,也是出于对社会主义文学的拳拳之心,为出现的那些弊端心焦,可是却因它成了右派(这是主要的,也还有其他的原因,如修改王蒙的小说让"错误倾向"更加明显)。他受到也投身革命的"同事"的猛烈批判。读着那些同为革命者的挞伐文章,那些嘲讽刻薄的话,即使时过境迁也仍颇感心寒。②

秦兆阳的文章虽是讨论理论问题,写作动机却是来自"时弊":他列举的当时文艺界出现的"混乱思想"有——

>……不应该写过去的题材呀,过多地从是否配合了任务来估计作品的社会意义呀,出题目作文章并限时交卷呀,必须像工作总结似的反映政策执行的过程呀……不应该写知识分子呀,不应以资本家或地主富农为作品中的主要人物呀,作家最激动和最熟悉的"过去的题材"不要写而硬要去写那些不激动不熟悉的东西呀,生活本身就是公式化的呀,离开了形象及其意义去找主题思想呀,用行政命令的方式去领导创作呀……还有:我提倡写新人物,你就不应该写落后人物呀;如果你写了落后党员,就是"歪曲共产党员的形象"呀;创造新人物最好是按照几条规则来进行呀;大家都习惯地把人机械

---

① 秦兆阳(1916—1994),生于湖北黄冈,1938年赴延安参加革命,曾在陕北公学、延安鲁艺学习,后任华北联合大学文艺学院教师,冀中根据地和军分区报社社长、编辑。50年代任《人民文学》副主编,因发表《现实主义——广阔的道路》等原因被定为右派分子,1979年平反后,任人民文学出版社副总编辑,《当代》主编。著有短篇小说集《农村散记》,长篇小说《在田野上,前进!》《大地》,论文集《文学探路集》。

② 参见言直《应当老实些》(《文艺报》1958年第3期)、常础《秦兆阳的前言和后语》(《人民文学》1958年第4期)、刘白羽《秦兆阳的破产——在中国作家协会党组扩大会上的发言》(《人民文学》1958年第9期)。言直、常础均为笔名。

> 地分为先进人物与落后人物两大类呀；写先进人物不应该写他有缺点和一定要写缺点呀；机械地把生活内容分成主要矛盾和次要矛盾，并用之作为衡量作品的标准呀；把对作品的批评变成对作家的政治鉴定呀……

这是他作为中国权威的文学杂志负责人的见证描述[①]。如果只是这样就事论事也就罢了，却追根究底将这些现象与社会主义现实主义这一"纲领"挂钩。他在"完全同意"地征引西蒙诺夫1954年对社会主义现实主义"定义"的质疑之后，对这一定义的"不合理性"提出两个疑问。一是认为这一"定义"从未有人对它做过完善的、确切的解释，另一是对今天"资本主义世界里某些现实主义作家的作品"，和中国五四以后的某些作品，很难说明它们是哪一类现实主义作品。他认为，对生活真实和艺术真实的追求是现实主义的不变的"基本大前提"，"想从现实主义文学的内容特点上将新旧两个时代的文学划分出一条**绝对的**不同的界线来，是有困难的"。对这一论述，秦兆阳显然有点不放心；所以，他补充说，

> 如果从时代的不同，从马克思主义和革命运动对于人类生活的巨大影响，从现实主义文学已经发展到了对于客观现实的空前自觉的阶段，以及由此而来的现实主义文学的某些必然的发展，我们也许可以称当前的现实主义为社会主义时代的现实主义。

---

[①] 秦兆阳这个时间担任《人民文学》副主编，实际上负责这份刊物的编务，从1956年夏开始到1957年夏，积极推动《人民文学》办刊方针的改革。

这一说法，随后得到周勃的呼应①。在1956年底，最早撰文批驳秦兆阳的，是另一份权威刊物《文艺报》的主编张光年。针对秦兆阳的社会主义现实主义取消派，得到高层授意的张光年用了旗帜鲜明的题目(《社会主义现实主义存在着、发展着》②)予以回应，表达了对社会主义现实主义"保卫"的态度。文章宣告：

> 性急的人们徒劳地敲起丧钟，但是社会主义现实主义存在着、发展着。斜风细雨只能惊动少数怕淋坏了衣服的人，将有更多的人集合在它的战斗的旗帜下。

## 钱谷融《论"文学是人学"》

这篇文章刊于上海的《文艺月报》1957年第5期；这个时间反右派斗争即将开始，所以刊出后很快受到批判。钱谷融当时在华东师范大学中文系任教，批判最先在上海展开。1958年上海新文艺出版社还专门编辑、出版了《〈论"文学是人学"〉批判集》。批判集标明是第一集，后来却没有续集的下文。③ 批判集"前记"说，这是一篇"系统的宣传修正主义文艺观点的文章，它广泛地涉及文艺理论领域的许多重要问题，从反对文学反映现实这个历史唯物主义的根本问题出发，用所谓人道主义这条线索把许多问题联系起来，企图以此来解释一切文学现象。这就

---

① 参见周勃：《论现实主义及其在社会主义时代的发展》，《长江文艺》1956年第12期。
② 刊于《文艺报》1956年第24期。
③ 收入吴调公、罗竹风、陈辽、李希凡、蒋孔阳等的批判文章7篇；《论"文学是人学"》作为附录。

是这篇论文的修正主义的'理论体系'。而与马克思主义阶级论相对立的'人性论',却又是这个'理论体系'的基础"。

钱谷融的三万多字的论文,几乎涉及当年讨论的现实主义的大部分问题:批判现实主义与社会主义现实主义的区别,世界观和创作方法的关系,典型问题,以及人性、人道主义等。他批评、试图矫正的是教条主义的文学工具论,那种离开生活感受和对人的关切的对"本质""规律"和"整体现实"的崇拜,以及创作上强调观念、世界观的支配作用的偏执。为此,他做了这样的归纳:

> 文艺的对象,文学的题材,应该是人,应该是时时在行动中的人,应该是处在各种各样复杂的社会关系中的人。这已经成了常识,无须再加说明了。但一般人往往把描写人仅仅看作是文学的一种手段,一种工具……过去杰出的哲人,杰出的作家们,都是把文学当作影响人、教育人的利器来看待的,一切都是从人出发,一切都是为了人。鲁迅在他早年写的《摩罗诗力说》中,以"能宣彼妙音,传其灵觉,以美善吾人之性情,崇大吾人之思理者",为诗人之极致。他之所以推崇荷马以来的伟大的文学作品,是因为读了这些作品后,能够使人更加接近人生,"历历见其优胜缺陷之所存,更力自就于圆满。"这种看法并不是鲁迅一个人所独有的,而可以说是过去所有杰出的、热爱人生的诗人们的一种共同的看法。

《论"文学是人学"》的观点,自然不是都周密、无懈可击,但它的重要性在另一方面。50多年后,钱理群在《读钱谷融先生》[①]中,即

---

[①] 载《现代中文学刊》2010年第5期。

从文学史角度对这"另一方面"做了别样的分析。他引用樊骏的论述："以五四新文化运动为起点,于二三十年代逐步出现一个新型的文化学术群体",他们"把自己在文化学术领域的专业工作,视为推动社会进步、民族解放的组成部分",因而他们的学术有着"更多的政治色彩和意识形态方面的自觉性"①;钱理群接着说,

> 而钱谷融先生显然不属于这个群体,他有着别一样的选择,他别开一个研究蹊径,因而展现别一道风景。
> 
> 钱谷融先生说:"我素不讳言我是一个为艺术而艺术派"。……[他]对"为艺术而艺术派"的理解:"搞文学的人(其实不管你搞哪一行)都该有点为艺术而艺术的精神","即应该对所干的那行有真正的爱好","舍得为它贡献自己的一切,乃至生命"。他因此而认同研究者将他归为"欢喜型"学者;他说:"'欢喜型'就是'为艺术而艺术型',是指专凭自己的性情、爱好而读书工作的那一类人"。而在他看来,"只注重'欢喜'二字,这是唯高人和真人才能到达的境界",是自己"虽不能至,心向往之"的。——这里反复强调的,是文学艺术和学术研究的内在自足性,它自身就足以产生生命的愉悦与意义,足以成为"情志所寄,心灵所托",而无须在外在方面(例如政治作用,社会效应,商业效益等等)去寻找意义与满足。

这种"以艺术和学术为生命的自足存在"的"别一道风景",钱谷

---

① 樊骏:《论文学史家王瑶》,见《中国现代文学论集》上,人民文学出版社,2006年,第58—59页。

融先生极力"心向往之",负有以文学推动社会进步责任的钱理群先生也有所赏识,没有反对。但说到在中国的当代文脉中拥有一席之地,那还是奢望:这道风景仍在遥遥的天际。

## 大潮已退,但余响仍存

上面列举的人与文,自然是挂一漏万;可能遗漏了更值得关注的事件和论述。"大辩论"在1958年告一段落。在中国,1958年初周扬《文艺战线上的一场大辩论》和茅盾《夜读偶记》,可以看作获胜者的宣告和总结。这样规模的"世界性"辩论此后不见再有发生。在一些国家,被批判的"异见者"自动或被迫噤声,那些重要的问题的正误也似乎水落石出,答案无可置疑。

不过,问题其实仍然存在。辩论中播下的不仅是稻谷,也有稗子的种子。在合适的时机它们仍要倔强顶破哪怕是坚硬的土层,新一轮的辩论(或者简单重复,或者有所延伸)又会重现。由于各个国家政治和文化背景的不同,后续的延伸也呈现明显的分叉。在1958年的中国,一种更突出政治-文学浪漫主义,更强调"远景"的"创作方法",取代了社会主义现实主义的概念;1956—1957年性质的争论,要到被称为"新时期"的80年代初才得以重启。而在苏联和东欧,到了60年代,批判现实主义与社会主义现实主义之间的分野和冲突的尖锐性已大大降低,现实主义是否可以、需要吸纳和包容"颓废派"的现代主义,成为辩论的焦点。

原载《文艺争鸣》2021年第1期

# 1964：我们知道的比莎士比亚少？

## 1964，莎士比亚年

莎士比亚1564年4月23日出生于英国沃里克郡斯特拉特福镇。1964年是他诞辰的400周年，世界很多地方的文化界称这一年为"莎士比亚年"。法国《费加罗文学报》摩尼叶①的文章《莎士比亚年》中说：

> 毫无疑问，从墨西哥到日本，从西班牙到苏联，从澳大利亚到人民中国，世界上所有的国家都将庆祝他的生日。也许在世界上所有的城市里，只要那里沾上一点戏剧的味道，也都要庆祝这个点燃四百支生日蜡烛的周年。这个光荣超越国界，超越语言和意识形态的界限。②

---

① 摩尼叶（1909—1988），法国作家、批评家，法兰西学术院院士，60年代在《费加罗报》工作。"莎士比亚年"在当时应该是一个很普遍的说法。如梁实秋编的《莎士比亚诞辰四百周年纪念集》收录文章中，就有《英国庆祝莎士比亚年见闻录》。

② 摩尼叶：《莎士比亚年》，原载法国《费加罗文学报》1964年第925期，中译见《现代外国哲学社会科学文摘》（内部刊物）1964年第8期，郑永慧译。

这一年的4月,许多国家都开展各种纪念活动。在他的故乡斯特拉特福镇,由多个国家捐款成立的莎士比亚研究中心在他的故居旁边建立,此后成为莎士比亚重要的研究机构。纪念活动期间,各国剧团在斯特拉特福和伦敦,连续演出莎士比亚的戏剧,英国报刊也刊载相关的文章和研究论文。据周煦良辑录的信息称,英国三个文学杂志《英国文学评论》《论文与研究,1964》《泰晤士报文学增刊》都推出了纪念专辑,刊登论文和书评超过30篇。[①]苏联文艺界也表现了极大热情。文艺报刊如《戏剧》《涅瓦》《星》,以及《文学报》和苏共中央机关报《真理报》,都发表一系列纪念文章和学术论文。

中国文艺界在纪念的筹备上也不例外。自60年代初开始,相关机构出版、演出和研究论文的撰写计划就开始进行——这延续了1949年之后文艺界对莎士比亚的重视。1949年之后,文艺界虽然推崇社会主义现实主义文艺,特别是俄苏文学,但对西方20世纪以前的"古典"文艺并未采取隔离、排斥的态度。相反,比起三四十年代,在外国古典作家翻译、研究上,"当代"取得更大的进展;莎士比亚的翻译和研究也是这样,以至有的研究者称1949年到1965年为"中国莎学"的"繁荣期"[②]。这个时间,除了大家熟知的1954年朱生豪12卷的《莎士比亚戏剧集》出版之外,单行本的莎士比亚戏剧、诗歌也有数量颇丰的印数。如曹禺翻译的《柔蜜欧与幽丽叶》,方平的《捕风捉影》(《无事生非》)、

---

[①] 周煦良:《英国三文学杂志为纪念莎士比亚诞生四百年出版专辑》,《现代外国哲学社会科学文摘》1964年第8期。

[②] 孟宪强:《中国莎学简史》,东北师范大学出版社,1994年,第30页。该书将1856年至1990年代的中国"莎学"划分为:"发轫期(1856—1920)""探索期(1921—1936)""苦斗期(1936—1948)""繁荣期(1949—1965)""崛起期(1978—1988)""过渡期(1989— )"。

《威尼斯商人》《亨利五世》,吕荧的《仲夏夜之梦》,卞之琳的《哈姆雷特》、吴兴华的《亨利四世》,方重的《理查三世》,还有曹未风译的11种——《安东尼与克柳巴》《尤利斯·该撒》《罗米欧与朱丽叶》《凡隆纳的二绅士》《奥赛罗》《马克白斯》《汉姆莱特》《第十二夜》《错中错》《如愿》《仲夏夜之梦》。诗歌方面,有方平的长诗《维纳斯与阿董尼》,屠岸的《莎士比亚十四行诗集》。这期间的研究论文数量也相当可观:孙大雨、顾绥昌、方平、卞之琳、李赋宁、陈嘉、吴兴华、方重、王佐良、杨周翰、戴镏龄、赵澧等都有多篇研究论文发表。舞台演出方面,从1954年到1962年,先后有《无事生非》《哈姆雷特》《第十二夜》《罗密欧与朱丽叶》等出现在京沪的话剧舞台上。而电影译制片则有《王子复仇记》(英,1948)、《奥赛罗》(美、意、法、摩洛哥,1951)、《第十二夜》(苏,1955)、《仲夏夜之梦》(捷克斯洛伐克,1959)、《理查三世》(英,1955)、《罗密欧与朱丽叶》(意、英,1954)等;其中《王子复仇记》影响最大[①]。1954年莎士比亚诞辰390周年的时候,中国有相当规模的纪念活动开展——出版朱生豪12卷的《莎士比亚戏剧集》,刊登了曹未风、熊佛西、穆木天、方平、施咸荣等的纪念文章。因此,可以预想1964年将会有纪念的盛况出现。

---

[①] 电影《王子复仇记》1958年由上海电影译制厂译制。根据卞之琳《哈姆雷特》的"译本整理"配音,哈姆雷特配音演员为孙道临。"文革"结束后70年代末重新放映,据卞之琳说观众达亿万人次(这个数字应该也包括电视观众)。参见卞之琳:《"哈姆雷特"的汉语翻译及其改编电影的汉语配音》,《莎士比亚研究》创刊号,浙江人民出版社,1983年,第7页。

## 纪念计划受挫

一般说来，文学艺术家的纪念项目，无非是著作翻译出版，纪念会和展览，还有研究、评论文章的撰写。莎士比亚400周年纪念的筹划也大体是这样几项。其中最重要的是全集的出版。朱生豪由于贫病，未及译完莎剧便于1944年12月辞世。1961年，任职于人民文学出版社外国文学编辑室的翻译家施咸荣[①]向社里提出，应借莎士比亚周年纪念之机出版莎士比亚全集[②]。出版社同意并很快付诸实施：聘请吴兴华、方平、方重校订朱生豪已译的31个剧，增补未译的6个历史剧：方重译《理查三世》，方平译《亨利五世》，张益译《亨利六世》（上、中、下）、杨周翰译《亨利八世》。除戏剧外，并计划将中译的诗歌编入，拟收张若谷的《维纳斯与阿都尼》，杨德豫的《鲁克丽斯受辱记》，梁宗岱的《十四行诗》，以及黄雨石译的4首杂诗。[③]

1964年，戈宝权在《世界文学》上预告新编全集即将出版[④]。但由于政治形势发生的变化，这一预期最终落空——全集推延至"文革"

---

[①] 施咸荣（1927—1993），翻译家，英美文学研究学者。1953年毕业于北京大学西语系后，任职于人民文学出版社外国文学编辑室。1981年到中国社会科学院美国研究所工作，任美国文化研究室主任。著有《莎士比亚和他的戏剧》《美国文学简史》（合著）、《西风杂草：当代英美文学论丛》等论著；译有《在路上》（合译）、《麦田里的守望者》《等待戈多》等作品。60年代在人民文学出版社主持《莎士比亚全集》的编辑、出版工作。

[②] 参见周发祥、程玉梅、李艳霞、孙红、张卫晴：《二十世纪中国翻译文学史·十七年及"文革"卷》，百花文艺出版社，2009年，第112页。

[③] 参见葛桂录：《中国外国文学研究的学术历程·第5卷·英国文学研究的学术历程》，陈建华主编，重庆出版社，2016年。另参见朱雯、张君川：《莎士比亚辞典》，安徽文艺出版社，1992年，第693页。

[④] 戈宝权：《莎士比亚的作品在中国（翻译文学史话）》，《世界文学》1964年第5期。

结束后的 1978 年才得以问世①。各地原先的莎剧演出计划也大多取消。1962 年底，上海人民艺术剧院院长黄佐临开始排练《罗密欧与朱丽叶》作为纪念节目，不久就中止，黄佐临转而投入他认为更需要"全身心地"投入的《激流勇进》的排演——上海工人作家胡万春创作的表现工业跃进的现代题材话剧②。1963 年 1 月 4 日，上海戏剧学院院长熊佛西在新年文艺界座谈会上，请柯庆施（上海市第一书记）到学院看戏被拒绝，说"你们戏剧学院再演名、洋、古，我不看"；在这次座谈会上，柯庆施提出"写十三年"的著名说法。③1963 年年底，上海戏剧学院党委决定取消演出《威尼斯商人》的纪念计划④。复旦大学外文系林同济排演全本《哈姆雷特》的设想最终也未能实现。据相关资料，在 1964 年 4 月，只有中山大学、南京大学的外文系师生，在学校内部演出莎剧片段，举办小型的展览。⑤

与 50 年代和 60 年代初纪念文化名人的惯例迥异，1964 年 4 月，既没有纪念会的召开，除了学术研究刊物（如《文学评论》和大学学报）外，《人民日报》《文艺报》等主要报刊均没有正面的莎士比亚纪念的报道、文章。《人民日报》和两份内部发行的资料性刊物（《现代外国哲学社会科学文摘》《现代文艺理论译丛》）只有批判性的文字。《现代

---

① 梁实秋 1966 年主编了《莎士比亚诞辰四百周年纪念集》，台北中华书局出版，收入梁实秋、李启纯、刘锡炳、李曼瑰、吴奚真、陈纪滢、胡百华等撰写或翻译的文章，和金开鑫编的《研究莎士比亚的重要书目》。梁实秋翻译的《莎士比亚全集》40 册，从 1967 年开始到 1968 年全部出齐，远东图书公司出版。

② 黄佐临：《导演的话》，上海文艺出版社，1979 年，第 188 页。

③《年轮》编写组：《年轮：上海戏剧学院大事记（1945—2015）》，上海社会科学院出版社，2015 年，第 124 页。

④ 同上书，第 126 页。

⑤ 参见《外语系举行报告会和展览会纪念莎士比亚诞生四百周年》，《中山大学学报》1964 年第 2 期。

外国哲学社会科学文摘》1964年第8期选登英、法学者的两篇文章时,有这样的编者按语:

> 今年是莎士比亚诞生四百周年,西方资产阶级报刊发表了大量"纪念文章"……在这些文章中可以看出,西方资产阶级文艺批评家们通过对莎士比亚作品的"研究",正在竭力宣扬形形色色的主观唯心主义的反动文艺理论,例如宣扬文艺不是反映社会现实,而是作者感情的表现;宣扬莎士比亚作品的"真正伟大"在于他的剧中人物的"人性基础",等等。……我们将在这一期选译两篇"纪念文章",让读者研究批判。①

《人民日报》3月12日的《莎士比亚的生意经》②,则揭露资产阶级如何借纪念敛财致富,将莎士比亚当作摇钱树。在引了《雅典的泰门》"要是我们放过有利可图之机,那就未免太对不起我们自己"的台词之后,说莎士比亚在他逝世300多年之后,哪里会料到不是在雅典,而是在英国,"那些所谓'莎士比亚企业'是怎样准备利用这位伟大诗人诞生四百周年的机会大发其财":

> 据说,"莎士比亚企业"中最主要的企业——斯特拉得福的"莎士比亚故里托拉斯",已有近百年的历史。它先是收购了诗人出生的房屋,接着又陆续把一度属于诗人的岳父、诗

---

① 《现代外国哲学社会科学文摘》(内部刊物)1964年第8期。
② 袁先禄:《莎士比亚的生意经》,《人民日报》1964年3月12日。袁先禄(1928—1989),历任《人民日报》副刊、读者来信部、国际新闻部编辑,《人民日报》国际部主任、《人民日报》海外版主编。

人的女婿甚至诗人母亲的祖父的房屋也买了下来，作为摇钱树。另一家有关的企业是哈佛大厦，它抢购了诗人外祖父的房屋，进行同样的业务来同这个"托拉斯"竞争。他们用尽各种商业招徕术招引游客，在一九六一年中来自海外的访问者就有十七万。围绕着这个"主要业务"，其它"莎士比亚企业"在诗人的故乡及其附近地区也应运而起。从旅舍车行，到饭馆酒楼，甚至是杂货店、裁缝铺，纷纷把莎士比亚作为自己的财源。整个"莎士比亚市场"每年的收入，看来是相当可观的；《经济学家》杂志只公布了其中的外汇收入部分，数字就达五十五万英镑之多。

……

诗人的生日大受"重视"，而诗人的作品却遭到冷遇，这种现象在目前的英国出现倒也并不令人奇怪。……莎士比亚如果泉下有知，对于这些情况将会说些什么呢？《雅典的泰门》一剧中的另一句台词，好像是诗人专用来呵斥目前那些别有用心地要"纪念"他诞生节日的逐利之徒的。那就是：

"滚开……你们这些奴才，你们是为着黄金而来。"

## 周年纪念"制度"的终结

莎士比亚诞生四百周年，中国没有举行纪念会，而按照50年代的惯例，本来应该有相当规模的会议召开。这里说的"惯例"，也可以理解为自50年代初形成的不成文"制度"：世界著名作家、艺术家的诞辰、逝世周年由国家相关部门举办纪念会。这一"制度"的形成，基于当时扩大国家世界影响力，通过文化交流以增进与各国的关系的方针，也与五六十年代文艺界领导者的西方古典文化素养有关。这个"制度"的形成，又直接关联世界和平理事会的文化措施。1950年在芬兰赫尔辛基成立的世界和平理事会性质上属于社会主义阵营的外围组织，虽说主要由苏联共产党中央控制，由于目标在于广泛团结世界进步、爱好和平的人士，组织构成和工作策略具有一定的包容性、开放性。从1952年起，和平理事会每年根据理事的推荐，确定该年度诞辰或逝世周年的著名文艺家、科学家为"世界文化名人"，由各国的和平委员会主持举办各项纪念活动。50年代初任职于文化部对外文化事务联络局的戏剧家洪深[①]当年曾提供信息：

> 一九五一年十一月七日，世界和平理事会通过了"关于文化关系、利用一九五二年假期从事和平事业和伟大的文化周年纪念的决议"。其中关于周年纪念的部分，"建议各国举行雨果诞生一百五十周年纪念（茅盾提议），芬奇（按系意大利著名画家、雕刻家）诞生五百周年纪念（爱伦堡提议），果戈理逝世一百周年纪念（多尼尼提议）以及阿维森纳（按系阿拉伯著名医生）逝世一千周年纪念（许多国家的医生共同提议）"。决议并谓，"有了这些措施，各国和平委员会就能够使得一地文化界人士和最广大阶层的人民关心作为全人类共同财富的文化的发展。"[②]

---

[①] 洪深（1894—1955），江苏武进人，戏剧家、导演、社会活动家。南国社成员，30年代参加左联，担任过明星影片公司编导，在复旦大学、暨南大学、山东大学、中山大学、厦门大学等校外文系从事教育工作30年，1949年任北京师范大学教授、文化部对外文化事务联络局副局长。1955年病逝。

[②] 洪深：《纪念维克多·雨果诞生一百五十周年》，《人民日报》1952年2月27日。

世界和平理事会这一决定，一直延续到六七十年代。对于中国文学来说，这对形成在 50 年代到"文革"之前对西方古典文化开放的格局起到推动作用；对"当代"文艺面貌必定产生影响；至少是作家和文学读者得益。某些按照中国"当代"文学理念可能被屏蔽或忽略的作家、艺术家，也意外得到彰显。如陀思妥耶夫斯基、詹姆斯·乔伊斯。

从 1952 年到 1963 年，中国文化界举办的高规格①外国"世界文化名人"（主要由世界和平理事会确定，但也不限于这一范围）的周年纪念会目录是：

**1952 年**：雨果（诞生 150 周年）、达·芬奇（诞生 500 周年）、果戈理（逝世 100 周年）。

**1953 年**：高尔基（诞生 85 周年）、斯坦尼斯拉夫斯基（逝世 15 周年）、哥白尼（逝世 410 周年）、拉伯雷（逝世 400 周年）、何塞·马蒂（诞生 100 周年）②。

**1954 年**：德沃夏克（逝世 50 周年）、亨利·菲尔丁（逝世 200 周年）、阿里斯托芬（诞生 2400 周年）。

**1955 年**：惠特曼《草叶集》（出版 100 周年）、塞万提斯《唐·吉诃德》（出版 350 周年）、席勒（逝世 150 周年）、密茨凯维支（逝世 100 周年）、孟德斯鸠（逝世 200 周年）、安徒生（诞生 150 周年）。

**1956 年**：萨尔蒂科夫－谢德林（诞生 130 周年）、小田等杨（雪舟等杨，逝世 400 周年）、富兰克林（诞生 200 周年）、陀思妥耶夫斯

---

① 这些纪念会通常由中国保卫世界和平委员会、中国人民对外文化协会、全国文联、中国作协和相关的艺术家协会主办。如 1953 年 9 月 27 日屈原、哥白尼、拉伯雷、何塞·马蒂的纪念会在中南海怀仁堂召开，郭沫若、茅盾、周扬、楚图南、陈叔通、邵力子、罗隆基、焦菊隐、夏衍、萧三、曹禺、郑振铎、田汉等 1200 多人参加，郭沫若发表演说。

② 1961 年古巴革命高潮时，中国又再次举行何塞·马蒂纪念会。

基（诞生 150 周年）、迦梨陀娑（生卒年不详）、海涅（逝世 100 周年）、莫扎特（诞生 200 周年）、居里夫妇（居里夫人 1956 年逝世）、伦勃朗（逝世 350 周年）、萧伯纳（诞生 100 周年）、易卜生（逝世 50 周年）、弗兰科（乌克兰诗人，逝世 100 周年）。

1957 年：格林卡（逝世 100 周年）、布莱克（诞生 100 周年）、朗费罗（诞生 150 周年）、哥尔多尼（诞生 250 周年）、考门斯基（捷克斯洛伐克教育家，《教育论著全集》出版 300 周年）。

1958 年：雅沃罗夫（保加利亚诗人，诞生 80 周年）、米吉安尼（阿尔巴尼亚诗人，逝世 20 周年）。

1959 年：穆索尔斯基（诞生 120 周年）、亨德尔（逝世 200 周年）、彭斯（诞生 200 周年）、达尔文（诞生 150 周年）、斯洛伐茨基（波兰诗人，诞生 150 周年）、达·库尼亚（巴西作家，逝世 50 周年）、席勒（诞生 200 周年）、肖洛姆·阿莱汉姆（诞生 100 周年）、瓦普察洛夫（保加利亚诗人，诞生 50 周年）。

1960 年：契诃夫（诞生 100 周年）、比昂森（挪威戏剧家，逝世 50 周年）、马克·吐温（逝世 50 周年）、托尔斯泰（逝世 50 周年）、笛福（诞生 300 周年）、缪塞（诞生 150 周年）。

1961 年：培根（诞生 400 周年）、谢甫琴科（逝世 100 周年）、多明戈·萨米恩托（诞生 150 周年）、朴仁老（朝鲜诗人，诞生 400 周年）。

1962 年：赫尔岑（诞生 150 周年）、詹姆斯·乔伊斯（诞生 100 周年）、洛卜·德·维迦（诞生 400 周年）。

1963 年：世阿弥（日本戏剧家，诞生 600 周年）、马雅可夫斯基（诞生 70 周年）。

自 1964 年起到"文革"结束，中国就没有再举行过外国作家、艺术家的周年纪念会，"当代"这一周年纪念"制度"就此终结。原因并不复杂，就是1963年开始对阶级斗争的强调，和大批判运动的展开。1963年12月和1964年6月毛泽东发表两个批示，前一个批示称："各种艺术形式——戏剧、曲艺、音乐、美术、舞蹈、电影、诗和文学等等，问题不少，人数很多，社会主义改造在许多部门中，至今收效甚微。许多部门至今还是'死人'统治着……许多共产党人热心提倡封建主义和资本主义的艺术，却不热心提倡社会主义的艺术，岂非咄咄怪事。"1964年开始的文艺界整风、清理、检讨的内容之一就是对"封建主义和资本主义的艺术"的热心提倡。

## "荒谬"的莎士比亚

《人民日报》的《莎士比亚的生意经》指责英国热衷于借周年纪念敛财，而不关心作品（出版、演出、研究），事实并非如此。据梁实秋《莎士比亚诞辰四百周年纪念集》提供的资料，当年许多国家除在本国演出莎士比亚的戏剧外，还选派剧团到英国，在他的故乡的纪念剧院一连演出几个月。联合国教科文组织也在巴黎召开纪念会，由阿根廷作家博尔赫斯做主题发言①。在英国发表的研究论文数量也相当可观。周煦良撰写的文章指出，英国三个文学杂志《英国文学评论》、大英学会的《论文与研究，1964》、《泰晤士报文学增刊》都推出纪念专辑，发表的论文和书评30余篇，内容涉及作家传记、版本、传播、剧场布景和演出语言等问题。早期版本的排字工人和校对人对存世剧本文字产生的影响

---

① 梁实秋：《莎士比亚诞辰四百周年纪念》，见《莎士比亚诞辰四百周年纪念集》，梁实秋主编，台北中华书局，1966年，第1—6页。

得到关注。新国家剧院导演威廉·盖斯吉尔的《现在的莎士比亚演出》一文，在谈到演出革新时，特别提到柏图尔德·布里希特（现通译为贝托尔德·布莱希特）在这方面做出的贡献。《泰晤士报文学增刊》专辑还发表了乔治·卢卡契的《剧院与环境》的文章，讨论了莎剧演出的布景问题。①

事实上，莎士比亚400周年纪念时，无论是中国，苏联，还是英国等西方国家，并不缺少论文的发表，问题在于文化、学术传统和意识形态的差异，批评所呈现的关注点和阐释方向的分歧。摩尼叶认为，对莎士比亚的热爱、重视超越了国家、语言和意识形态的界限。需要补充的是，这种热爱、重视也必定留下语言、文化和意识形态的印记；在1964年那个时间点，更存在冷战和国际共运分裂的深刻印痕，而莎士比亚戏剧、诗歌的丰富、复杂，也为持各种哲学观点、各种政治立场的解释者提供他们驰骋的场地。正如赵毅衡在《"荒谬"的莎士比亚》中所说："德国的莱辛用他来打击伏尔泰，赫德尔[赫尔德]用他来召唤'狂飙'，法国的雨果用他来与古典主义决斗，英国的柯勒律治用他来为浪漫主义张目，俄国的普希金用他来清算前任导师拜伦，而别林斯基用他来为现实主义提供范例……"虽然如此，赵毅衡引用赫尔德的话：他"高高地坐在一块岩石顶上！他脚下风雷暴雨交加，但他的头部却被明朗的天光照耀着！——他的岩石宝座下面，有一大堆人在喃喃细语，他们在解释他，拯救他，判他罪，崇拜他，诬蔑他，翻译他，诽谤他，而他对这些一概听不见。"②

---

① 周煦良：《英国三文学杂志为纪念莎士比亚诞生四百年出版专辑》，《现代外国哲学社会科学文摘》1964年第8期。

② 赵毅衡《"荒谬"的莎士比亚——在杜林先生看来，任何矛盾都是荒谬的》，《莎士比亚研究》第二期，浙江文艺出版社，1984年，第109—110页。文章副标题"在杜林先生看来，任何矛盾都是荒谬的"引自恩格斯《反杜林论》。

关于莎士比亚的地位和作品的"矛盾性",摩尼叶的《莎士比亚年》也有这样的描述:

> 他的作品里有诗和散文,喜剧和悲剧,心理学和阴谋,形而上学和政治,通俗悲剧中的凶杀和哀诉,也有对于生命和行动的可能理解和不能理解的意义进行最高超、最隐秘的沉思,有生命力和衰落,平庸和优美,火热的情欲和天使般的纯洁,平民和贵族,小说和神话剧,矫揉造作和粗犷,不可思议和理性,野心,复仇,怜悯,崇拜,最粗暴的自我肯定和最温柔的自我否定,人的意志和来自大地与黑夜的宇宙宿命论,蛇诱惑夏娃的古老传说和对智力的各种最新的诱惑,丰富富饶的生活和摧毁性的嘲弄,"万有"和"虚无"。

这个看法,呼应着雨果在纪念莎士比亚诞生300周年时说的话:"莎士比亚具有悲剧、喜剧、仙境、颂歌、闹剧、神的开怀大笑、恐怖和惊骇……他达到两极,他既属于奥林匹亚神界,又属于市场上的剧院。任何可能性他都不缺少。"①

那么,在1964年这个时间,按照赫尔德的说法,各路"为了一种事业或者一个特殊的真理"的人马,从混杂、丰富的莎士比亚那里将挑拣什么,他们将怎样"联合他,拉拢他,动员他,使他参加自己的队伍呢"?

---

① 雨果:《莎士比亚的天才》(1864)(选),《莎士比亚评论汇编·上》,杨周翰选编,中国社会科学出版社,1979年,第407页。

## 1964，怎样联合、拉拢莎士比亚

1964 年。英国学者海伦·加德纳[①]试图检讨 20 世纪莎士比亚研究的主要征象。在《艾略特时代的莎士比亚》[②]中，她描述了 1916 莎士比亚逝世 300 周年纪念以来，莎剧研究被艾略特文学批评观念笼罩的情况。她说，这个时代的研究虽然兴趣广泛多样，但也有特殊的"学术气候和文学气候"。在艾略特 1917 年的《传统和个人才能》的影响下，莎士比亚批评出现两个倾向。一是阐释离开了作家而专注文本，并转向"空间的研究方法"，在人物、情节下面寻找"意象图案"；另一是热衷于内心和精神分析。加德纳说，这是将作为这个时代最高文学成就的象征诗歌的标准拿来评判戏剧："在象征派诗歌里，所有的人物都只是面具，或者是诗人情感的客观化象征"；这种方法"恰恰离开戏剧最远"。

……艾略特先生支配的时代的莎士比亚批评有一个最突出的特征；它忽视了或者低估了任何一个世纪，以及本世纪任何一个普通人所承认的莎士比亚最高才能，那就是他有一种本领使他的剧中人具有独立的生命，他的想象力是无限宽大和慈悲的，以至那些充斥他想象世界的最卑鄙或者最可笑或者最软弱的人物都被赋予表达自己的才能和站在自己地位发言的权利。

---

① 海伦·加德纳（1908—1986），英国文学评论家、学者，牛津大学默顿文学教授，英国科学院院士，美国艺术科学院院士，德国巴伐利亚艺术科学院院士。著有《宗教与文学》《T. S. 艾略特的艺术》《捍卫想象》等。

② 海伦·加德勒：《艾略特时代的莎士比亚》，原载《泰晤士报文学增刊》1964 年 4 月 23 日，中译见《现代外国哲学社会科学文摘》1964 年第 8 期，周煦良译。加德勒现通译为加德纳。

这些批评性描述，流露了加德纳对风靡一时的寻求文本内部统一性的"新批评"的不耐烦，表达了从开阔的"文化"地界上探究这个巨人的期待。

1964年。法国"右翼学者"的摩尼叶坚持从人性上来说明莎士比亚的价值；对于"东方"将莎士比亚当作"社会的控诉者"这一定位，他笔带讥讽地说，如果这样，"人们还是满足于布莱希特的戏剧吧，因为布莱希特的戏剧比较容易上演"。摩尼叶说，"他是街头杂剧作家，他也是哥尔多尼；他是卡尔德隆，也是莫里哀；他是现实主义作家，也是浪漫主义作家；他是埃斯库罗斯，也是缪塞；他是皮蓝德娄，也是贝克特"——

> 可是莎士比亚的真正伟大并不在于他的作品内容丰富多采，也不在于他的那种模棱两可的语言和无限的矛盾，更不在于他的剧中人以现代的眼光来注视他的不朽剧目的紧张场面和感情。他的真正伟大在于他的剧中每一个主要人物都坚强地和人性的基础根连。罗密欧和朱丽叶的爱情，是一对和蔼的青年的高贵热恋，可是从这件事的几乎是伤风败俗的本相说来，从它的绝对普遍性说来，它也是而且首先是两性互相吸引的原始冲动。李尔王在他的死去的女儿郭德莉亚面前哀恸，这是人类痛苦达到最庄严的状态，可是这也是野兽在被杀害的幼兽面前的悲鸣。——还有奥赛罗，麦克佩斯，在他们倒下去的时刻，汉姆雷特面对着杀父之仇的时刻，他们所提起的是宇宙的诉讼。

这位学者认为，莎士比亚的伟大是写出了动物生理本能的"人性"，这在许多从莎士比亚那里发现伟大人文主义的人来说，无异是对他的难以容忍的亵渎。

1964年。苏联则将莎士比亚塑造为参与现代政治论辩的和平主义、人道主义者。仅从《真理报》《星》《戏剧》《涅瓦》《文学报》等的纪念文章题目也可见一斑:《乐观的人道主义》《永远是同时代人》《永生的莎士比亚》《爱好和平的伟大源泉》《人的尊严》……《真理报》说,莎士比亚的戏剧表现了现实生活的深刻性和丰富性,特别是人道主义精神:无论是奥赛罗、苔丝狄蒙娜、罗密欧、朱丽叶、哈姆雷特,还是其他完美的创造,"都体现出这种关于人的人道主义的观念"[①]。《戏剧》杂志以编辑部名义发表的文章,说莎士比亚是"过去的事物"派来的参与对现在事物发言的"使者"[②];他对于"将人的利益与个性置于所有一切之上"的"我们"来说,是培育博爱精神和社会人道主义的精神资源;这种精神既超越时间,也超越国界和阶级:

> 不论我们的人民—创造者从事着什么事业,不论他在处理什么社会任务,不论苏联人考虑什么问题,不论什么样的社会现象标志着时代的变化——在莎士比亚的剧本中一定可以找到例证、类比、讽喻、预见、联想,天才的猜测,鼓励和精神上的帮助,对一切走在人道主义和进步的道路上的人的兄弟般的支持,对一切背离人民、国家、统一、博爱、和平的道路的人的愤怒的揭露。岁月飞逝,时光流转,社会结构在更替,战争在耳边震响……——可是人们一味在谈论钟情的罗密欧和朱丽叶。[③]

---

[①] 阿尼西罗夫:《乐观的人道主义》,原载《真理报》1964年4月23日,中译见《现代文艺理论译丛》1964年第4期。

[②] 文章的原话是,"过去的事物取得了发言权,过去的事物将自己的使者——艺术家派到未来"。

[③]《戏剧》杂志编辑部:《永远是同时代人》,原载《戏剧》1964年第4期,中译见《现代文艺理论译丛》1964年第4期。

1964：我们知道的比莎士比亚少？

## "但是"，之后是"局限性"

  1964年。中国的批评家当然不能认同苏联同行的上述观点；人道主义，和平共处，博爱，人与人皆兄弟……这些从50年代后期开始已经遭遇激烈的批判。1964年的纪念活动多数搁浅，但仍有卞之琳、王佐良、赵澧、陈嘉、戴镏龄、戈宝权等的一组文章发表①。它们延伸着50年代确立的对外国古典文艺批评的理论和方法：运用历史唯物主义和阶级论，探究莎士比亚作品产生的社会背景，反映的阶级矛盾、社会关系，评骘表达的政治、历史、宗教、伦理观。在肯定莎士比亚对人文主义思想的张扬，对中世纪封建主义和资产阶级黑暗本质的揭露、批判的历史意义的同时，也着重指出其时代、阶级的局限。列入"局限性"和可能对社会主义时代读者产生消极作用的，有抽象的、实际是资产阶级的人道主义，有爱情至上，有模糊矛盾的阶级调和，有悲观主义的宿命论……中国当代的莎学研究者，在这方面不乏令人印象深刻且富启发性的论述。举例说，王佐良比较了《特洛伊罗斯与克瑞西达》和同时代马洛②的《浮士德博士的悲剧》对希腊海伦的描写，马洛的描写是：

---

  ① 如王佐良《英国诗剧与莎士比亚》（《文学评论》1964年第2期）、卞之琳《莎士比亚戏剧创作的发展》（《文学评论》1964年第4期）、戴镏龄《〈麦克佩斯〉与妖氛》（《中山大学学报》1964年第2期）、陈嘉《从〈奥赛罗〉和〈哈姆雷特〉的分析来看莎士比亚的评价问题》（《南京大学学报》1964年第2期）、赵澧《略谈莎士比亚戏剧的思想倾向》（《光明日报》1964年11月15日）等。人民文学出版社1964年出版的《古典文艺理论译丛》第9册是莎士比亚专辑，收入外国古典作家论莎士比亚的一组文章，他们有英国莫尔根、赫士列特、德国的赫尔德、弗·史雷格尔、海涅，法国的斯达尔夫人、夏多布里安等。

  ② 马洛（1564—1593），与莎士比亚同时期英国剧作家，主要作品有《帖木儿大帝》《浮士德博士的悲剧》等。

> 驱使一千只楼船走上海程，
> 一把火烧尽了古城高塔的——
> 就是这张脸吗？

莎士比亚笔下则是：

> 她是一颗明珠，
> 它的高价驱使一千只货船走上海程，
> 带金冠的君王都成了商人！

王佐良指出，同样秉持人文主义理想，马洛充满了对古希腊文化"英雄时代"的神往，而莎士比亚却用"反英雄主义的精神"仿写这些诗句，从而"泄露"了1600年前后英国资产阶级的动向：在这些关心海外贸易，以及随之而来的海盗劫掠和殖民扩张的商人冒险家心目中，海伦不过是一颗"高价"的明珠——这体现了莎士比亚对哪怕是幽微的时代信息的敏感。①

1964年。中国的莎士比亚批评仍继续走在阶级、社会分析的路上，但变化也明显。第一是莎士比亚的创作被进一步简化、"中心主题"化；批评家越来越不喜欢混杂、喧闹、矛盾，也不承认有神秘、不可知的东西。另一是对"局限性"的进一步强调、放大。面对文艺遗产或非无产阶级作家的创作，"当代"批评说的"局限性"并非指作品一般的不足、缺点，而是指未能把握历史发展规律，不能看清事物"本质"而导致的思想艺术的根本性质的缺陷；这一缺陷，因时代、阶级的难以摆脱的限制而成为必然；不论他是多么伟大的艺术家，不论他叫莎士比亚，还是

---

① 参见王佐良：《英国诗剧和莎士比亚》。

叫托尔斯泰。

这期间,赵仲沅出版的《莎士比亚》一书,可以作为观察莎评这一特征的典型例证。赵仲沅是赵澧写这本书时用的笔名[①]。这本只有两万多字的小册子,是50—70年代中国学者编写的唯一莎士比亚传记,它属于1962年开始出版的《外国历史小丛书》系列[②]。虽然是普及性读物,但丛书执笔人均为该领域有成就的学者。这本书体现了这个时间莎评"中心主题"化和强调局限性的两个特征。全书的叙述"语法",基本上是由转折连词"但是"形成的句式:

> 莎士比亚生活在三百多年以前,是英国文艺复兴时期的作家。他的作品的**中心思想**[③]是资产阶级人文主义(即人道主义)。这种思想在当时反映了新兴资产阶级的意识和要求,在反封建的斗争中起过进步作用。他的作品还提供了那个时代反对封建制度、中世纪神权和封建道德的斗争图景,对后来的欧洲文学发生过很大的影响。他的艺术技巧在今天有不少是可供我们作为借鉴的。

---

[①] 赵澧(1919—1995),笔名赵仲沅、萧源、肖元。比较文学、英美文学研究学者。1942年毕业于重庆的中央大学外文系,1950年毕业于西雅图的华盛顿大学英语系后回国,曾任中宣部《毛泽东选集》英译委员会译校组长,先后为四川大学、北京师范学院、中国人民大学教授。

[②]《外国历史小丛书》从1962年到1965年由商务印书馆出版59种,均聘请该领域有成就的学者编写。60年代的主编为吴晗,副主编齐思和,编委有陈翰笙、周谷城、杨人楩、吴于廑、程秋原、刘宗绪、罗荣渠、张芝联、陈翰伯等,"文革"中丛书受到批判,1979年恢复出版,由陈翰笙担任主编,至90年代,共出版500多种。赵仲沅的《莎士比亚》出版于1965年。

[③] 这里的黑体为引者所加。下同。

> **但是**,他作品中的人文主义思想具有明显的时代和阶级局限性。这种思想的本质是资产阶级个人主义。因此,我们必须对这些作品进行马克思列宁主义的分析。……今天,这样一个作家对于我们社会主义时代的读者和观众,不能没有消极作用;如果对他评价不当,还会产生有害的影响。在对待他的艺术技巧方面,也应该首先对作品的思想内容有正确的估计;丢开思想内容,专谈吸取艺术技巧是不对的。①

此后,全书都按这一方式展开:莎士比亚是"英国人文主义的主要代表人物","人文主义者所推崇的'人',指的只是资产阶级自身及其个人。**但是**,他们自己并不这样承认,而是把'人'说成是人类全体,以便笼络人心"。②《罗密欧与朱丽叶》:"全剧热情奔放,诗意浓郁。因此这个剧本一出现,就特别受到观众的欢迎,直到今天还是世界各国舞台上经常上演的剧目。**但是**我们不能不指出,作者在这个剧本中所揭露的冲突,仅仅在当时的反封建斗争中才有意义……作者宣扬了爱情至上论……这当然是资产阶级个人主义的思想"③。《亨利五世》:"作者选择亨利五世来体现他的人文主义理想,塑造出一个'理想'君主,**但是**为了完成艺术的要求不能不在一定程度上牺牲了历史的真实,因为现实中并不存在这样的君主。"④汉姆莱特"看到并且痛恨当时社会的罪恶,勇敢地进行反抗,有决心也有信心去改变现状。**但是**在充满罪恶的社会面前,他的理想到底是软弱无力的……他虽然接近人民,受到人民爱戴……**但是**他只看到个人的作用,只想用个人的力量去消灭敌人,终

---

① 赵仲沅:《莎士比亚》,第5—6页。
② 同上书,第11页。
③ 同上书,第18页。
④ 同上书,第23页。

于孤军奋战而死"①。奥赛罗,"后来他自杀了,但这也不过是个人主义者的一种道德上的'自我完成',想用来取得社会的同情和宽恕"②。《暴风雨》:"并没有完全失去对现实的揭露和批判,还保持着人文主义的理想,并且把希望寄托在纯真可爱的青年男女形象身上。**但是**,道德改善到底是他思想中的核心……这种调和矛盾,取消斗争的思想,是同马克思列宁主义关于阶级和阶级斗争的学说正好相反的。"③……

在"当代"批评家与莎士比亚之间的关系上,看来发生了对赫尔德描述情况的翻转:坐在高高岩石上的不再是无法避免"局限性"的莎士比亚,而是通晓历史规律的批评者。但这可能只是表面的印象,对于像卞之琳、王佐良、杨周翰、李赋宁、方平、张君川、陈嘉、孙家琇、孙大雨、赵澧这些受过英美著名大学英美文学教育、学养深厚的学者来说,心底里大概不会承认这一点,但他们也没有足够的自信。"但是"的语法,泄露了他们有关轻重、表里的关系。崇敬(甚至有的也可以说是膜拜)是他们绘制的图画上的"底色","但是"之后的色彩并不牢靠,它们容易褪色,脱落而随风飘逝。事实证明了这一点。"文革"结束不久,他们的评价就发生很大改变。《莎士比亚》一书 1983 年重版时,书名在莎士比亚之前添加了"英国伟大戏剧家"的评语④,增加了"成就和影响"一节,删去大部分关于"局限性"的文字。书的开篇,代替关于"局限性"强调的,是对托马斯·卡莱尔《英雄和英雄崇拜》中关于"是愿意抛弃你们的印度帝国呢,还是你们的莎士比亚"发问的引述⑤。在 80 年代的文学"新时期",担任莎士比亚研究会会长的曹禺的下面这

---

① 赵仲沅:《莎士比亚》,第 31—32 页。

② 同上书,第 34 页。

③ 同上书,第 40 页。

④ 赵仲沅:《英国伟大戏剧家莎士比亚》,商务印书馆,1983 年。

⑤ 同上书,第 2 页。

番话，应该讲出了他们许多人的心声：莎士比亚是"屹立在高峰之上"的文学巨人，他教给我们"认识自己，开阔人的眼界，丰富人的贫乏生活，使人得到智慧、得到幸福、得到享受，引导人懂得'人'的价值、尊严和力量"①。

## "我们知道的比他少？——这是胡说八道"

1964年。英国阿诺德·凯特尔有另一番看法。凯特尔是英国共产党中央执行委员，里兹大学高级讲师。英共机关报《工人日报》②4月发表了他撰写的纪念莎士比亚的专文，题目是《我们语言的大师》③。他谈到莎士比亚评价、声誉的不断变化由许多原因促成，诸如阐释者所处的时代、所持的观念，他的美学趣味等，而语言和文化传统也占据重要位置。他说，莎士比亚虽然一直是公认的"非常伟大的人物"，但是对这种伟大的估计并不一致。譬如，他的仰慕者在法国、意大利和西班牙也大有人在，但是，日耳曼和斯拉夫语系的人，从整体来讲，总是比讲"拉丁"语的人对他的评价更高，至少最近这150年是如此。凯特尔认为部分原因是语言方面的："英文诗歌要译成德文或俄文似乎比译成法

---

① 曹禺："发刊词"，《莎士比亚研究》创刊号，中国莎士比亚学会编，浙江人民出版社，1983年，第1页。

② 英国《工人日报》，1930年创刊，1966年改名《晨星报》。

③ 原载英国《工人日报》1964年4月18日，中译见《现代文艺理论译丛》1964年第4期，高秋福译。据"译者按"，该文发表后，美国共产党的《工人周刊》4月28日全文转载，标题改为《在世界舞台上四百年之后，莎士比亚的欢乐仍憩在心中》。

文或意大利文来得顺手"。更重要的是"文化态度"。法国人可能觉得莎士比亚虽然感人,"但不免有点粗糙",而这也是18世纪英国古典派的态度。他们认为这些剧是一个有天赋,但不幸没有生活在有教养的环境中的人的作品。但是,历史重大问题和事变,也会潜在地改变对经典的处理态度。凯特尔举《李尔王》为例。葛罗斯特当众弄得双目失明的可怖一幕,在维多利亚时代和20世纪初的演出中,由于太令人难受一般都删掉了;但今天,"一个忠实的当代导演做梦也没有想到要把这一幕删去。这一点,不能说与人们在奥斯维辛和布肯瓦尔特所实际经历或实际从事的事情无关"。

与众多的莎士比亚阐释者一样,"丰富"是凯特尔对莎士比亚戏剧重要特征的概括。他写道:"在向我们伟大的作家表达我们的敬意的时候,我认为有必要指出……正是因为他比我们大家都伟大得多,我们才有时不能理解他。"他谈到莎士比亚晚期作品《暴风雨》中普洛斯彼罗的一段话:第四幕普洛斯彼罗用法术召来精灵为米兰达和腓迪南的爱情祝福,却突然大发脾气中断这个"表演",他对她的女儿米兰达说:

> 我们的狂欢业已结束,我们这些演员们
> 我曾事先告诉过你,都是精灵,而且
> 都化为稀薄的空气而散尽了,
> 如同那没有基础的海市蜃楼。
> 入云的亭阁,辉煌的宫殿,
> 肃穆的庙堂,和地球自身,
> 噫吁唏,地球所承继之一切,都将消散,
> 就象那早已敛迹之幻境,
> 连一片云影都不遗留。我们就是那种
> 编织睡梦的材料,我们的残生

>完全为沉睡所包围。①

凯特尔困惑地问道:"普洛斯彼罗说下边这番话的意思是什么呢?"他没有试图解释,他要说明的是:"当我们说,莎士比亚是我国语言最伟大的巨匠时,我们的确切意思是这样:他比任何人都深邃,我们知道的东西比他少";"他用语言传达了其他任何人所未曾传达过的东西。我们大家将永远感激他。"在凯特尔的这些话中,是否也包含着这样的潜台词:文艺复兴时代的巨人在他们的整体性中,包容了互相冲突的思想、情感、语言,表达了人类永恒的基本情感:爱与恨、嫉妒和恐惧、哀伤与震怒、慈悲与残忍、幻想与信仰……而19世纪以来人已经变得病态和神经质,人已分裂为碎片而对浑然天成、元气饱满的存在无法理解了?

这自然只是一种猜测;是否这样暂且放在一边。回到凯特尔的话,他的"我们知道的东西比他少",这话出自作为先进阶级先锋队的共产党人之口,刊登在无产阶级政党的机关报上,肯定会引起争议。果然,英国《工人日报》从4月22日起就开始刊登批评、讨论的文字。据《现代文艺理论译丛》1964年第4期译者提供的资料,批评、反驳有如下的说法:

>"凯特尔在他论莎士比亚的文章行将结束的时候,堕入了莎士比亚崇拜。"

---

① 这段台词在1978年人民文学出版社《莎士比亚全集》版中的译文(朱生豪译,方平校)为:"我们的狂欢已经终止了。我们的这一些演员们,我曾经告诉过你,原是一群精灵;他们都已化成淡烟而消散了。如同这虚无缥缈的幻景一样,入云的楼阁、瑰伟的宫殿、庄严的庙堂,甚至地球自身,以及地球上所有的一切,都将同样消散,就像这一场幻景,连一点烟云的影子都不曾留下。构成我们的料子也就是那梦幻的料子,我们的短暂的一生,前后都环绕在酣睡之中。"《莎士比亚全集》第1卷,人民文学出版社,1978年,第67—68页。

"四百年之后,'我们知道的东西比他少',这是胡说八道!"

"莎士比亚只是在富人和贵族中才发现了高度的悲剧性,而他……对他们有着无限的热情。"

英国统治阶级之所以热望他的戏剧保存下来,"毫无疑问,那是因为莎士比亚是以当时尚处于萌芽状态的帝国主义观点来看待世界的。还有什么能比将帝国主义的药丸包在高超的诗的语言中更好呢!"

这样的争论是"世界性"的,对中国读者来说也一点都不陌生。

原载《文艺研究》2021年第11期